Thorsten Schatz
Sing und stirb

Thorsten Schatz

Sing und stirb

Ein musikalischer Thriller

Bibliografische Information der Deutschen Nationalbibliothek: Die Deutsche Nationalbibliothek verzeichnet diese Publikation in der Deutschen Nationalbibliografie; detaillierte bibliografische Daten sind im Internet über www.dnb.de abrufbar.

Thorsten Schatz, ›*Sing und stirb*‹
Originalausgabe

Lektorat: Andreas Brandtner, Hemmingen
Die Songs auf den Seiten 193 und 202 stammen vom Autor.
Click: *https://wort-schatz.net/musik/* oder scan:

SCAN ME

Umschlagabbildungen: erstellt via *www.gencraft.com*
Gestaltung und Verlag: Ganymed Edition, Hemmingen
ISBN 978-3-946223-93-1
(auch als eBook: ISBN 978-3-946223-98-6)

Printed in Germany

Für Philip, Tim, Nico und Kerstin

Teil I

1

Ein Krokodil? Im Maschsee?

Herbert fuhr sich erschrocken über das verschwitzte Gesicht.

Er betrachtete die halbleere Weinflasche in seiner Hand.

Daran lag es nicht. So betrunken war er nicht.

›*Und wenn du mir die Sonne schenkst …*‹

Das alte Kofferradio neben ihm auf der Bank schickte ihm eine kraftvolle Frauenstimme ins Ohr. Herbert blickte wieder auf den See. Die leise plätschernden Wellen funkelten die Sonnenstrahlen des Frühsommers zu ihm herüber.

›*… dann wärmt sie unsere Liebe*‹

Nein, das war kein Krokodil.

›*… unsere Liiiiebeee*‹

Die Stimme des Moderators löste die Sängerin ab.

»Wunderbar! Leute! Ist sie nicht wun – der – bar? Unsere neue Schlagerhoffnung Inga Sommer mit ihrer ersten Single ›*Sonnenliebe*‹. Sie ist …«

Herbert schaltete ab. Er stand auf und ging an das grasbewachsene Ufer. Nachdenklich kraulte er seinen verfilzten weißen Bart.

Ein Mensch war das.

Eindeutig.

Seine nackten Arme und Beine und der Hinterkopf waren zu erkennen. Der Körper trieb direkt auf Herbert zu.

Ob jemand mit einem Handy in der Nähe war, um die Bullen zu rufen? So was besaß Herbert nicht. Das wollte er auch nicht, selbst wenn er das Geld dafür gehabt hätte. Viel zu riskant. Die anderen waren scharf auf die Dinger. Um da ranzukommen, würden die ihn kaltmachen, wenn er nachts unter einer Brücke schlief. So schlau war es auch nicht, die Polizei zu holen. Denn was würden die mit ihm machen? Ihn von hier verscheuchen, seinem kühlen Lieblingsort an heißen Tagen? Oder ihn verdächtigen, dass er den Typen ins Wasser gestoßen hatte?

Die Entscheidung wurde ihm abgenommen.

»Hey, seht ihr das? Da treibt einer im Wasser!« Die Stimme gehörte einem jungen Mann mit Sonnenbrille und Jeansshorts, der ein paar Meter neben Herbert ans Ufer lief. Er schoss erst mit dem Handy ein Foto von der Leiche, dann telefonierte er.

»Hallo? Polizei? Hier schwimmt ein ...«

2

›*Toter im Maschsee*‹

Hugo Frankenhausers Augen verschlangen die Schlagzeile auf der ersten Seite der HANNOVERSCHEN ALLGEMEINEN ZEITUNG. Er grinste. Der Tag fing gut an.

›*Nach ersten Ermittlungen handelt es sich bei dem Toten um den Bauunternehmer Joachim Frankenhauser (71).*‹

Klar war das sein Bruder. Niemand wusste das so gut wie Hugo. Und die Polizei wusste es auch. Einer seiner Kontaktleute bei den Bullen hatte ihm die Identifikation bereits gesteckt. Hugo warf die Zeitung auf den gläsernen Schreibtisch. Er stand auf, krempelte sich die Ärmel seines weißen Oberhemdes hoch und ging in dem abgedunkelten Büro auf und ab.

Joachim. Pah! Was hatte der jetzt von seinem Ingenieursdiplom mit Auszeichnung, seinem Bauimperium, das bis in die USA reichte, und seinen Millionen? Nach seinem finalen Tauchgang gar nichts mehr. Der arrogante Fatzke. Dieser Großkotz. Immer wieder hatte Joachim geprahlt, wie clever er in seinem Business war und wie viele Millionen ihm das eingebracht hatte. Und obendrauf hatte er Hugo gönnerhaft ungefragt Ratschläge gegeben, so wie vor ein paar Wochen im PHILADELPHIA, einem dieser noblen Fresstempel, in die Joachim so gern gegangen war. Wie immer hatte er den Oberlehrer gespielt.

»Hugo, ich weiß doch, dass deine Läden nicht mehr gut laufen. Klar, die Offensiven von BURGER KING und MCDONALDS waren ja auch überwältigend erfolgreich.«

»Du erzählst mir nichts Neues«, hatte Hugo geknirscht. Heiße Wut war in ihm aufgestiegen. Er hatte verstohlen einen Blick auf das Messer neben seinem Teller geworfen. Das war für sein Kalbsfilet gedacht. Aber es war scharf genug gewesen, um problemlos durch Joachims schickes schneeweißes Hemd zu schneiden. Der hatte weiter geschwafelt.

»Warum lässt du die ganze Fast-Food-Geschichte nicht einfach? Kredite bekommst du bei der gastronomischen Konkurrenz momentan sicher nicht. Verkauf doch. Fang an zu leben.«

Joachim hatte gelacht und die Arme ausgebreitet, während Hugo ihn ganz einfach erwürgen wollte. Mit der Krawatte. Das war auch eine Möglichkeit, Joachim am Weiterreden zu hindern.

»Du könntest ja wieder als Anwalt arbeiten. Denn ganz ehrlich, Brüderchen: So schön die Idee mit deinen TASTY-Läden auch war, aber das wirst du nicht mehr schaffen.«

Nur die Anwesenheit der anderen Gäste und des Personals hatte Hugo in diesem Augenblick daran gehindert, sich auf seinen Bruder zu stürzen.

Hugos Handy vibrierte und holte ihn aus der Erinnerung.

Karl rief aus München an.

»Karl! Na endlich. Habt ihr alles erledigt? Ist er tot?«

»Klar, Chef. War kein Problem. Der Typ hatte zwar sechs Bodyguards. Echt! Sechs! Aber die haben wir auch geschafft. Und dieser ... dieser ... äh ...«

Karl hatte die Angewohnheit, die Namen der Leute, die er beseitigte, sofort wieder zu vergessen.

»Makri.«

Im Gegensatz zu Karl würde Hugo den Namen Anatol Makri bestimmt noch eine Weile im Gedächtnis behalten. Immerhin war der lange Zeit sein schärfster Konkurrent in der deutschen Fast-Food-Branche gewesen.

»Drei Schüsse in die Brust, Chef. Aber die hat der weggesteckt. Der ist einfach stehen geblieben und hat uns dumm angeglotzt. Aber dann – Peng! Noch einen zwischen die Augen. Wir wollten das ja nicht in die Länge ziehen.«

»Und die Leichen?«

»Alle weg, Chef. Verbrannt und dann ...«

»Jaja, okay. Das will ich gar nicht wissen. Hauptsache, ihr habt keine Spuren hinterlassen.«

»Nee, Chef. Wir sind doch Profis.«

Hugo seufzte leise.

»Gut. Kommt mit der Bahn zurück, nicht mit dem Flugzeug. Das können die Bullen besser checken, falls die nach euch fahnden. Und hier gibt es dann Bares für euch, wie immer. Alles klar?«

»Verstanden, Chef.«

Hugo unterbrach die Verbindung.

Was für ein Tag! Er schüttelte ein wenig ungläubig den Kopf.

Durch den Tod von Anatol Makri hatte er endlich die Chance, auch die Münchner Region mit seinen TASTY-Schnellrestaurants zuzupflastern. Ein Schritt weiter zu seinem Ziel, Deutschlands Fast-Food-König zu werden.

Hugo verzog das Gesicht. Dumm nur, dass Joachim das nicht mehr miterlebte. Hugo hätte seinem Bruder damit gewaltig ans Bein gepinkelt. Der hätte sein Maul nicht mehr so arrogant aufgerissen. Aber noch war Hugo nicht an der Spitze. Er stand immer noch metertief in den roten Zahlen, weil seine Einnahmen in den vergangenen Jahren brutal eingebrochen waren. Die Verluste gingen mittlerweile in die Millionen.

Er griff noch einmal zur Zeitung und blickte auf die Todesnachricht über seinen Bruder. Wieder schob sich ein Grinsen in Hugos Gesicht. Er schritt zur Fensterfront, blickte hinunter auf die Straße und überließ sich einen Moment den brodelnden Geräuschen der erwachten Stadt. Dann holte er aus einer Schreibtischschublade die Flasche GRAND PLAISIR, die er sich an diesem Morgen zur Feier des Tages besorgt hatte. Er köpfte sie und trank gleich aus der Flasche. Kein besonders guter Champagner, aber Hauptsache Champagner. Schließlich gab es tatsächlich etwas zu feiern.

Denn ab sofort brauchte sich Hugo über seine Miesen auf dem Konto keine Sorgen mehr zu machen – weil er erben würde. Er war Joachims nächster Verwandter. Andere Geschwister oder irgendwelche Kinder gab es nicht. Seine Eltern waren vor über zehn Jahren gestorbenen. Und eine Ehefrau war auch nicht im Spiel. Von der hatte sich Joachim vor ein paar Jahren scheiden lassen. Niemand war da, dem Joachim etwas hinterlassen konnte, außer seinem kleinen Bruder.

Wie viel würde er bekommen? Wenn Joachim ihn nicht enterbt hatte – alles. Und *wenn* er das gemacht hatte, war mindestens der Pflichtteil drin. Das waren schätzungsweise 8 oder 10 Millionen. Ohne das verhindern zu können, würde sein Bruder die TASTY-Kette und all das retten, was sich Hugo in deren Hinterzimmern aufgebaut hatte. Er würde noch heute seinen Anspruch auf das Erbe anmelden. Und dann würde das Geld bald auf dem verdurstenden Konto landen. Das war Hugos gutes Recht. Daran konnte niemand etwas ändern.

Ein Auflachen schüttelte Hugos kurzen, stämmigen Körper.

Ja, genau. Was sollte jetzt noch passieren?

Was!?

3

Max trat mit voller Kraft auf die Bremse seines alten hellblauen VW-Busses. Der Wagen kam mit einem Ruck zum Stehen, der Max in den Gurt schleuderte. Zehn Zentimeter weiter, und er wäre in den weißen SUV gerammt, der sich vor ihm geschmeidig in die Parklücke drängelte.

Er legte den Rückwärtsgang ein, um einen anderen freien Parkplatz des Hinterhofes anzusteuern. Diesmal war niemand schneller.

Max schluckte seine Wut hinunter, zumal er aus der Fahrweise und dem Ort des Geschehens schlussfolgerte, wer den SUV fuhr: irgendein breitschultriger Typ auf dem Weg in die Kampfsport-Schule im Erdgeschoss des Gebäudes, das auch Max' Ziel war. Tatsächlich stieg ein großer, blonder Schönling aus. Seine Muskeln wölbten sich unter dem T-Shirt und der Trainingshose wie kleine Bergketten.

Max verzichtete lieber darauf, den Mann wegen des Parkplatzraubes zur Rede zu stellen. Er war zwar mit seinen 1,90 nicht klein geraten und hatte durch regelmäßiges Joggen und Schwimmen ein paar Muskeln aufgebaut. Aber der kurze Blick des Kraftpaketes in seine Richtung machte unmissverständlich klar: Der hatte kein Problem damit, gleich hier auf dem Parkplatz sein Training mit Max als Punching-Ball zu beginnen, falls er den Mund aufmachte. Der Blonde würdigte den schweigenden Max keines weiteren Blickes und ging hinein.

Max machte sich auf den Weg in die Kanzlei in der dritten Etage. Am Anfang, vor drei Jahren, hatte er sich gewundert, wie das funktionieren konnte: eine Anwaltskanzlei über einer Kampfsport-Schule. Anwälte achteten ja für gewöhnlich auf einen lupenreinen Ruf der Seriosität, der sich in gut situierten Milieus herumsprechen musste, um solvente Klienten anzulocken. Und die herrschenden Vorurteile gegenüber Kampfsportschulen konnten den Versuch einer makellosen Reputation eigentlich nur torpedieren. Doch Max bekam schnell mit, dass die Kanzlei des Anwalts und Notars Dr. Robert wie geschmiert lief. Der Grund: Dr. Robert hatte sich auf ungewöhnliche, oft so gut wie aussichtslose Fälle spezialisiert. Die gewann er regelmäßig, und das hatte sich herumgesprochen. Dafür sorgte Dr. Roberts weitverzweigtes Netzwerk, das alle wichtigen Schaltstellen der Stadt umfasste.

An der Tür der Kanzlei angekommen, ging der Summer, noch bevor Max die Klingel drücken konnte. Im Vorraum wartete Frau Brücken auf ihn, Dr. Roberts Sekretärin, Empfangsdame, Security, allsehendes Auge, allhörendes Ohr.

»Tag, Herr Holmes, gehen Sie bitte gleich durch.«

Dr. Robert bewässerte gerade in seinem lichtdurchfluteten, eschenholzgetäfelten Büro eine seiner beiden chinesischen Hanfpalmen mit einer Gießkanne. Die Pflege seiner Pflanzen, die in jeder Ecke der Kanzlei standen, ließ er von niemand anderem erledigen, selbst von Frau Brücken nicht. Sie waren seine heilige Passion. Er hatte sich sogar auf dem Dach des Hauses, in dem er eine Eigentumswohnung besaß, einen Garten angelegt. Dafür schaufelte er so viel Zeit frei, wie es nur ging.

Und Max half ihm dabei. Denn immer, wenn Dr. Robert einen Ermittler brauchte, um entführte Papageien zu finden oder Ehebrecher zu ertappen, beauftragte er Max. Das funktionierte bislang sehr gut. Und manchmal staunte Max noch darüber, wenn er daran dachte, dass er ja ein ausgebildeter Musiker war und nie zuvor detektivisch gearbeitet hatte.

War der Fall gelöst, schloss Dr. Robert in Sekundenschnelle die Akten. Er überreichte seiner Sekretärin in einer einzigen Bewegung im Rausgehen die Rechnung für den Klienten und die Honoraranweisung für Max, um eine halbe Stunde später glücklich im Humus seines Dachgartens zu wühlen. Dabei konnte sich Max den stets im feinen Anzug auftretenden Dr. Robert kaum in erdbedeckter Gärtnermontur vorstellen.

»Ah, Holmes. Endlich.« Dr. Robert sprach, wie die meisten Leute, Max' Nachnamen englisch aus. »Wollen Sie eine Zigarre? Wir sind hier unter ...«

Die Telefonanlage schnarrte.

»Ja? Frau Brücken?«

»Wenn Sie unbedingt rauchen müssen, öffnen Sie doch bitte das Fenster. Ich will mir keine Rauchvergiftung holen.«

Ein kurzes Knacken, die Verbindung war unterbrochen.

Dr. Robert schüttelte den Kopf.

»Wie macht sie das? Sie kann nicht durch die Tür sehen.«

»Sie kennt Sie einfach nur sehr gut.«

»Was? Nein, es ist mehr als das. Ich glaube, sie ist eine außerirdische Telepathin.« Er lachte. »Sie kann Gedanken lesen. Garantiert.« Er öffnete eine bunt verzierte Metallschachtel. »Dann lassen Sie uns die Zigarre vergessen und wenigstens ein bisschen Gebäck ... oh, das ist alles aufge...«

Die Tür sprang auf und Frau Brücken stürmte herein, so schnell das mit ihrem über der Hüfte unvorteilhaft eng anliegenden grauen Business-Kostüm ging. In einer Hand balancierte sie ein Tablett mit Eistee und Keksen. In der anderen hielt sie einen roten Aktenordner, den sie Dr. Robert reichte.

»Ich dachte mir, Sie könnten ein wenig Nervennahrung brauchen.« Sie stellte das Tablett auf dem Schreibtisch ab und war drei Sekunden später zur Tür hinaus.

»Ich sag ja: eine Telepathin.« Dr. Robert nahm einen Keks. »Ich vermute, Sie haben von dem Toten im Maschsee gehört? Joachim Frankenhauser?«

Max nickte.

Der Anwalt strich sich durch seine elegant gescheitelten Haare, die trotz seiner erst siebenundfünfzig Jahre bereits vollständig ergraut waren.

»Ich kannte Joachim Frankenhauser. Er hat mir vertraut. Er hat mir alle juristischen Angelegenheiten überlassen und mich damit auch beauftragt, im Falle seines Todes den Nachlass zu regeln.«

Er stand auf und goss die zweite Hanfpalme.

»Frankenhauser war als Bauunternehmer sehr seriös, sehr fair – und sehr erfolgreich. Selbst nach seiner Scheidung blieb er ein reicher Mann, weil er Glück hatte. Frankenhauser war nur drei Jahre mit seiner zweiten Frau verheiratet und musste ihr wegen des Zugewinnausgleichs nur 3 Millionen geben und ein Haus überschreiben. Aber das war für ihn bloß ein tiefer Griff in die Portokasse.«

»Das ist eine ziemlich große Portokasse.«

»Ja, in der Tat. Er besaß nach der Scheidung immer noch rund 32 Millionen Euro, in bar und einiges davon in Wertpapieren. Dazu kommen natürlich viele Immobilien, die meisten in Deutschland und einige im Ausland.«

Max stieß einen Pfiff aus.

»Wow. Und wer erbt das alles?«

Dr. Robert nahm sich eine Tasse Eistee und nickte Max zu, damit auch er sich bediente.

»Dazu muss ich ein bisschen ausholen. Als Joachim Frankenhauser vor dreißig Jahren sein Unternehmen aufbaute, brauchte er dringend eine größere Summe Startkapital. Allerdings wollte ihm das Geld keiner geben – bis auf seine erste, recht wohlhabende Gattin, die wenig später starb. Das hat er mir mal erzählt.«

Er zog die Augenbrauen zusammen, was sein scharf geschnittenes Gesicht beeindruckend verdüsterte. »Was er mir nicht erzählt hat: Er hatte genau in dieser Zeit eine Affäre. Und aus der ist eine uneheliche Tochter entstanden. Das durfte seine damalige Frau natürlich niemals erfahren. Sie hätte ihm sofort den Geldhahn zugedreht, und Frankenhauser wäre nie ein so überaus erfolgreicher Unternehmer geworden.«

»Woher wissen Sie von der Affäre?«

»Frankenhauser gab mir kurz vor seinem Tod zwei Schriftstücke: Im ersten steht, dass er eine uneheliche Tochter hat und ich diese Tochter finden soll – weil er nicht weiß, wer sie ist und wo sie ist. Ich riet ihm, unter diesen Umständen endlich ein Testament aufzusetzen. Das hat er immer wieder vor sich hergeschoben. Er war zu sehr mit seinem Unternehmen beschäftigt. Wir machten dann einen Termin, aber drei Tage davor ertrank er. Es gibt also kein Testament.«

»Warum ist er gerade jetzt zu Ihnen gekommen?«

»Das habe ich ihn auch gefragt. Er meinte, mit seinen einundsiebzig Jahren sei ihm klar geworden, dass er nicht mehr so viele Jahre haben würde. Er sagte, er habe einiges im Leben versäumt, weil das Unternehmen immer an erster Stelle gestanden hatte. Und er wollte nicht auf dem Sterbebett bereuen, seine Tochter nie kennengelernt zu haben. Deshalb sollte ich sie finden.«

»Was ist mit dem zweiten Schriftstück?«

Dr. Robert holte einen Briefumschlag aus einer Aktenmappe.

»Darin gibt es Hinweise auf die Identität der Tochter. Einen Brief, den Frankenhauser zerrissen hat, vielleicht vor Wut. Die Fetzen aber hat er aufgehoben. Er hatte vielleicht Gewissensbisse. Ich habe die Teile wieder zusammengesetzt. Sehen Sie.«

Er reichte Max aus dem Umschlag eine Fotokopie der verbundenen Papierfetzen, die einen Text mit einigen Lücken ergaben. Die Leerstellen hatte Dr. Robert so ergänzt, dass die Sätze gut lesbar waren:

›Joachim.
Ja, ich sollte dir nie mehr wegen unserem Kind schreiben. Aber ich will, daß du weißt, du hast eine Tochter. Mehr sollst du nicht wissen.
Ich habe dein Schweigegeld genommen, um meine Operation in Holland zu bezahlen. Das Geld hat gereicht. Ich dachte erst, daß mir die OP das Leben gerettet hätte. Auch die Geburt danach lief gut. Ich war glücklich. Aber vor ein paar Monaten kamen die Tumore zurück. Die Operation hat absolut nichts gebracht. Das waren gar keine richtigen Ärzte! Das war Betrug! Die Metastasen sind überall. Es ist bald aus mit mir.
Aber du bekommst mein Kind nicht! Du wirst sie niemals sehen! Sie soll einen Menschen wie dich NIE als Vater haben! Du hast uns aus deinem Leben geworfen, obwohl du wußtest, daß ich schwanger war! Und krank! Was für eine miese Erpressung! Aber es ging um mein Leben und um das Leben meines Babys in meinem Bauch. Unser Kind.
Du wirst sie niemals kennenlernen. Ich gebe meine Tochter lieber in ein Kinderheim!
Sie wird irgendwann erfahren, was für ein Dreckskerl ihr Vater ist. Aber dann bist du hoffentlich schon krepiert.
Schönes Leben noch.

Antje‹

»Puh.« Max gab Dr. Robert den Brief zurück. »Heftig. Also ist Ihr Herr Frankenhauser gar nicht so seriös.«

»Nein. Diese Seite an ihm kannte ich auch noch nicht.«

»Aber warum hat diese Antje so einen Brief an Frankenhauser geschrieben?«, überlegte Max und antwortete selbst darauf: »Klar, sie wollte ihn verletzen, indem sie ihm seine Tochter vorenthielt. Aber vielleicht hoffte sie unbewusst, dass er sich auf die Suche nach seinem Kind machen würde. Hinweise hat er ja von ihr bekommen.«

»Ja, und das hat funktioniert. Schließlich hat er mich beauftragt, seine Tochter zu finden.«

Dr. Robert steckte den Brief zurück in den Umschlag. Den zeigte er Max.

»Sehen Sie: keine Adresse, kein Absender, kein Poststempel. Aber das hier steckte neben dem Brief.«

Dr. Robert gab Max ein Foto. Es zeigte ein drei oder vier Jahre altes Mädchen. Auf der Rückseite stand ein Datum: 16. Juli 1998. Sonst nichts.

»Gibt es sonst noch Erben?«, wollte Max wissen.

»Joachim Frankenhauser hat einen jüngeren Bruder, Hugo Frankenhauser. Der hat sich eine Fast-Food-Kette in ganz Deutschland aufgebaut. Er denkt, dass er auf jeden Fall erben wird, weil er als Bruder der Nächste in der Erbfolge ist. Schließlich ist sonst keine Verwandtschaft mehr bekannt. Joachim Frankenhausers Ehen waren kinderlos. Und die Eltern sind bereits gestorben. Aus Hugo Frankenhausers Sicht ist damit alles klar. Er hat sich an das Amtsgericht gewandt, um das Erbe seines Bruders anzutreten. Aber das hat ihn an mich als Nachlassverwalter verwiesen. Er wird sich bestimmt bald bei mir melden und sein Erbe beanspruchen. Aber das ist nicht Ihr Problem, lieber Max. Ihre Aufgabe ist, die Erbin zu finden – wenn Sie das möchten.«

»Ja, natürlich.« Max musste nicht lang überlegen. Die Aufträge von Dr. Robert waren gerade seine einzige Einnahmequelle.

»Und noch etwas: Bitte beeilen Sie sich. Ich habe eine Ahnung, dass wir Joachim Frankenhausers Tochter schnell finden sollten.«

4

Keine Stunde später bekam Dr. Robert erneut Besuch, unangekündigt, aber nicht überraschend.

»Joachim hat eine Tochter? Wollen Sie mich verarschen?«

Hugo Frankenhauser schob die Augenbrauen zusammen. Er stemmte sich auf die Lehnen seines Stuhls, als wollte er Dr. Robert anspringen.

Der blieb gelassen hinter seinem Schreibtisch sitzen.

»Ihr Bruder hat mir Dokumente anvertraut, die genau das aussagen.«

»Wer ist sie? Wie heißt sie?« Frankenhauser ließ sich auf den Stuhl zurückfallen. »Und wo ist sie?« Seine Stimme war jetzt ruhiger. Aber auf seiner Stirn erschienen Schweißperlen.

»Das kann ich ihnen nicht sagen. Aber wenn wir sie gefunden haben, dann ...«

»Sie wollen es mir nicht sagen.« Frankenhauser setzte zum erneuten Aufbrausen an. Er fing sich aber und zeigte auf einmal eine weinerliche Miene. »Wissen Sie, sie ist doch jetzt meine einzige überlebende Verwandte, meine Nichte. Ich habe eine Nichte. Das ist so schön ...«

Dr. Robert hoffte, dass der Mann nicht auch noch anfangen würde zu weinen. Zum einen mochte er so etwas in seiner Kanzlei nicht, weil ihn das immer zu sehr berührte. Zum anderen war Frankenhauser ein grottenschlechter Schauspieler.

»Tut mir leid. Ich kann Ihnen nur noch einmal mitteilen, dass wir die Tochter ...«

»Jetzt hören Sie mal zu!« Frankenhauser sprang auf. »Es ist mein gutes Recht, den Namen zu erfahren!«

Dr. Robert schüttelte nur den Kopf, was Frankenhauser noch mehr in Fahrt brachte.

»Ich hetze Ihnen meine Anwälte auf den Hals, wenn Sie nicht mit der Sprache rausrücken! Ich verklage Sie!«

Plötzlich fiel Frankenhausers Blick auf einen Brieföffner auf dem Schreibtisch, eine zwanzig Zentimeter lange Nachbildung eines Samurai-Schwertes. Frankenhauser griff danach. Er beugte sich vor und hielt Dr. Robert das Mini-Schwert vor das Gesicht.

»Spucken Sie es endlich aus: Wer ist meine Nichte? Ich kenne ja jetzt Ihre Kanzlei. Und ich habe noch ganz andere Möglichkeiten, Sie zum Reden zu bringen.«

Er rammte das Schwert in einen Aktenstapel auf dem Tisch. Dann presste Frankenhauser noch ein heiseres »Ich komme wieder« hervor und lief aus dem Büro.

Dr. Robert holte tief Luft. Er griff zum Brieföffner und zog ihn vorsichtig aus den Papieren. Seine Hände zitterten dabei.

5

Max legte das Notenblatt beiseite, das mit seinen Notizen übersät war. Er setzte den Kopfhörer ab und schaltete das Keyboard aus. Wie gern hätte er weiter komponiert. Doch die Tochter Joachim Frankenhausers wartete darauf, gefunden zu werden. Jetzt war der Auftrag dran, denn irgendwie musste ja Geld reinkommen.

Dennoch konnte Max sich nicht lösen. Sein Blick ging zurück zum Keyboard, streifte die Tasten entlang, eine nach der anderen. Weiß, schwarz, weiß, schwarz, weiß ... und plötzlich erinnerte sich Max wieder an diesen einen Nachmittag, als er fünf Jahre alt war. Er saß zum ersten Mal vor einem Piano auf dem Schoß seines Vaters, der damals Musik unterrichtete. Max staunte: Was waren das für wundervolle Töne! Tief und hoch, springend und schwebend. Sie färbten die Luft, wenn er die geheimnisvollen weißen und schwarzen Tasten drückte!

Die Magie der Töne ließ Max nie wieder los. Sie führte ihn in ein Studium an der Musikhochschule in Hannover, das er als ›*Master of Music*‹ für Komposition, Klavier und Popmusik mit Auszeichnung abschloss. Und danach: die erste kalte Dusche für Max, als es ans Geldverdienen ging. Denn über seine durchkomponierten Popsongs urteilten die deutschen Musiklabels immer gleich: »Mann, die sind viel zu lang. Und da ist ja null Rap drin. Und die Texte, Mann, die müssen auf Deutsch sein. Echt, das geht so gar nicht. Sorry.«

Der Ausweg zum Geldverdienen war, dass Max sein Talent in Soundtracks von Imagefilmen und Klavierunterricht steckte. Dann kam der Absturz. Erst sprangen einige Klavierschüler ab. Und gleichzeitig setzte eine Wirtschaftsflaute ein, in der sich Unternehmen Imagefilme nicht mehr leisten konnten. Max ging das Geld aus. Doch dann stellte er sich auf einer Party einer jungen Frau vor. Sie lachte.

»Holmes? Wie Sherlock Holmes? Dann muss ich ja aufpassen, dass du mich nicht überführst.«

Ja, genau. Warum nicht als Detektiv arbeiten? Logisch denken konnte er, und deshalb würde das Recherchieren keine großen Probleme bereiten. Außerdem fiel ihm nichts anderes ein. Max meldete sofort ein Gewerbe als Detektiv an und suchte nach Aufträgen. Die bekam er, als er sich auf eine Annonce von Dr. Robert bewarb.

»Mir sind zwei Ermittler abgesprungen. Ich brauche dringend eine helfende Hand«, hatte Dr. Robert beim ersten Gespräch gesagt.

Max beichtete, dass er als Ermittler ein Grünschnabel und eigentlich Musiker war.

»Eine spannende Kombination: Musik und Verbrechen«, sagte Dr. Robert. »Wissen Sie was? Wir probieren es. Sie fangen mit einem kleinen Fall an. Und dann sehen wir weiter.«

Dem kleinen Fall waren größere gefolgt, drei Jahre lang. Bis zu diesem Tag war das problemlos gelaufen. Doch die neue Aufgabe, das Mädchen auf dem Foto zu finden, war so kniffelig wie kein Fall zuvor. Ein Kinderbild, ein Brief und der Vorname der Mutter – eine zu dürftige Sammlung von Spuren, um die Erbin zu finden.

Max wollte seine Gedanken sortieren, am besten auf der Wiese vor dem kleinen Hinterhofhaus, in dem er wohnte. Als er von dort zum azurblauen, wolkenleeren Nachmittagshimmel hinaufblickte, konzentrierte er sich auf die Indizien. Aber seine Gedanken waren immer noch bei seiner Komposition. Er schüttelte den Kopf. Das brachte nichts.

Als er zurück ins Haus ging, klingelte sein Handy.

Dr. Robert.

»Mein lieber Max, ist Herr Waldhaus schon bei Ihnen?«

»Nein ... äh ... Wer ist Herr Waldhaus?«

»Ein hervorragender IT-Experte und Online-Rechercheur, den ich in meinen Diensten habe. Ich habe ihm eine Aufgabe im Erbschaftsfall Joachim Frankenhauser zugewiesen. Und er hat einige besorgniserregende Informationen über seinen Bruder Hugo Frankenhauser zutage gefördert. Der hat mir übrigens einen unerfreulichen Besuch abgestattet und mich bedroht.«

»Bedroht? Und was meinen Sie mit besorgniserregend?«

»Das erzählt Herr Waldhaus Ihnen alles gleich selbst. Ich möchte Sie bitten, mit ihm zusammenzuarbeiten. Ich hoffe, dass wir die Erbin so schneller finden werden.«

»Ja, aber ...«

»Vielen Dank, Max.«

Ein kurzes Knacken unterbrach die Verbindung. In demselben Moment klingelte jemand. Und nur ein paar Sekunden später schnarrte die Klingel erneut ungeduldig los.

»Ich komme ja schon!«, rief Max.

Vor der Tür stand ein bebrillter, bärtiger Mann. Er war einen halben Kopf kleiner als Max und etwa Mitte dreißig, bekleidet mit einem für seinen ansehnlichen Bauch zu engem rotem T-Shirt, sackartigen, weiten Shorts und Sandalen über weißen Tennissocken. Ein voluminöser Rucksack hing auf einer Schulter. Er streckte Max zwei riesige Schachteln entgegen.

»Hey, ich bin Leo. Magst du Pizza?«

6

Max setzte sich mit Leo in sein kleines Büro, das ganz pragmatisch nur mit einem weißen Schreibtisch und zwei schwarzen Bürosesseln eingerichtet war. Appetitlos kaute er auf seiner Pizza herum und musterte Leo dabei neugierig aus dem Augenwinkel. Der schickte gerade das letzte Stück Pizza in die Tiefen seines umfangreichen Bauches. Verwundert blickte er zu Max herüber.

»Hast du keinen Hunger? Du hast ja kaum was angerührt. Soll ich dir helfen? Ich meine, wir wollen doch langsam mal mit der Suche nach der Erbin starten.«

Max nahm Leo das Duzen nicht übel. Überhaupt erschien ihm Leo wie jemand, dem man niemals irgendetwas übelnehmen konnte. Max schob die Pizza-Schachtel zur Seite.

»Dr. Robert hat mir berichtet, dass Hugo Frankenhauser ihn bedroht hat.«

»Mit einem Brieföffner. Damit Dr. Robert ihm den Namen der Erbin sagt. Aber das ging ja nicht. Zum Glück ist nichts passiert.«

»Heftig. Und was sind das für brisante neue Informationen über Frankenhauser?«

»Der hat heute nach dem Gespräch mit Dr. Robert eine E-Mail aus der Kanzlei bekommen: Er soll mal schön die Füße stillhalten und abwarten, bis die Erbin gefunden ist – natürlich netter ausgedrückt.« Leo grinste. »Die Mail hatte einen Anhang. Das war zwar nur die elektronische Visitenkarte von Dr. Robert. Aber Frankenhauser hat sie geöffnet – und, *ta-dah*: Ich konnte mir eine Cola und Popcorn holen und mir die Show ansehen. Ich meine: Ich habe mich in seinem Computer umgesehen. Du glaubst gar nicht, wie leicht man sich in die PCs anderer Leute hacken kann.«

»Und?«

»Nicht lustig. Da sind Abrechnungen drauf und Listen mit Kontakten und Zugängen zu Darknets. Frankenhauser ist in alles Mögliche verwickelt: Glücksspiel, Geldwäscherei, Bandenkriminalität und Prostitution. Und er hat sich in den Darknet-Shops Pistolen, Schlagstöcke und Munition in den Einkaufswagen gepackt.« Leo zog die Augenbrauen zusammen. »Warum? Wofür braucht er das alles? Eine Antwort habe ich vielleicht bei seinen Ausgaben gefunden. Ein Posten läuft unter ›freie Mitarbeiter Hannover‹. Dafür hat er im letzten Jahr knapp über eine Million Euro ausgegeben – für sechs Leute. Warum? Was sind das für Typen? Wofür zahlt er denen so viel Geld?«

»Du meinst, dass die nicht nur das Geld bekommen, sondern auch die Waffen?«

Leo nickte. »Und wer weiß, was die damit alles anstellen.«

»Reicht das alles nicht für eine Anzeige?«, überlegte Max.

»Nein. Das sind ja meistens nur Indizien und viel zu wenig Beweise. Das würde der Polizei nicht reichen. Aber uns.«

»Wofür?«

»Es geht noch weiter. Ich habe Jahresbilanzen und Kontoauszüge auf dem PC gefunden. Und – wow! Frankenhauser ist wegen seiner TASTY-Läden in den Miesen. Aber so was von. Er musste in jeder Stadt ein paar von diesen Pommes-Palästen dicht machen. Und jetzt braucht er dringend einige Milliönchen, um aus dem Loch wieder rauszukommen.«

»Oh, eine Erbschaft zum Beispiel.« Jetzt fügte sich für Max alles zusammen. »Frankenhauser hat bei Dr. Robert so viel Druck gemacht, dass er ihm den Namen seiner Nichte sagt, ...«

»Weil er an das Erbe will. Und wenn ich mir ansehe, welche Connections der in den Darknets hat und was er da so einkauft, dann komme ich ganz schnell darauf, was der mit der Kleinen seines Bruders vorhat. Er will ...«

»... sie beseitigen«, ergänzte Max, »um selbst zu erben. Ansonsten geht er leer aus.«

»Wahrscheinlich ist das so. Jedenfalls meinte Dr. Robert, dass der sonst was anstellen wird, um an seine Nichte ranzukommen. Wir sollen die junge Dame schnell finden ...«

»... bevor Frankenhauser sie in die Finger bekommt.«

7

Hugo Frankenhauser warf seine halbvolle Flasche GRAND PLAISIR schnaubend gegen die Wand. Sie zerschellte klirrend und verzierte die schwarze Vertäfelung mit einem schäumenden Fleck. Hugo blieb einen Moment reglos stehen. Er hatte die Fäuste geballt, als ob er seine Wut darin festhalten wollte. Nach ein paar tiefen Atemzügen öffnete er die Hände und strich sich einige Male den schmalen braunen Haarkranz seiner Halbglatze glatt.

Dann ging er zur Fensterfront seines Büros in der obersten Etage des Gebäudes, das er sich mit anderen Firmen teilte. Er blickte hinunter auf sein Prunkstück: TASTY I, das erste Restaurant, das er aufgebaut hatte. Aber er nahm nur flüchtig wahr, dass der Parkplatz an diesem Nachmittag mal gut besetzt war. Die Gedanken an seine Nichte beschäftigten ihn komplett.

Joachims Tochter.

Die Erbin.

Dass die überhaupt existierte, war für Hugo ein Problem der Kategorie ›Katastrophe‹. Doch Probleme waren dafür da, sie sich vom Hals zu schaffen. Er griff zum Handy.

»Mick? Wo bist du? Ist Pedro bei dir? Kommt in mein Büro. Sofort.«

8

Max fuhr seinen PC hoch. Leo setzte sich neben ihn, und beide sahen sich den eingescannten wiederhergestellten Brief und das Foto des Mädchens an. Max machte den Anfang.

»Wir haben nur das hier als Spuren. Außerdem steht auf der Rückseite des Originalfotos ein Datum: 16. Juli 1998. Wahrscheinlich wurde es an dem Tag geschossen.«

Leo las den Brief und schüttelte den Kopf.

»Ermittlungstechnisch ist das nicht der Bringer. Antjes gibt es tausende. In Holland wurden damals bestimmt andauernd sinnlose teure Operationen in irgendwelchen Kellern abgezogen. Und welches Kinderheim meint sie? In welcher Stadt? Das ist echt alles ganz schön dünn.«

Dann betrachteten sie das Bild. Auf dem sah ein blondgelocktes, etwa vierjähriges Mädchen genervt mit ihren blauen Augen in die Kamera. Das Gesicht war gut zu erkennen. Sie trug ein blauweißgestreiftes T-Shirt mit dem verwaschenen Aufdruck einer lachenden Hexe, die auf einem Besen ritt. Der Ansatz der Jeanshose war zu sehen, die Beine waren durch den Bildrand abgeschnitten. Hinter dem Mädchen strahlte ein weißer Sandboden, der zum Eingang eines Blockhauses führte.

»Das sieht nach einem öffentlichen Spielplatz aus«, vermutete Max. »Oder es ist ein Spielplatz in einem Kindergarten. Wir können versuchen, sie über die Bildersuche von Google zu finden. Aber es ist unwahrscheinlich, dass das klappt. Das Bild ist immerhin schon sechsundzwanzig Jahre alt.«

»Lässt du mich da mal ran?«

Max machte Platz am Computer.

»Das könnte gehen«, murmelte Leo nachdenklich und ließ seine Finger über die Tastatur rasen.

»Ich sehe mir das Bild auf meinem Laptop an«, verkündete Max, der sich gerade überflüssig vorkam.

Plötzlich sagte Leo fröhlich: »Hey, du kennst doch bestimmt den ›*Terminator*‹ mit Arnold Schwarzenegger. Aber den zweiten Teil. Der war cooler als der erste, wegen der Effekte.«

Max hörte nur mit halbem Ohr zu. Er war damit beschäftigt, das Foto auf seinem Laptop Zentimeter um Zentimeter abzusuchen, bis ihm eine grüne Eisenstange auffiel. Die ragte aus dem Hintergrund halb ins Bild und gehörte vermutlich zu einer Schaukel oder einem Spielgerät. Am Stangenende war eine goldene Prägung zu erkennen: GREEN PLAYING. Wahrscheinlich die Produktionsfirma. Max schickte ein paar Suchmaschinen auf die Jagd nach GREEN PLAYING.

Leo redete ungerührt weiter: »Der Typ, der Schwarzenegger ständig zerlegen wollte, der konnte seinen Körper verändern.

Das Gesicht, Arme, Beine, alles. Das war allerfeinstes Morphing.«

Max antwortete ihm nicht. Er hatte einen Treffer gelandet: GREEN PLAYING stellte aus ökologisch sauberen Naturmaterialien teure Schaukeln, Wippen, Kletterhäuser und andere Spielplatzgeräte her. Leisten konnten sich das sicher nicht viele Kindergärten. Und schon gar nicht die öffentlichen, die aus den fast leeren Kassen der Kommunen bezahlt wurden. Am ehesten kauften so was private Kitas mit solventen Eltern. Doch GREEN PLAYING existierte nicht mehr. Wahrscheinlich war sie Pleite gegangen. Der ehemalige Firmensitz war Braunlage im Harz. Klar, dort hatten sie alle Baumaterialien direkt vor der Tür. Die Firma war 1992 gegründet worden und hatte sich bis 1996 gehalten.

Der Harz. Natürlich.

Deshalb hatte das Mädchen eine Hexe auf dem T-Shirt. Also war der nächste Schritt: die ehemaligen Betreiber von GREEN PLAYING fragen, wohin sie geliefert hatten. Wahrscheinlich waren etliche Kitas im Harz dabei.

Das war ihre Spur.

Max fütterte die Suchmaschinen mit den Namen der Unternehmensgründer.

»Du kennst doch ›*Terminator II*‹?«

»Was?« Max hörte immer noch nicht richtig zu.

»Nein. Ja. Ich weiß ich nicht. Warum?«

»Na, wegen des Morphings. Cedric, ein Kumpel von mir, der hat ein super Morphing-Programm geschrieben. Er bastelt jetzt an dem Bild des Mädchens.« Leo gähnte. »Und? Hast du was rausgefunden?«

Max erzählte von GREEN PLAYING und der Hexe auf dem T-Shirt.

»Wow, cool. Super, Mr. Holmes.« Leo lachte. »Hey, Cedric ist fertig. Hier, sieh dir das an.«

Die Bilder von zwölf jungen Frauen erschienen auf dem Monitor.

»Ich habe das Foto der Kleinen durch ein Aging-Programm laufen lassen, das das Alter schätzt. Das spuckte aus: drei bis vier Jahre. Das Foto stammt aus dem Jahr 1998. Demnach ist das Mädel etwa 1994 geboren und heute so ungefähr dreißig Jahre alt. Bis zu diesem Alter hat Cedric das Gesicht des Mädchens altern lassen. Und er hat damit gespielt, wie sie sich entwickelt haben könnte. Es kann ja sein, dass sie so ein Pudding-Dampfer geworden ist oder ein Gerippe oder ganz normal.«

»Sehr gut. Jetzt lohnt sich die Bildersuche über Google.«

»Nicht über Google. Ich kenne da was Besseres.« Leos Finger bearbeiteten die Tastatur. Sie riefen eine Max völlig unbekannte Suchmaschine auf, die sofort sieben Treffer landete.

»Vier Standorte liegen im Harz«, sagte Max. »Es ist jetzt 16:48 Uhr. Da können wir noch telefonieren. Ich schlage vor, dass ich versuche, an die GREEN PLAYING-Gründer ranzukommen. Und du recherchierst die Adressen und Telefonnummern der sieben Damen, die die Suchmaschine gefunden hat.«

Leo nickte nur und legte los.

Max prüfte, was die Suchmaschinen über die GREEN PLAYING-Chefs ausgespuckt hatten. Dabei fand er die Telefonnummer von einem der beiden Chefs. Max rief an und hatte Glück. Er bekam den Mann sofort ans Telefon. Max erklärte ihm grob, dass sie ein ehemaliges Kindergartenkind suchten, und der Mann verstand die Herangehensweise.

»Wir konnten nur ein paar freie Kitas beliefern. Im Harz gab es nicht so viele davon. Deswegen sind wir ja Pleite gegangen.«

Die Kontaktdaten der damaligen Leiterinnen und Leiter hatte der Mann nicht mehr. Eine Sackgasse. Max seufzte enttäuscht. Er schaute zu Leo hinüber, der eifrig telefonierte.

9

Leo war den Online-Spuren der Bildtreffer gefolgt und auf Social-Media-Plattformen und Dating-Seiten gelandet, die sich auf die Harz-Region begrenzen ließen. Er bekam einige Adressen und Telefonnummern heraus, die er sofort ausprobierte.

»Guten Tag, mein Name ist Waldhaus. Ich rufe im Auftrag der Kanzlei von Dr. Robert in Hannover an. Spreche ich mit Familie Traube?«

»Wie bitte?«, fragte eine raue, alte Männerstimme. »Hier ist Traube. Wer ist denn da? Hallo?«

»Waldhaus. Hier ist Waldhaus. Ich rufe ...«

»Hallo? Wer ist dort?«

»Waldhaus. Ich rufe ...«

»Was wollen Sie denn?«

»Ich würde gern Ihre Tochter sprechen, weil ...«

»Nein. Die ist schon verheiratet. Auf Wiedersehen.«

Nächster Versuch.

»Spreche ich mit Frau Wenzel?«

»Ja. Wer sind Sie? Was wollen Sie?«

»Es geht um eine Erbschaft. Wir suchen die Erbin eines Unternehmers, der gestorben ist.«

Schweigen. Leo hörte nur ein Rauschen in der Leitung.

»Hallo?«

»Wie viel?«

»Was?«

»Wie viel erbt sie?«

»Im Millionenbereich.«

»Okaaay. Ich bin die Erbin. Auf jeden Fall bin ich die Erbin.«

»Das würde ich gern glauben. Aber ich müsste erst wissen, wie alt Sie sind. Und vielleicht können Sie mir auch sagen, welche Haarfarbe und welche Augenfarbe Sie haben.«

»Ach sooo einer bist du! Und jetzt willst du auch noch wissen, was für einen Slip ich trage, oder wie? Perverses Arschloch! Verpiss dich bloß! Maaaann!«

Nächster Versuch.

»Spreche ich mit Familie Meyer?«

»Ja, und? Worum geht's?«

»Es geht um Geld, viel Geld, Millionen, um genau zu sein.«

»Vergiss es, du Spinner. Ich habe bei keinem Gewinnspiel mitgemacht! Hörst du? Und ruf hier nie wieder an!«

Viermal ging niemand ans Telefon. Alles in allem landete Leo keinen wirklichen Treffer, nur ein paar wahrscheinliche.

Ihm wurde klar: Auf diese Weise ...

10

»... kommen wir nicht weiter«, sagte Max, als er mit Leo Bilanz zog. Sie standen vor dem Haus, tranken Cola und blickten hinauf zum sternenübersäten Abendhimmel.

»Wenigstens eines ist sicher: Sie war oder ist im Harz«, resümierte Max, »weil die Schaukel von GREEN PLAYING nur irgendwo im Harz gestanden haben kann. Woanders haben die nicht verkauft. Und deine Bildersuche führt da ebenfalls hin.«

»Aber das Rumtelefonieren hat bei mir null gebracht. Die lassen einen ja nicht mal ausreden.«

»Wir sollten mit den Leuten persönlich sprechen. Wenn sich schon jemand die Mühe macht vorbeizukommen, ist das für die bestimmt überzeugender als so ein Typ am Telefon. Klar denken die, dass du ein Call-Center-Agent oder so was bist.«

»Und das heißt«, begann Leo mit einem freudigen, breiten Lächeln, »dass wir morgen in den Harz fahren. Stimmt's oder habe ich recht? Sehr cool! Den kenne ich überhaupt nicht.«

»Also du meinst, wir ... wir beide fahren morgen in den Harz?«

»Ja, klar. Wieso?« Leo gähnte. »Hast du irgendwo 'ne Couch, auf der ich pennen kann?«

11

Vicky wurde schwindelig. Trotzdem sang sie weiter:

›Und wenn du mir die Sonne schenkst,
dann wärmt sie unsere Liebe.
Wir gehen Hand in Hand‹

Sie brauchte eine Pause. Drei Stunden proben am Stück, in dieser schwülen Hitze, waren zu viel. Vicky verstummte.

»Also Inga, wirklich. Also wirklich. Schade.« Klaus Nickel, der Regisseur der Schlager-Show, sprach Vicky nur mit dem Namen an, den sie sich als Sängerin zugelegt hatte: Inga Sommer. »Wirklich schade, Inga, einfach mitten im Lied aufzuhören. Bitte. Du warst so gut im Fluss.«

Nickels Stimme durchzog nur eine homöopathische Dosis von Ärger. Und das war bei ihm eine Menge, weil er sonst in jeder Situation eine naturgegebene, unerschütterliche Ruhe ausstrahlte. Selbst in diesem Moment, in dem Vicky unbedingt proben musste. Denn schon am gleichen Abend sollte die Show im Kurhaus von Bad Harzburg über die Bühne gehen. Ein riesiges Party-Event. Sogar der NDR wollte für die Regionalnachrichten ein Kamerateam entsenden.

Vicky wurde übel.

»Sorry, ich brauch 'ne Pause. Mir ist echt schwindelig.«

Der Regisseur nickte. »Ja, natürlich. Kein Problem. Geh ruhig mal nach hinten. Wir machen dann mit den anderen weiter.«

Heiner Hoffmann, einer der ewig aufstrebenden Schlagersänger des Nordharzes, nahm Vicky am Bühnenausgang in Empfang. Verschwommen sah sie seine lila glitzernde Las-Vegas-Jacke, die mühsam seinen Kugelbauch verbarg. Der wurde von zwei Storchenbeinen getragen, die in zwei ebenfalls lila glitzernden Sportschuhen standen. Heiner war schon etliche Jahre auf allen Bühnen im Harz unterwegs. Er hatte die vierzig deutlich überschritten, obwohl er das mit viel Make-up und schwarzer Pomade im reichlich angegrauten Haar zu verbergen versuchte.

Er hielt sich mit seiner sanften Bassstimme für unwiderstehlich und versuchte, mit jeder jüngeren Sängerin anzubandeln, die mit ihm in einer Show auftrat. Auf Vicky hatte er es besonders abgesehen. Mit gierigem Blick musterte er immer wieder ihre schlanke Figur, die langen blonden Haaren, die blauen Augen und das blitzende Lächeln. Bei jeder Gelegenheit drängte er sich nah an sie heran, legte seine Hand auf ihre Schulter, umarmte sie vertraulich, streifte wie zufällig ihren Nacken. Es fehlte nur noch die Hand auf ihrem Hintern oder auf der Brust.

»Oh, Inga, meine Liebe, was ist denn? Geht es dir nicht gut?« Er fasste sie schnell bei den Händen. »Komm, ich bringe dich nach hinten in deine Garderobe.« Sein Parfüm, das nach billigem Himbeerkaugummi roch, schwallte Vicky betäubend entgegen und machte sie noch schwindeliger. Die fettigen Pommes, die sie vor der Probe eilig hinuntergeschlungen hatte, schossen nach oben. Sie sah in Heiners lüsternes Gesicht – und kotzte ihm auf seine Glitzerschuhe.

»Hey, Inga, *are you okay*?!«

Cary James, Vickys Manager und Produzent, kam auf sie zu. Mit seinem weißen Hemd, dem offenen blauen Jackett und einer edlen weißen Jeans sah er aus, als würde er gleich selbst auf der Bühne singen. Cary zog ein großes blaues Taschentuch aus dem Jackett und reichte es Vicky.

»'tschuldigung«, murmelte sie in Heiners Richtung.

Der riss Cary das Taschentuch aus der Hand und wischte die Schuhe notdürftig ab.

»So ein Dreck. Meine besten Bühnenschuhe!«

Vicky achtete nicht weiter auf ihn. Sie folgte Cary in den Backstage-Bereich zu ihrer kleinen Garderobe. Die war nur mit einem Schminktisch, einem Spind und einem kleinen, alten Sofa ausgestattet. Vicky räumte einige Bühnen-Outfits weg, die darauf verstreut waren, und legte sich hin. Cary brachte ihr ein Glas Wasser.

»Geht es wieder?«, fragte er mit amerikanischem Akzent.

Den hatte er in seinen sechs Jahren in Deutschland liebevoll gepflegt. Er tigerte in Vickys Garderobe hin und her. So, wie er im Grunde ständig in Bewegung war, damit man ja nicht vergaß, dass er da war. Auch in seinem Kopf war pausenlos etwas in Bewegung. Ständig erzählte er von neuen Plänen und Ideen.

»Wenn du wieder fit bist, sollten wir was Neues probieren. *Totally new.* Du solltest so was machen wie Helene, als sie ist durch den Saal geflogen, *you know.*« Er schüttelte den Kopf. »Aber das Kurhaus ist dafür zu klein. *What a pity.*«

Er betrachtete Vickys kunstvoll durchlöcherte Jeans und die enge, rote Bluse, die ihre kokosnussgroßen Brüste aufreizend zur Geltung brachte.

»*Really*. Der Cow-Girl-Look groovt nicht mehr. Du brauchst mehr Glamour, mehr Show-Style. *Something sensational!*«

»Wie Helene.« Vicky wusste, dass Cary von Schlager-Queen Helene Fischer hingerissen war. Er wirkte regelrecht verliebt, wenn er von ihr sprach. Sonst stand er aber auf Männer.

»*Yes, damn right.* Du kennst ja ihr wahnsinniges Outfit in Rot, als sie durch die Arena gesegelt ist. *Awesome!*«

Seine Augen sprühten.

»Cary, jetzt nicht. Ich muss mich mal ein paar Minuten ausruhen. Lass uns später darüber sprechen. Ich komme gleich wieder raus.«

»*No problem, darling. Take your time.*«

Cary zwinkerte ihr aufmunternd zu und ging hinaus. Und Vicky atmete tief durch. Der Schwindel verschwand. Wahrscheinlich kam der auch nicht allein vom langen Proben. Schließlich wollte sie morgen nach Berlin zum Casting bei PRECIOUS MUSIC GERMANY fahren, der deutschen Tochterfirma des zweitgrößten Musiklabels der Welt. Und wenn das klappte, ging es weiter zu SCHLAGER ROCKET STARS, dem größten Schlager-Contest in Deutschland.

Das war schon eine größere Nummer als Vickys Auftritte auf Hochzeiten, beim Bad Harzburger Lichterfest, im Bierzelt auf Schützenfesten, in Möbelhäusern oder bei Schlagerpartys im

Harzburger Kurhaus mit allen abgehalfterten Schlagerstars, die ganz Norddeutschland zu bieten hatte. Vielleicht war der Auftritt an diesem Abend das letzte Mal, dass sie so etwas machte. Das Casting in Berlin war für Vicky der Türöffner, um davon wegzukommen – und, wenn ihr Plan funktionierte, ganz und gar dem Schlager Adieu zu sagen.

Denn Schlager waren eigentlich nicht ihr Ding, und deshalb blieb sie bei Auftritten immer einigermaßen entspannt. Auch jetzt. Klar, sie hatte ein bisschen Lampenfieber. Aber das hielt sich in Grenzen. Und sie freute sich auch auf den Applaus nach dem Auftritt, aber nicht auf die Performance. Den Gesang, die Bewegungen zur Musik, die Mimik – das würde sie wie immer als Pflichtübung erledigen, wie Staub saugen oder abwaschen. Nach außen für das Publikum mit viel Gefühl, aber innen, ohne für die Musik zu brennen. Wie sollte der Schlager-Einheitsbrei auch bei ihr Funken schlagen? Diese leeren, seelenlosen Lieder, die Gefühle lustlos antippten, ohne sie zu wecken. Nicht wie die Songs, die Vicky mit sieben Jahren gepackt und fasziniert und ihr Blut in Bewegung gebracht hatten.

Sie hatte Musik für sich entdeckt, als ihr Vater Benno ihr damals am Anfang der Sommerferien eine bittere Strafe aufdrückte. Mit schreckensweiten Augen hatte sie in der Küche gestanden und Bennos Zorn über sich ergehen lassen.

»Totalschaden! Vicky! Warum? Ich habe dir schon tausendmal gesagt: Bleib weg von den Verkaufswagen! Aber nein, du musst natürlich wieder darauf rumklettern!«

Beim Spielen hatte Vicky aus Versehen die Handbremse des Imbisswagens gelöst, der auf der großen Wiese am Haus der Schneiders gestanden hatte. Er war losgerollt und gegen eine Birke gekracht.

»Weißt du, was das heißt?! Ich brauche einen neuen Wagen. Das kostet tausende Mark!« Vicky liefen Tränen über das Gesicht. Sagen konnte sie nichts. Und Benno war noch nicht fertig. »Eins verspreche ich dir: So schnell machst du keinen Mist mehr. Du bekommst vier Wochen Hausarrest!«

Ein ganzer Monat eingesperrt in dem heruntergekommenen Haus der Schneiders an der Ilsenburger Straße in Bad Harzburg. Und das in den Sommerferien. Das bedeutete schreckliche Langeweile, denn Geschwister hatte sie keine. Fernsehen hatte Benno auch verboten. Ihre Mutter Juliane hatte den ganzen Tag mit dem Haus zu tun, und ihr Vater war von morgens bis abends bei seinen Imbisswagen. In ihrer Not hatte Vicky das Haus erkundet und war auf den Dachboden geklettert. Mitten zwischen verstaubten Kartons, Kisten und Lampen fand sie ein altes Transistorradio. Das kannte sie aus der Werkstatt ihres Vaters. Neugierig ging sie manchmal zu ihm, um die Musik zu hören, mit der er sich berieseln ließ. Aber er verscheuchte sie jedes Mal. Genau wie ihre Mutter Juliane, wenn sie in der Küche CDs von Shakira, Celine Dion oder Sarah Connor spielte und mitsang. Das hörte Vicky dann durch die geschlossene Tür nur in Bruchstücken. Doch der helle, klare Gesang ihrer Mutter fühlte sich an wie Sonnenschein auf der Haut, wie Süßigkeiten im Mund.

Vicky hatte das Radio in ihrem Zimmer versteckt. Als sie es ausprobierte, hatte sie nur den Sender GOLDEN TIMES finden können. Mehr schaffte die abgebrochene Antenne nicht. Ein Moderator kündigte einen »Tag voller gutem, altem Soul« an. Und Vicky lag auf ihrem Kinderbett und hörte gebannt Aretha Franklin, Ray Charles, Nina Simone, Marvin Gaye, Stevie Wonder, Diana Ross, Tina Turner und Whitney Houston.

Der Sender hatte kaum Geld. Deshalb brachte er dieselben Songs wieder und wieder. Die hörte Vicky jeden Tag. Heimlich. Und irgendwann sang sie mit, weil sie spürte: Eine Welt öffnete sich, die so anders war als die Frustration, der Ärger, der Arbeitsstress, die düstere Dauerbesorgnis, die ihre Eltern vorlebten.

Sie hatte das Gefühl, die Musiker würden nur für sie singen und spielen. Ihre Songs strichen Vickys Seele mit Farben an, mit Fröhlichkeit, mit Traurigkeit und füllten sie mit einer wilden Energie.

Nie zuvor hatte sie so etwas gespürt. Die Songs wurden zu ihrer Musik, und die hütete sie wie einen Schatz. Das Radio durfte ihr keiner wegnehmen. Und wenn sie hörte, wie jemand die Treppe zu ihrem Zimmer heraufkam, versteckte sie es unter dem Bett. Sie hatte sich schlafend gestellt, wenn jemand klopfte, damit sie ungestört weiterlauschen konnte.

Auf einmal hörte sie es: Jemand stand an der Tür und klopfte. Zweimal, dreimal. Jetzt wieder. Vicky riss die Augen auf. Der Beginn eines Traumes. Sie war in ihrer Garderobe eingedöst. Jemand räusperte sich vor der Tür. Oh, nein! Heiner. Garantiert war das Heiner. Was wollte der schon wieder? Der notgeile Sack. Den ließ sie bestimmt nicht in ihre Garderobe.

Sie riss die Tür auf und fauchte: »Mann! Geh einfach mal kalt duschen. Ich kann dir auch noch mal auf die Schuhe kotzen! Lass mich bloß ...«

Sie stoppte abrupt. Das war nicht Heiner.

12

Max wich zurück. Aber die Frau beendete ihre Attacke sofort, als sie erkannte, dass sie ihn verwechselt hatte. Sie sah erschöpft und bleich aus. Ihre Augen hatten einen glasigen Glanz, als wäre sie gerade aufgewacht. Sie strich sich eine Haarsträhne aus dem hübschen, ein wenig rundlichen Gesicht.

Blond ... blaue Augen ... so weit stimmte das. Die Größe passte ebenfalls. Leos Kumpel hatte Kopf- und Rumpfmaße vom Foto übernommen, um die ungefähre Körpergröße zu bestimmen, die das Mädchen als dreißigjährige Frau haben mochte. 1,75 bis 1,78. Nichts Ungewöhnliches. Das stimmte alles mit der schlanken Frau hier vor Max überein. Das war zum Identifizieren zwar nicht wichtig. Aber Max fiel es auf. Überhaupt: Sie war attraktiv.

»Entschuldigung, sind Sie Inga Sommer?«

»Steht das hier draußen an der Tür oder nicht?«

»Ja. Schon. Aber es hätte ja sein können ...«

»Okay, was ist los? Was wollen Sie?«

Das Blut war in ihr Gesicht zurückgekehrt und ließ sie frischer erscheinen – und noch attraktiver.

»Ich bin Max Holmes. Ich bin auf der Suche nach einer Frau, die ... also ...« Ihr skeptischer Blick brachte ihn aus dem Konzept. »... die reich ist. Ich meine, die vielleicht reich ist, weil sie geerbt hat.«

Nun war der Blick geradezu entgeistert.

»Was?«

»32 Millionen. Es könnte sein, dass Sie diese Frau sind. Und deshalb ...«

»Stopp. Bitte. Stopp.« Sie schloss kurz die Augen. »Wovon reden Sie? Haben Sie gekifft? Oder sind Sie so ein *fucking stalker*?«

»Nein, nein. Lassen Sie mich das erklären. Es geht um ...«

»Inga? 'tschuldigung. Telefon für dich.« Ein braungebrannter junger Mann in T-Shirt, Shorts und Sandalen, mit einem Headset-Mikrophon stand auf einmal neben Max. »Ein Typ von PRECIOUS MUSIC. Wegen des Castings morgen in Berlin, hat er gesagt.« Der Braungebrannte hielt der Sängerin sein Handy vor die Nase. »Und du musst wieder raus zur Probe. Der Regisseur hat schon dreimal nach dir gefragt.«

Inga Sommer nickte. »Alles klar.« Sie griff nach dem Handy, zögerte und sah Max abschätzig an. Der versuchte es wieder.

»Ich muss Sie unbedingt nach den Proben noch mal sprechen. Es ist wirklich wichtig. Wie ich schon sagte ...«

»Kümmerst du dich bitte mal um diesen Spinner? Der stalkt mich.« Sie wandte sich von Max ab und dem Handy zu. »Ja? Inga Sommer?«

Der Headset-Mann murmelte ein paar Worte in sein Mikrophon. Eines davon war ›Security‹.

Die Sängerin lief telefonierend los, Max ging ihr nach. Denn: Was sollte das? Leo und er waren seit fünf Tagen im Harz unterwegs, hatten an etlichen Türen geklingelt, Gespräche geführt, ohne die Erbin gefunden zu haben. Drei Kandidatinnen waren übrig. Inga Sommer war eine von ihnen. Und die bügelte ihn einfach so ab? Hörte ihm nicht mal zu? Das ging gar nicht.

»Hey, Moment mal!«, rief der Headset-Mann. Er lief Max hinterher und packte ihn an der Schulter. »Haben Sie nicht gehört? Sie sollen sie in Ruhe lassen!«

Er bekam Verstärkung von zwei Männern, breitschultrig, muskelbepackt, in schwarzen T-Shirts und Cargo-Hosen und beide bestimmt zwei Meter groß. Plötzlich standen sie neben Max. Ein stahlharter Schraubstockgriff drückte ihm den Oberarm taub.

»Ist das der Typ?«

Der Braungebrannte nickte, und die Security-Männer schleiften Max über den Linoleumboden, den Gang entlang.

»Aber ich bin kein Stalker! Es geht um eine wichtige geschäftliche Angelegenheit!«

Die Männer stellten sich total taub. Erst, als sie Max aus der Eingangstür gestoßen hatten, bekam er einen Befehl hinterhergeraunzt.

»Lass dich hier nie wieder blicken, sonst gibt's was auf die Nüsse. Ist das klar?!«

Die Security-Männer warteten nicht auf eine Antwort und schlossen die Eingangstür ab. Max rappelte sich hoch. Ein wenig schwankend schaute er zum Parkplatz hinüber, wo Leo auf ihn in Max' altem VW-Bus wartete. Max hatte ihn darum gebeten, weil er lieber erst allein mit Inga Sommer sprechen wollte. Er meinte, wenn sie die Sängerin zu zweit ansprachen, würde sie das zu sehr abschrecken. Allerdings war ihm genau das jetzt auch allein gelungen.

Leo saß hinter dem Steuer, aber alles andere als ruhig wartend. Er gestikulierte wild zu Max herüber, dass er sich beeilen sollte, zum Bus zu kommen.

13

Als Max in den VW-Bus einstieg, empfingen ihn ein Schwall warmer Luft und ein aufgeregter Leo.

»Was ist denn passiert?«, wollte Max wissen.

»Mann, endlich. Schnell, die Tür zu.«

Max gehorchte.

»Jetzt sag schon.«

»Jaja, okay. Also vorhin ... puh ...« Leo fächelte sich mit der Hand Luft zu. »Vorhin musste ich mal für kleine Informatiker und bin da hinter die Bäume gegangen. Ich dachte so: ›Mich sieht ja keiner.‹ Aber – denkste. Ein paar Meter neben mir stand ein Typ, der dasselbe vorhatte. Der hatte so eine Lederjacke an, und ich dachte: ›Puh, der muss ganz schön schwitzen in dem Ding.‹ Mir war jedenfalls total warm, weil die Temperaturen ja gerade schon so sind wie ...«

»Was war mit dem Typen?«

Max wurde ungeduldig. Ihm war es ebenfalls langsam zu warm in seinem Bus ohne Klimaanlage. Er wollte das Fenster runterkurbeln, doch Leo schrie auf.

»Nein! Bloß nicht! Die dürfen nicht auf uns aufmerksam werden.«

»Was? Wen meinst du?«

»Na, dieser Typ, der auch hinter den Bäumen ...«

»Ja, schon klar.«

»Der hatte eine Waffe! Eine Pistole! In der Jacke. Ich konnte die genau erkennen.«

»Bist du sicher?«

»Total sicher. Der hat mich auch gesehen und mir kurz zugenickt und gelächelt. Aber ich kann dir sagen: So willst du nie angelächelt werden. Der hat mich an diesen Werwolf-Film erinnert. Der mit Jack Nicholson. Wie heißt der noch?«

»Was will der hier mit einer Pistole?«

»Also, ich glaube ... also ...« Leo war außer Atem. Der Schweiß triefte ihm von der Stirn. Er nahm einen Schluck aus seiner Wasserflasche. »Mach *doch* mal das Fenster auf. Aber langsam. Der ist in den SUV da hinten eingestiegen. Die sind zu zweit. Mindestens. Einen konnte ich sehen. Und jetzt stehen die da und warten.« Er deutete auf einen breiten, schwarzen Wagen mit verspiegelten Scheiben am anderen Ende ihrer Parkreihe.

»Worauf warten die?«

»Keine Ahnung. Aber sie sind bewaffnet. Wir sollten echt die Polizei rufen.«

»Wenn das Gangster sind, lassen die ihre Pistolen ganz schnell verschwinden, sobald hier ein Streifenwagen auftaucht. Oder das sind selbst Polizisten.«

»Oder Geheimagenten.«

»Oder Geheimagenten, genau. Oder das sind Schlagerfans, die heute Abend auf der Party Amok laufen wollen.«

Leo hatte wirklich eine blühende Phantasie. Oder er war einfach nur ein Angsthase. Max spürte, wie seine Blase nun ebenfalls drückte.

»Ich gehe auch mal kurz hinter einen Baum.«

»Oh, sei bloß vorsichtig. Die können uns hier gut sehen.«

»Ich pass' schon auf. Keine Sorge.«

Max stieg aus und suchte sich am Parkplatzrand einen Baum, der ihn gut versteckte. Auf dem Weg überlegte er, wie sie doch noch mit dieser zickigen Inga Sommer sprechen könnten. Am besten, sie gingen in die Show. Er mochte zwar keinen Schlager, aber das war der direkteste Weg zu der Sängerin.

Max stellte sich mit dem Rücken zum Parkplatz. Er wollte sichergehen, dass ihn niemand mit runtergelassenen Hosen sah. Doch als er dastand und sein Geschäft verrichtete, glaubte er zu spüren, dass ihn Blicke trafen. Als er fertig war, zog er sich schnell die Hose hoch und blieb einen Augenblick hinter dem Baum stehen. Dann trat er mit einem schnellen Schritt hervor und schaute zum SUV hinüber. Er konnte gerade noch sehen, wie sich ein verspiegeltes Fenster hochschob und langsam ein Gesicht mit einem stahlblauen Augenpaar verdeckte, das ihn anstarrte.

14

»Inga Sommer, bitte auf die Bühne!«

Die Stimme eines Regieassistenten schnarrte aus dem kleinen Lautsprecher in Vickys Garderobe. Sie zupfte noch an ihren Haaren herum und rückte den golden glitzernden Jumpsuit auf Brusthöhe zurecht. Er lag eng an wie ein Taucheranzug und betonte sexy jede Rundung ihres Körpers. Gut, dass sie immer noch so schlank war, trotz des Eiskonsums in diesem viel zu warmen Mai.

Vicky sang schnell die letzte Tonleiter zum Warmmachen der Stimme zu Ende. Dann trank sie einen Schluck Wasser und blickte sich im Spiegel selbst in die Augen.

»Okay. Showtime«, flüsterte sie und öffnete die Tür.

Dort wartete Cary und nahm sie gut gelaunt in Empfang.

»Hey! Wow! Du siehst toll aus. *Let's go*!«

Sie bahnten sich ihren Weg zur Bühne durch emsig umhereilende Techniker, Chordamen, Musikerinnen und Musiker. Trotz dieser Geschäftigkeit blieb der Backstage-Bereich erstaunlich ruhig. Dafür war das, was von der Bühne und aus dem Zuschauerraum herüberschallte, umso lauter: das klatschende, johlende Publikum und die Schenkelklopfer-Witze und Ulk-Songs des ›fidelen Achim‹. Der war als Auflockerung zwischendurch in die Show eingebaut. Er brachte gerade seinen Rausschmeißer-Witz.

»Ein Schiff fährt an einer einsamen Insel vorbei. Auf der steht einer und winkt wie ein Verrückter. Ein Matrose auf dem Schiff fragt den Käpt'n: ›Was hat der denn?‹. Sagt der Käpt'n: ›Weiß ich auch nicht. Aber der freut sich immer so, wenn wir hier vorbeifahren.‹ – Das war's von mir. Danke! Vielen Dank!«

Gelächter, Pfiffe, rhythmisches Geklatsche und Zugabe-Rufe aus den Kehlen von fünfhundert Schlagerfans. Doch statt des ›fidelen Achim‹ kam Moderator Klaus Alexander in einem grünen Frack auf die Bühne, um ein paar Minuten Umbaupause zu überbrücken.

Danach sollte die nächste Sängerin folgen: Inga Sommer.

Vicky stand dicht neben dem Vorhang und wartete auf ein Zeichen. Während sie sich die leicht dauergewellten langen Haare zurückstrich, spürte sie für einen Moment das übliche Prickeln von Lampenfieber im Bauch. Sie lugte am Vorhang vorbei ins Publikum.

Wen hoffte sie zu entdecken? Benno und Juliane? Bestimmt nicht. Aber sie wünschte sich, Rita Moyet wäre jetzt hier und würde ihr zuhören. Und auf einmal schien es ihr, als würde ihre Musiklehrerin tatsächlich dort hinten am Rand der Menschenmasse stehen. Vicky erkannte ihr Lächeln, ihre langen, sanft ergrauten Haare, ihren wachen Blick. Eine Erinnerung blitzte auf. Ihre erste Begegnung im Unterricht.

»Das Lied ist blöd! Das singe ich nicht!«

Die siebenjährige Vicky verschränkte die Arme.

Rita Moyet lächelte. Sie wollte mit der Klasse ›*Ein schöner Tag*‹ einüben.

»Vicky, kennst du denn ein Lied, das nicht blöd ist?«

»Ja! Ganz viele!«

»Kannst du eines singen?«

Als Antwort fing Vicky mit dem Refrain von ›*Hit the Road, Jack*‹ an. Was sie sang, klang wie ›*Hitze rot, Jack*‹. Sie konnte noch kein Englisch sprechen. Doch sie ahmte den Klang der Wörter nach, die sie jedes Mal aufschnappte, wenn sie den Songs des Senders GOLDEN TIMES gebannt zuhörte. Die Kinder verstanden das Fantasie-Englisch nicht. Was war ›*Hitze rot*‹? Aber es gefiel ihnen offenbar, denn sie applaudierten und trampelten, als Vicky fertig war.

Plötzlich flackerten die Bühnenscheinwerfer. Sie warfen Schatten, die Vicky in eine andere Erinnerung trugen: sie im Klavierzimmer von Rita Moyet. Die Lehrerin hatte noch nie bei einem Kind solch eine starke, reiche Stimme erlebt, solch ein Gespür für Gesang, Rhythmus, Melodien. Sie bot den Schneiders an, Vicky private Gesangsstunden zu geben. Juliane stimmte zu. Und da stand Vicky und übte fröhlich Tonleitern.

»Sehr gut.« Rita, wie Vicky sie bald nennen durfte, setzte sich ans Klavier. »Und jetzt probieren wir ›*Chain of Fools*‹ von Aretha Franklin.«

Wieder ein Flackern der Scheinwerfer und eine weitere Erinnerung: Vicky auf einem Hochsitz am Rande von Bad Harzburg. Seit sie zehn war, saß sie hier oft allein, um sich Melodien und Wörter für Lieder auszudenken. Sie sang sie in einen Walkman mit Aufnahmefunktion, den Rita ihr geschenkt hatte. Ein paar Kühe von der angrenzenden Weide gesellten sich zu ihr und hörten andächtig zu.

Plötzlich: Dunkelheit. Die Scheinwerfer fielen für einen Moment total aus. Vicky störte das nicht. Sie schwamm durch ihren Erinnerungsstrom und sah sich selbst, wie sie mit zwölf Jahren in Ritas Klavierzimmer stürmte. Die Lehrerin hatte ihr das Notenlesen und Notenschreiben beigebracht, damit Vicky ihre Songs festhalten konnte. Die flossen nur so aus ihr heraus, denn Musik durchströmte sie in jeder Sekunde bis in die feinsten Adern und in allen Gedanken. Rita saß geduldig vor dem Klavier, während Vicky beide Hände hob, als wollte sie so ihrer Lehrerin ihre Botschaft überreichen.

»Ich will Musikerin werden. Ich will Songs schreiben und sie singen und auftreten. Alle sollen meine Musik hören und eine gute Zeit haben.«

»Wunderbar, Vicky.« Rita nickte und schloss kurz lächelnd die Augen. »Ich begleite dich, ich unterstütze dich, bis du bereit bist für ein Studium. Du brauchst eine solide Ausbildung als professionelle, gute Musikerin.«

Auf einmal erhellten die Scheinwerfer wieder die Bühne und rissen Vicky aus der Vergangenheit. Sie blickte ins Publikum, doch Rita war nicht mehr zu entdecken. Sie war schon lange aus ihrem Leben verschwunden. Bis zum Abitur hatte sie Vicky Komposition und Gesang gelehrt. Kurz darauf war sie bei einem Autounfall gestorben.

Was hätte Rita dazu gesagt, Vicky an diesem Abend so zu erleben: als Sängerin von Schlagern? Wäre sie enttäuscht gewesen, dass ihre Schülerin dort gelandet war? Wahrscheinlich. Und sie hätte bedauert, dass Vicky ihr Studium hatte abbrechen müssen. Aber sie hätte applaudiert, wenn sie Vickys Plan für den Ausstieg aus dem Schlager gekannt hätte: erst mal genügend Geld damit verdienen und sich wichtige Kontakte in der Musikwelt und eine Fan-Base aufbauen. Dann wollte Vicky ihre eigenen, selbstkomponierten Soul- und Popsongs beim Publikum bekanntmachen. Rita hätte das gefallen. Denn das war der Weg, den sie gemeinsam begonnen hatten.

»Und jetzt – jaaaa! Jetzt kommt der Sommer zu uns!« Das Signal für Vickys Auftritt. Die Stimme des Moderators überschlug sich. »Die Harzer kennen sie alle! Ihr kennt sie alle: unsere Inga Sommer mit ihrem neuen Knallersong ›*Sonnenliebe*‹! Inga Sommeeer!«

Vicky gab sich einen Ruck und schritt langsam auf die Bühne. Die Leute klatschten und pfiffen genauso euphorisch wie der schwitzende Conférencier. Der gab Vicky einen flüchtigen Begrüßungskuss auf die Wange. Sie ließ das widerwillig geschehen. Doch das gehörte dazu. Wie das Dauerlächeln, das Vicky anknipste. Es passte zwar manchmal nicht zum Text, wenn sie von irgendeinem Verflossenen sang. Aber dann ging es ja wieder um einen neuen Typen, ihre ›*Sonnenliebe*‹.

Dem Publikum war das egal. Hauptsache, Vicky sah gut aus, sie traf den Ton, und der Discofox-Beat wummerte aus den Boxen. Als das Halbplayback startete und sie zu singen begann, tanzte der gesamte Saal und stimmte in den Refrain ein.

Vicky sang den Song einfach runter. Dabei schwenkte sie ein paar Mal die Hüfte, wie sie es bei Shakira gesehen hatte. Der Text saß. Den hätte sie singen können, wenn jemand sie aus dem Tiefschlaf gerissen und das von ihr verlangt hätte. Sie machte ihren Job, roboterhaft, ohne mit allen Sinnen zu spüren, was gerade geschah.

Wie aus weiter Ferne beobachtete sie sich.

Nach dem letzten Ton brandeten tosender Applaus und Zugabe-Rufe zur Bühne empor. Für ein weiteres Lied war aber keine Zeit im Programm übrig. Die Begeisterung umwehte Vicky wie ein warmer Wind. Ein gutes Gefühl. Jetzt war ihr Lächeln echt. Sie war ganz und gar bei der Sache.

Doch ihre Stimmung kühlte schnell ab, als sie zum Bühnenausgang ging und auf den nächsten Show-Act traf, die HARZER HERZENSBRECHER. Die drei fülligen Mittfünfziger zischten sich gegenseitig an: »Lass mich zuerst raus!« – »Wenn die dich als Ersten sehen, kommt denen das Bier wieder hoch!« – »Du bist einfach zu fett geworden!« – »Mann, hast du heute Morgen schon mal im Spiegel deine Gesichtsbaracke gesehen?«

Vickys Anblick unterbrach das Gefecht.

»Hey, schöne Frau, toller Auftritt.«

Die drei zogen sie mit ihren Blicken aus. Vicky nickte ihnen kurz zu und machte, dass sie weiterkam. Dann traf sie auf Cary, der sie lachend in Empfang nahm.

»*Gorgeous! Absolutely top*!«

Er umarmte sie herzlich, was sie behutsam erwiderte.

›*Deine Liebe hat mich über ... rumpelt, rumpelt, rumpelt*!‹, tönten die ›Herzensbrecher‹ von der Bühne herüber.

»Ja, klar, in so einem sexy Superhelden-Fummel«, wiegelte Vicky ab.

»Ach, *come on*, du hast super gesungen. Und wie du dich bewegt hast! *Totally hot*! Du warst *really sensational*.«

Sie lachte. »Na gut, wenn du das sagst.«

›.. *über ... rumpelt, rumpelt, rumpelt ...*‹

»Wenn du morgen in Berlin so singst, bekommst du das Ticket für die *finals*. Und am Ende, *oh yes*, am Ende kommst du ganz groß raus.«

Cary breitete die Arme bei seiner Vision weit aus, als würde er als ein Gott eine Welt erschaffen.

»*Trust me*. Ganz groß.«

15

»Los, komm! Sie ist fertig! Das ist die Gelegenheit!«

Max brüllte gegen das Rufen und Geklatsche der Schlagerfans an, die sie umringten. Leo, der mitklatschte, lachte ihn an.

»Was sagst du?!«

Max fragte sich wieder, warum sie sich eigentlich duzten.

»Komm mit!«, schrie er Leo kurz ins Ohr.

Er zog ihn am Arm durch die entflammte Menge, deren Feierlaune selbst die feuchte Hitze im Saal nicht vertrieb. Nach einigem Gedränge und Geschiebe erreichten sie einen Ausgang und traten in das ruhige, bedeutend kühlere Foyer vor dem Saal.

»Da drüben geht's zu den Künstlergarderoben.«

Er zeigte auf eine Tür neben dem Saaleingang. Davor stand ein schwarz gekleideter, muskelbepackter Security-Mann, der misstrauisch herüberäugte.

»Max, vielleicht sollte ich das mal bei dem Mädel probieren«, schlug Leo vor. »Ich kann sehr charmant sein.«

»Nein. Ich meine ... ich kenne mich da drinnen schon aus. Und es wäre besser ...«

»Jaja, ist schon gut. Aber beschwere dich nachher nicht, wenn es nicht klappt. Hey, ich kann ja bei dem mal charmant sein.«

Er ging auf den Türsteher zu.

»Was hast du vor?« Max eilte hinterher.

»Na, ablenken. Und du gehst zu deiner Herzdame.«

»Herzdame ... von wegen. So was Arrogantes ...«

Leo hielt direkt vor dem Türsteher an, verschränkte umständlich die Beine, trat von einem Fuß auf den anderen.

»Entschuldigung? Hallo, äh, ich müsste dringend mal auf die Toilette. Können Sie mir ...«

»Da lang.«

Der Security-Mann zeigte mit starrem Blick zur anderen Foyer-Seite. Seine leicht nach unten gezogenen Mundwinkel hatten sich kaum bewegt.

Leo hörte nicht auf ihn, sondern ging rückwärts auf die hohe Glasfront des Foyers zu, vor der riesige Blumenkübel mit Spindelpalmen der Wartezone ein Mittelmeerflair gaben.

»Tut mir echt leid.« Leo drehte sich um und zog den Reißverschluss seiner Hose mit einem deutlichen Ratschen herunter. »Ich halte es einfach nicht mehr aus.«

»Heeey! Was machen Sie da?!«

Plötzlich kam Leben in den Security-Mann. Er verließ seinen Posten vor der Tür und lief zu Leo hinüber. Auf Max achtete er nicht mehr. Der bewegte sich langsam auf die Tür zu, die zu den Garderoben führte. Dann fing er an zu laufen, erreichte die unverschlossene Tür und betrat den Gang.

Doch das bemerkte der Türsteher. »Heeey!«, rief der wieder und rannte nun selbst in den Garderobengang, Max hinterher. Leo zog seinen Reißverschluss hoch und folgte beiden. Der Security-Mann hatte kurz angehalten, um sich zu orientieren. Das war gar nicht so leicht, weil Musiker, Bühnentechniker und ein paar Catering-Leute mit Kochmützen wild durcheinanderliefen und den Gang verstopften. Ein Gewimmel wie in einer Schule kurz nach dem Gong zum Unterrichtsende. Das Muskelpaket brauchte einige Sekunden, um Max zu entdecken, der sich durch den menschlichen Ameisenbau kämpfte. Das reichte Leo. Er nahm Anlauf und rammte mit seinen über hundert Kilo den Security-Mann problemlos zu Boden.

Max bekam davon nichts mit. Nur noch zehn Meter trennten ihn von Inga Sommers Garderobe, als ihm eine Gruppe Chorsängerinnen den Weg versperrte. Plötzlich hörte er Leos alles erschütternde, alles übertönende Bärenstimme hinter sich:

»Hey, Maaax! Pass auf! Da ist der Typ mit der Pistole!«

In der nächsten Sekunde verstummte jedes Geräusch, jede Bewegung erstarrte. Alle Augen hingen an Leo. Der stand mit ausgestrecktem Arm da und zeigte an Max vorbei auf einen der Männer aus dem SUV, der vor Inga Sommers Garderobe aufgetaucht war. Die Zähne gebleckt und aufeinandergepresst, starrte er durch seine Sonnenbrille abwechselnd Max und Leo an. Die eine Hand unter seiner Lederjacke zuckte kurz, als würde er gleich etwas darunter hervorziehen.

›Die Pistole!‹, schoss es Max durch den Kopf.

Dann stürmte der Sonnenbebrillte los, auf Max zu, die Hand weiterhin in der Jacke. Der sprang erschrocken zurück, drehte sich um und rannte zur Tür.

»Leo, los, raus hier!«

Leo reagierte sofort und lief ebenfalls zur Tür. Dort kam der Security-Mann gerade wieder mühsam auf die Beine und schüttelte verwundert den Kopf, als ob er sich fragen würde, wo die Büffelherde geblieben war, die ihn überrannt hatte. Im nächsten Augenblick war Leo wieder bei ihm und stieß ihn erneut mit der Wucht eines angreifenden Nashorns zu Boden.

Max erreichte den Ausgang, stieg über den halb Ohnmächtigen hinweg und knallte die Tür hinter sich zu. Für weitere Verbarrikadierungen blieb keine Zeit. Er überholte den schnaufenden Leo im Foyer, hielt ihm die Ausgangstür auf und lief aus dem Gebäude – um sofort abrupt zu stoppen, weil auf dem Bürgersteig vor dem Kursaal der verdunkelte SUV parkte.

Zurück konnten sie nicht. Max sah bei einem Blick über die Schulter, dass der Mann mit der Sonnenbrille sie verfolgte. Der lief durch das Foyer – nun tatsächlich mit einer Pistole in der Hand. Die steckte er jedoch schnell wieder ein, weil sich im Vorraum weitere Leute aufhielten.

»Schnell zum Bus!«, rief Max.

Er rannte ein Stück den Bürgersteig entlang, dann über die Straße auf den Parkplatz und auf seinen Bus zu. Alles im Zickzack-Kurs, falls die Killer auf die Idee kamen, auf sie zu schießen. Max hörte hinter sich den ächzenden Leo. Und gleichzeitig den erwachenden Motor des SUV. Das ließ ihn noch schneller rennen. Endlich erreichte er den Bus, sprang hinein, stieß für Leo die Beifahrertür auf und startete den Motor. Der Wagen rollte schon an, als Leo mühsam hereinkletterte.

»Mann, das ist ja schlimmer als Sport«, keuchte Leo außer Atem.

Max zögerte, als er bemerkte, dass der SUV zwar losfuhr, aber gar nicht auf sie zusteuerte, um ihren klapprigen VW-Bus in Stücke zu fahren. Das hätte der Wagen der Sonnenbrillen-Killer mühelos geschafft.

Killer – genau das waren sie. Max hatte die Waffe in der Hand des Mannes deutlich gesehen. Leo hatte recht. Max schaute ihn anerkennend von der Seite an. Leo hatte ihm durch seine Warnung vor dem Gangster wahrscheinlich das Leben gerettet. Jetzt hatten sie einen Grund, sich zu duzen.

Max sah dem SUV hinterher, der auf die Straße in Richtung Innenstadt einbog, und drückte aufs Gaspedal.

»Was machst du?«, fragte Leo verwundert.

Der Bus rumpelte auf die Straße. Max schaltete einen Gang höher und fuhr dem SUV hinterher.

»Du hast recht. Das sind wirklich Gangster.«

»Aber was ist mit deiner Herzdame?«

»Um die kümmern wir uns doch jetzt. Denn was meinst du wohl, was die Typen von Frau Sommer wollen?«

Max machte noch mehr Tempo, weil er Mühe hatte, den dahinrasenden SUV auch nur in Sichtweite zu behalten. Der Bus zitterte und dröhnte angestrengt.

»Sie umlegen«, sagte Leo. »Ich meine: Der Typ stand vorhin mit einer Pistole vor ihrer Garderobe. Und wenn die hier zu zweit aufkreuzen, ist das echt so was wie ein Killer-Kommando.«

»Und das kommt von Frankenhauser. Wahrscheinlich«, vermutete Max. »Ganz sicher können wir noch nicht sein. Aber wir müssen aufpassen und notfalls eingreifen, weil die das wieder versuchen könnten.«

»Wir müssen deine Herzdame doch warnen.«

»Nein. Wenn wir jetzt ankommen und ihr erzählen, dass Gangster hinter ihr her sind, holt sie die Polizei – damit die uns verhaftet. Sie hält mich doch für einen Stalker.«

»Okay. Stimmt. Dann sieh zu, dass du die Typen nicht verlierst.«

Was nicht so leicht war, weil der SUV sich nicht um Geschwindigkeitsbegrenzungen scherte. Aber auch Max konnte richtig Gas geben, weil um diese Uhrzeit, kurz nach Mitternacht, die Straßen Bad Harzburgs wie ausgestorben waren.

Max beschleunigte, so gut es ging. Er schaffte es, den SUV in Sichtweite zu halten. Er schloss aber nicht zu dicht auf, damit die Killer sie nicht entdeckten. Der SUV fuhr nicht in die Innenstadt, wie Max vermutet hatte, sondern bog in eine steil ansteigende Straße ab. Die knickte scharf nach links ab und führte einen Berg hinauf. Der SUV fuhr aber bergab nach rechts in eine Seitenstraße. Max und Leo konnten nicht sehen, wohin der Wagen steuerte, weil ein Haus die Sicht versperrte. Max schaltete die Scheinwerfer aus, um den Bus in der Dunkelheit unsichtbar zu machen, und fuhr langsam weiter. Kurz vor der Kurve konnten sie in die Seitenstraße blicken. Max bremste abrupt.

»Da sind sie.«

Max deutete auf einen Parkplatz auf der linken Seite, gleich hinter der Einfahrt in die Seitenstraße. Er gehörte zu einem Golfclub, hinter dem sich der Bad Harzburger Golfplatz in die Dunkelheit erstreckte. Max setzte den Bus rückwärts auf den Bürgersteig.

»Was wollen die da? Golf spielen? Gibt's so was wie Nacht-Golf?«, überlegte Leo. »Aber nee, das ist auch zu langweilig.«

»Was? Langweilig? Finde ich nicht. Hast du das schon ausprobiert? Ich habe mal einen Schnupperkurs gemacht. Und das war wirklich toll. Also ...«

»Langweilig. Echt. Ich meine: Was soll das? Man schlägt einen Ball in die Gegend und sucht ihn stundenlang. Und schlägt ihn wieder in die Gegend, um ihn wieder zu suchen. Aber es gibt einen total abgefahrenen Golfer-Film aus den 80ern. ›*Caddyshack*‹ heißt der. Da sprengt so ein verrückter Platzwart fast einen Golfplatz in die Luft, weil er ein Nagetier verscheuchen will. Und ...«

»Wir sehen uns mal an, was die hier wollen«, unterbrach ihn Max.

Sie stiegen leise aus und schlichen in den Schatten eines der Bäume, die neben der Einfahrt in die Straße standen.

»Sieh mal«, flüsterte Leo, »die sitzen im Auto und bräunen sich ganz gechillt die Lunge.«

Max sah, dass ein Fenster ein wenig heruntergelassen war. Dahinter glomm eine Zigarette aus dem Dunkel des Wageninneren. Max holte sein Handy heraus und ging online.

»Worauf warten die?«, überlegte Leo. »Dass der Golfplatz öffnet?«

»Die warten auf Vicky Schneider.«

»Auf wen?«

»Inga Sommer. Vicky Schneider heißt sie mit bürgerlichem Namen. Sie wohnt hier gleich um die Ecke.« Max hielt das Handy hoch. »Das sagt Mr. Google.«

»Dann haben die wirklich was mit ihr vor. Und was wird das schon sein, so nachts auf einem Parkplatz mit einer Wumme in der Jacke?« Leo stieß die Luft aus. »Puh, ich glaube, deine Herzdame hat gerade echt ein richtig amtliches Problem. Die wollen bestimmt kein Autogramm von ihr.«

16

Vicky schälte sich aus dem goldenen Jumpsuit, um endlich in Jeans und T-Shirt zu schlüpfen. Besser, viel besser. Jetzt war sie wieder Vicky. Die Vicky, die dringend eine heiße Dusche oder besser ein heißes Bad und danach ihr Bett brauchte. Ein bisschen Sex vor dem Einschlafen wäre auch nicht schlecht. Bloß von hier wollte sie niemanden mitnehmen, obwohl es Anwärter genug gab. Und zu Hause wartete niemand auf sie.

Wenigstens war sie dort vor diesen Verrückten hier sicher, die sich anscheinend alle an diesem Abend zur Schlager-Show verabredet hatten. Erst dieser Stalker, der ja ganz süß aussah, aber eben ein Stalker war. Oder sonst was. Und am Abend dann dieser Aufstand, weil irgendwer glaubte, einen Typen mit einer

Pistole vor ihrer Garderobe gesehen zu haben. Allerdings hatte sonst keiner eine Waffe bemerkt, und deshalb hatte niemand die Bullen gerufen. Das wäre auch noch schöner gewesen. Die hätten sie bestimmt nicht nach Hause gehen lassen, sondern erst mal ohne Ende befragt. So war es okay. Schließlich wollte sie schnell schlafen gehen, um am nächsten Tag für das Casting in Berlin fit zu sein.

Vicky schritt durch die kühle Nachtluft über den fast leeren Parkplatz vor dem Kurhaus. Ihr alter Polo stand wartend vor den Bäumen in der Mitte der Parkreihen. Sie holte den Schlüssel hervor und stockte.

War da nicht ein Geräusch in den Bäumen? Ein Knacken in den Ästen? Das hörte sich nach etwas Großem an. Rasch schloss Vicky den Wagen auf und wollte gerade einsteigen, als das Knacken zurückkehrte. Dazu ein lautes Rascheln, und aus dem Schatten der Bäume brach ein Vogel hervor und flog in den Nachthimmel. Ein Uhu vermutlich, das war in der Dunkelheit nicht zu erkennen.

Zum Glück nicht noch so ein Irrer. Vicky stieg in ihren Polo und startete hastig den Motor. Sie wollte einfach nur weg von Stalkern, öligen Baggerweltmeistern und allen Verrückten dieser Nacht.

Ein Regieassistent hatte Vicky erzählt, dass tatsächlich ein Typ mit oder ohne Pistole vor ihrer Garderobe gewartet hatte. Wahrscheinlich noch ein Stalker. Je bekannter sie wurde, desto mehr zog sie solche Gestalten an. Aber egal. Das gehörte anscheinend dazu. Die gute Laune nach dem Erfolg ihres Auftritts ließ sie sich jedenfalls von so etwas nicht verderben.

Musik. Die brauchte sie jetzt. Laute Musik. Und keinen Schlager. Irgendwas, das richtig abging.

Als sie an einer Ampel halten musste, drehte sie die Beats von ›*Moves Like Jagger*‹ von Maroon 5 und Christina Aguilera auf, bis sie nichts mehr von draußen hörte. Die Bässe forderten die Fensterscheiben ihres Polos heraus. Sie fuhr schnell, wippte im Takt auf dem Gaspedal mit. Und nach drei Songs bog Vicky auch schon ab und fuhr am Golfclub vorbei, um den Wagen in einer der Parkbuchten am Rande des Golfplatzes abzustellen. In diesem Moment begann ›*Uptown Funk*‹ von Mark Ronson und Bruno Mars aus den Boxen zu grooven. Das wollte sie noch hören, bevor sie ausstieg, selbst wenn es schon auf 0:30 Uhr zuging. Sie drehte den Song lauter, bis die treibenden Bläsersätze, die vibrierenden Bässe, die funky Gitarre und die soulige Stimme von Bruno Massie sie ganz und gar gepackt hatten.

Sie warf den Oberkörper im Rhythmus hin und her, schlug den Takt auf dem Lenkrad mit – und merkte nicht, wie ein schwarzer SUV ohne Licht sich aus einer Parkbucht ein paar Meter hinter ihr herausschlich und langsam auf ihren Polo zurollte. Genauso wenig sah sie, wie auf der Beifahrerseite das Fenster heruntergelassen wurde, aus dem sich der Schalldämpferaufsatz einer Pistole herausschob.

Und hätte Vicky in den Rückspiegel geblickt und die Musik ihr nicht die Trommelfelle total blockiert, hätte sie mitbekommen, wie der SUV auf einmal nach vorn sprang. Ein ebenfalls unbeleuchteter VW-Bus drängelte ihn krachend die Straße bergab. Der Motor des Busses heulte auf, und der Kühler gab weißen Dampf von sich. Dann waren beide Wagen aus dem Rückspiegel verschwunden.

Vicky hatte nichts davon mitbekommen. Sie drehte den Song nach den letzten Tönen ab, atmete tief durch und stieg aus.

Was waren das für Geräusche? Die kamen vom Golfplatz. Motorengeräusche. War das einer dieser riesigen Rasenmäher, die hier öfter mal über das Gelände ratterten? Aber was sollte das mitten in der Nacht?

Vicky schüttelte verwundert den Kopf, während sie ihren Hausschlüssel aus der Hosentasche hervorkramte. In Bad Harzburg waren in dieser Nacht offenbar nur noch Irre unterwegs.

17

Der SUV stand dem VW-Bus lauernd auf dem Grün des Golfplatzes in der Dunkelheit gegenüber.

Jetzt hatten sie ein Problem, dachte Max. Ein echtes Problem. Dabei hatte ihr Ramm-Manöver doch erst so gut funktioniert.

Max hatte den VW-Bus ein Stück weit den Berg am Golfplatz hochgefahren, gewendet und mit dem Schwung der Schwerkraft den SUV beiseitegeschoben. Sie hatten keine andere Wahl gehabt. Sie mussten eingreifen, als sie im hellen Licht einer der wenigen Straßenlaternen sahen, wie der SUV sich langsam und hinterhältig auf Inga Sommers Wagen zubewegte. Für Max und Leo bedeutete das: Entweder wollten die Killer die Sängerin überfahren oder aus dem Wagen heraus erschießen. Einer der Typen hielt ja schon die Pistole aus dem Fenster. Doch was sie auch vorgehabt hatten, der heranrasende VW-Bus verhinderte es. Er hatte den SUV die Straße hinuntergeschoben, bis der sich querstellte. Das hielt Max nicht davon ab, auf dem Gas zu bleiben und den Wagen durch einen Zaun auf den Golfplatz weiterzuschieben. Doch der SUV konnte sich vom VW-Bus lösen. Und nun standen sie sich mit laufenden Motoren wie Duellanten gegenüber.

Leo murmelte: »Der zerlegt uns in alle Einzelteile. Das gibt gleich ein richtiges Geholze. Wie in diesem Film ›*Godzilla vs. Kong*‹. Wie die aufeinander losgegangen sind ...«

Aber der SUV rührte sich nicht – bis plötzlich die Türen aufsprangen.

»Oh oh, die Godzillas kommen raus«, presste Leo hervor.

Die beiden immer noch sonnenbebrillten Männer stiegen aus, mit Pistolen in den Händen.

»Shit!«

Max ruckte hektisch den Rückwärtsgang ins Getriebe und drückte das Gaspedal voll durch. Ihre Verfolger legten die schallgedämpften Pistolen an und schossen auf den Bus. Eine Kugel durchschlug die Windschutzscheibe und schmückte sie mit einem spinnennetzartigen, fast undurchsichtigen Splittermuster.

Doch Max brauchte die Sicht nach vorn nicht. Er blickte durch die Heckscheibe und konnte sogar ohne das Autolicht das Gelände erkennen, weil der halbvolle Mond und unzählige funkelnde Sterne von einem wolkenlosen Nachthimmel hell herunterstrahlten. So hätten sie gut vorankommen können. Aber zwei Reifen waren getroffen. Max hatte dem Bus zwar Sicherheitsreifen gegönnt, die die Luft in solchen Fällen nur langsam abgaben. Dennoch schlingerte der Wagen durch den Luftverlust, und Max wollte anhalten. Er lenkte den Bus an ein paar Bäumen vorbei. Dann fuhr er scharf nach links, hinter eine etwa hundert Meter lange Hecke. Die war groß genug, um sie zu verstecken.

Max fuhr bis zu ihrem Ende, wo einige Bäume standen. Dann schaltete er den Motor aus. Er bemerkte, dass neben der Hecke die Oberfläche eines kleinen Teiches im Mondlicht glitzerte. Max stieg aus. Leo folgte ihm.

»Was machen wir jetzt?«

»Das weiß ich noch nicht. Jedenfalls haben wir mit dem Bus keine Chance gegen den SUV. Der ist zu schnell.«

»Schon klar. Aber was machen wir hier? Die haben gesehen, wohin wir gefahren sind. Und jetzt kommen die her und knallen uns ab. Super Aktion.«

»Ich dachte, wenn wir uns hier verstecken, können wir sie vielleicht überrumpeln.«

Max sah sich hastig um. Eine Idee, er brauchte eine Idee. Er ging ein Stück auf die Bäume am Ende der Hecke zu.

»Wie willst du das machen? Das sind Killer. Die haben Waffen. Wir haben – hm, lass mich überlegen – nichts.«

»Doch, haben wir.«

Max zeigte auf einen kleinen Haufen weißer Punkte, die er neben einem der Bäume entdeckt hatte.

»Golfbälle. Ja, und? Willst du die Typen zu einem Golfduell einladen?«

»So ähnlich.« Max grinste. Er nahm einen Golfball und warf ihn Leo zu, der ihn geschickt auffing. »Die sind schwer und hart und ...«

»... machen schöne Beulen, wenn man die abkriegt.« Nun grinste auch Leo. »Ich verstehe.«

»Los, wir sammeln Munition. Beeilung, die sind gleich hier.«

»Aye, Sir!« Leo salutierte.

Sie sammelten im Gebüsch und unter den Bäumen rasch gut ein Dutzend Bälle auf.

»Da sind sie«, raunte Leo.

Jetzt sah auch Max den lädierten SUV. Der schob sich mit im tiefsten Bass tuckerndem Motor an den Bäumen vorbei wie ein stählernes schwarzes Raubtier, das seine Beute witterte: Max und Leo. Der Wagen rollte um die Ecke und fuhr langsam die Hecke entlang, direkt auf sie zu.

»Die sind noch zu weit weg zum Werfen. Tja, wenn wir jetzt einen Schläger hätten. Man kann die Bälle ganz schön weit schlagen. Ich hab mal zweihundertfünfzig Meter geschafft.«

»Meinst du so was hier?« Leo hielt Max einen angerosteten Schläger vor die Nase. »Da liegt noch einer hinter dem Baum, aber der ist verbogen. Und Bälle sind hier auch noch.«

Der Schläger war zwar wirklich schon reichlich angerostet. Doch ein paar Schläge würde er gut schaffen. Max legte fünf Bälle mit ein paar Zentimetern Abstand in einer Reihe nebeneinander auf den Boden und stellte sich breitbeinig daneben.

»Beeil dich, die sind gleich hier!«

Der SUV war ungefähr vierzig Meter entfernt. Max hatte noch genügend Zeit zum Zielen. Allerdings bewegte er ständig nervös die Füße und schlug so den ersten Ball in den Teich.

Okay. Jetzt ganz ruhig durchatmen, ermahnte er sich. Er konzentrierte sich. Langsam atmete er aus und schlug dann in rascher Folge drei Bälle. Zwei davon landeten wieder im Wasser. Aber einer traf schon den Weg neben der Hecke, den sie gekommen waren. Max versuchte, den offensichtlichen Linksdrall auszugleichen, indem er wenige Millimeter weiter links von der

Mitte des Balles ansetzte. Er zog ruhig den Schläger durch – und der Ball schlug mit einem dumpfen Knall in die breite Windschutzscheibe des SUV, die nun ebenfalls ein Splittermuster zierte.

»Ja, Mann!«, rief Leo. »Super Schuss. Weiter, weiter.«

Er legte Max rasch mehrere Golfbälle vor die Füße. Und die brauchten sie auch, weil ihre Verfolger anhielten und aus dem Wagen sprangen. Max zog den Schläger ein paar Mal durch. Er platzierte den nächsten Ball wieder präzise in der Windschutzscheibe. Währenddessen schienen die Männer entdeckt zu haben, woher der Beschuss kam, denn sie brachten ihre Pistolen mit den Schalldämpfern in Anschlag. Sie wollten auf Max und Leo zustürmen, als ein weiterer Ball die offenstehende linke Tür des SUV traf. Er verfehlte den Mann, der links ausgestiegen war, um einen halben Meter. Der duckte sich und sprang hinter einen Baum.

Der andere Verfolger stand auf der Seite des Teiches. Er schrie auf, als der nächste Ball ihn traf: »Ahhh! Verdammt!«

Er hielt seine Hand in die Höhe.

»Meine Uhr! Ihr verdammten Wichser! Mann, die war teuer! Ich mach euch fertig. Wisst ihr, wie viel ...«

Sie sollten alle nicht erfahren, wie teuer die Uhr war. Der Golfball, der dem Mann direkt in den Mund schlug, zerstörte die Schneidezähne und rammte sich in der Kehle fest. Der Mann röchelte und fuhr sich mit den Händen an den luftdicht abgeriegelten Hals. Er strauchelte, konnte sich nicht halten und fiel kopfüber eine kleine Böschung hinab in den Teich. Der war zwar nicht besonders tief, aber der Mann ging vollständig unter. Das Wasser plätscherte noch ein wenig an der Stelle, an der er untergegangen war. Dann tauchte sein lebloser Körper an der Oberfläche auf.

Sein Kumpan half ihm nicht. Das konnte er auch gar nicht, weil Max weiter feuerte und ihn so in Schach hielt. Doch die Bälle waren schnell verschossen, und der Killer sprang hinter dem Baum hervor. Er gab, ohne zu treffen, ein paar Schüsse in

Richtung Max und Leo ab und lief hinter dem SUV entlang. Er kletterte vorsichtig, die Waffe in der Hand, hinunter zum Teich. Erneut feuerte er drei Schüsse ab, ohne genau zu zielen.

Max und Leo hatten sich schnell hinter den Bäumen versteckt. Sie lugten vorsichtig dahinter hervor und sahen, dass der Killer seine Waffe in die Jacke steckte. Er stieg bis zur Hüfte in das flache Wasser und zog den Toten zum Rand des Teiches und dann die Böschung hinauf zum SUV. Dort angekommen zog er sofort wieder seine Waffe. Das alles dauerte nur wenige Minuten.

Max staunte über die Kraft des Mannes, der seinen Kollegen, dessen Kleidung bestimmt mit Wasser vollgesogen war, so schnell an Land bewegen konnte.

Der Mann machte eine kurze Pause, um sich umzublicken. Dann verfrachtete er den Toten hinten in den Laderaum des Wagens. Max und Leo schienen ihn nicht mehr zu interessieren. Er setzte sich hinter das Steuer und startete den Motor. Ohne Licht fuhr er rückwärts die Hecke entlang und verschwand in Richtung Stadt. Max und Leo kamen aus ihrem Versteck.

»Du hast recht«, sagte Leo und betrachtete nachdenklich den Schläger in Max' Hand.

»Womit habe ich recht?«

»Golf ist doch ganz cool.«

18

Endlich!

Vicky stieg vergnügt auf das Gaspedal. Der Polo schaffte zwar höchstens 130 Sachen und fing bei noch mehr Tempo an, ordentlich zu flattern und zu klappern. Aber sie wollte, dass der Wagen die Kilometer nach Berlin gierig schnell verschlang. Immer wieder durchströmten sie Energieschübe.

Ja! Endlich raus aus Bad Harzburg, nur weg – weg von ihren Eltern. Das vor allem.

Ihre Eltern. Waren das ihre Eltern? Nein, nicht wirklich.

Das hatte Vicky erfahren, als sie zwölf war. Damals stand sie stolz in der Küche und berichtete, was Rita Moyet so gefreut hatte: dass sie Musikerin werden wollte.

»Und sonst geht's dir gut«, schnaubte Benno. »Was ist das für ein Schwachsinn? Mach deine Schule zu Ende und lern was Vernünftiges, mit dem du Geld verdienst. Etwas mit Zukunft. Und weißt du, wo du das machst? Bei mir. Und weißt du warum? Weil ich dich für die Leitung der Firma brauche! So einfach ist das.«

Vicky verstummte. Sie sollte die Chefin über die Imbiss-Karawane ihres Vaters werden? Nein! Was für ein Horror! Niemals! Die fettigen Pommes, der Geruch der Bratwürste – absolut widerlich. Und beim Aushelfen starb sie jedes Mal vor Langeweile beim ewigen Warten auf Kunden.

»Musikerin, pah! Die meisten Musiker sind arme Schlucker. Aber futtern wollen die Leute immer. Das ist eine Goldgrube. Und die lege ich dir zu Füßen.«

»Sorry, Dad. Danke, aber – nein. Ich mag das nicht. Weißt du: Musik ist mein Ding. Ich singe so gern. Und eigene Songs habe ich auch schon. Soll ich euch mal eins vor...«

»Das ist verdammt undankbar, Vicky!« Benno zog die Augenbrauen zusammen. »Oder du verstehst es noch nicht. Aber dafür sorge ich. Du wirst das später einsehen und mir dafür danken. Der Musikunterricht ist gestrichen! Und wage es nicht, hier im Haus noch mal zu singen!«

Wie Ohrfeigen prasselten die Worte auf Vicky ein. Sie brannte vor Wut, lief hinaus und knallte die Tür hinter sich zu. Dort blieb sie stehen, die Fäuste geballt, schnell und tief atmend, Tränen unterdrückend.

»Ja, renn nur weg!« Bennos Stimme dröhnte dumpf durch die geschlossene Tür.

»Benno, bitte! Beruhige dich.« Julianes Stimme hatte wie so oft im Gespräch mit ihrem Mann diesen zitternden Unterton.

»Ach, lass mich in Ruhe. Juliane, merkst du es endlich? Wir hätten sie nie adoptieren dürfen. Aber du wolltest ja unbedingt eine Tochter. Wir hätten auf einen Jungen warten sollen. Ein Junge würde sich freuen, wenn er so eine Firma übernehmen könnte. Aber Vicky? Nein.«

Diese Worte packten sie wie eiskalte Hände. Plötzlich verstand sie, warum sie oft in ihrem Inneren einen leeren Raum spürte, der ausgefüllt werden wollte, mit einer Gewissheit, einer Antwort. Eine hatte sie gerade bekommen. Eine eisige Ruhe überkam sie. Vicky machte kehrt und ging in die Küche zurück.

»Ist das wahr? Ihr habt mich adoptiert?«

Die beiden starrten sie erst wortlos an.

»Oh, du hast es gehört.« Juliane knetete nervös ihre Hände. »Es tut mir so leid. Wir hätten dir das viel eher sagen sollen. Aber wir wussten nicht, ob du es schon verkraften würdest.«

Vicky blickte von einem zum anderen. Wo war sie hier?

»Wer sind meine richtigen Eltern?«

Ganz leise antwortete Juliane.

»Wir holten dich damals aus einem Kinderheim in der Nähe von Thale. Die erzählten uns, dass dich jemand in einem Korb abgestellt hatte. Es regnete und stürmte. Erst nach einer Weile entdeckten sie dich und holten dich rein. Der Korb war ganz nass. Ein Umschlag mit einem Brief lag neben dir. Aber der war auch durchnässt. Die Buchstaben waren verschwommen, man konnte kaum etwas darauf erkennen.«

»Was stand in dem Brief?«

Vicky vergaß fast zu atmen. Und Juliane ging ins Wohnzimmer, um einen braunen Umschlag zu holen.

»Die Leute im Kinderheim meinten, dass das hier von deiner Mutter stammen könnte.«

Vicky nahm zitternd ein Blatt aus dem Umschlag und versuchte zu lesen. Doch die Buchstaben waren zu stark verwaschen. Das Einzige, was sie gut entziffern konnte, war die Unterschrift. Die bestand aus nur einem Buchstaben mit einem Punkt dahinter: einem großen, offenbar hastig hingeschriebenen A.

»Wer deine Mutter und dein Vater sind, wurde nie herausgefunden. Ein paar Wochen später bist du zu uns gekommen. Ich kann keine Kinder bekommen, aber wir hatten uns sehr eines gewünscht. Deshalb haben wir dich adoptiert.«

Vicky rannte hinaus, ohne ein Wort zu sagen. In der Nacht schlich sie sich mit gepacktem Rucksack aus der Wohnung. Sie lief ans andere Ende der Stadt zu ihrer besten Freundin Valentina. Zwei Tage blieb sie dort. Danach kehrte sie zu den Schneiders zurück. Seit jenem Tag nannte Vicky ihre Adoptiveltern nur noch Juliane und Benno. Und sie lebte weiter wie bisher. Sie ging zur Schule – und scherte sich nicht darum, dass Benno ihr das Singen verboten hatte. Heimlich machte sie mit der Musik weiter, mit Ritas Hilfe, die ihr Unterricht ohne Bezahlung gab.

Als sich Vicky nun auf der Autobahn nach Berlin daran erinnerte, fuhr sie unwillkürlich langsamer. Sie nahm einen tiefen Schluck aus ihrem Smoothie-Becher. Im Grunde spürte sie es, seitdem sie wusste, dass sie ein Adoptivkind war: Sie wollte weit weg von hier! Weg von Benno und auch von Juliane, die nie gegen die Entscheidungen ihres Mannes ankam und es nie schaffte, Vicky zu helfen. Dennoch versuchte Vicky einmal noch, die beiden für sich zu gewinnen – an dem Tag, als sie ihr gutes Abiturzeugnis nach Hause brachte.

»Musik willst du studieren? Hast du immer noch diesen Blödsinn im Kopf?« Benno wanderte aufgebracht durch die Küche. »Gut. Also noch mal: Mit dem Mist steuerst du todsicher auf Sozialhilfe zu. Warum studierst du nicht irgendwas mit Wirtschaft? Und vorher gehst du bei mir in die Lehre. Dann kannst du den Laden richtig super schmeißen.«

»Nein. Danke. Verstehst du nicht? Das ist nicht meine Sache. Ich liebe Musik. Und ich will das professionell machen. Dafür muss ich studieren. Ich suche mir auch einen Job. Aber es wäre schön, wenn ihr mich dabei unterstützen würdet – so als Eltern.«

»So als Eltern? Was soll das heißen?« Benno wurde lauter. »Müssen wir jeden Blödsinn bezahlen, der dir einfällt?! Weil wir nur deine Adoptiveltern sind? Ja? Meinst du das?! Nein! Keinen Cent bekommst du! Nicht für so einen Schwachsinn!«

Vicky schüttelte die Enttäuschung schnell ab. Im Grunde hatte sie das erwartet. Ihr war nun endgültig klar, dass sie mit ihrem Wunsch, Musikerin zu werde, auf sich allein gestellt war.

Sie suchte sich einen Studienplatz für ein Musikstudium und wurde an der Universität Hannover angenommen. Zum Glück lag die Stadt gut hundert Kilometer von Bad Harzburg entfernt. Sie besorgte sich schnell eine Wohnung, einen Nebenjob und machte genau an dem Punkt weiter, wo sie mit Rita Moyet aufgehört hatte.

»Ah, Mist!«

Der Smoothie-Becher holte Vicky zurück in die Gegenwart. Sie hatte ihn beim Einschalten des Blinkers fallen lassen. Der fast leere Becher rollte im Fußraum umher, und sie griff danach, damit er sich nicht unter die Pedale schob. Mit der anderen Hand steuerte sie und konnte knapp über das Lenkrad sehen, wohin sie fuhr. Nach einem Moment des blinden Suchens hielt sie den Becher in der Hand und stellte ihn auf den Beifahrersitz.

Was war los um sie herum? Das Becherangeln hatte sie für ein paar Augenblicke von der Straße abgelenkt. Vicky blickte in den Rückspiegel – und erschrak. Ein breiter, schwarzer Wagen fuhr mit hoher Geschwindigkeit auf sie zu.

Warum war der so schnell auf der rechten Spur?

Warum fuhr der nicht links?

Vicky drückte aufs Gas, aber der Polo bewegte sich kaum schneller. Der Wagen in ihrem Rückspiegel kam in rasendem Tempo näher. Und wenn er nicht bremste, würde er sie in ein paar Sekunden von der Straße rammen.

Wohin?! Nach rechts? Nein, da wartete die Leitplanke.

Vicky zog den Wagen auf die linke Spur. Ein Mercedes musste scharf abbremsen, um nicht in sie hineinzufahren. Der Fahrer hupte verärgert ein paar Mal wild drauflos. Der schwarze Wagen schoss rechts raketengleich an ihr vorbei und verfehlte sie nur haarscharf. Einen Fahrer oder ein Nummernschild konnte sie nicht erkennen. Ein paar hundert Meter weiter reihte er sich in die linke Spur ein und war verschwunden.

»Vollpfosten!«, rief sie dem Fahrer des schwarzen Wagens hinterher. »Wo hast du deinen Führerschein gemacht? Im Lotto gewonnen?!«

Vicky fuhr wieder nach rechts hinüber und entschuldigte sich bei dem Mercedesfahrer, der sie jetzt links überholte, mit einem Winken. Sie beschloss, auf dem nächsten Parkplatz einen Kaffee zur Beruhigung zu trinken. Doch dann sah sie auf die Uhr. Keine Zeit für eine Pause. Das Casting begann in einer Stunde.

Vicky drückte auf das Gaspedal.

19

Max schreckte hoch.

Wo war er? Ach ja, der Golfplatz, die Killer.

Leo schnarchte neben ihm auf dem Beifahrersitz. Sie hatten die restliche Nacht in Max' VW-Bus auf dem Parkplatz des Golfclubs verbracht. Denn sie wollten in der Nähe der Sängerin bleiben. Schließlich konnte der übriggebliebene Killer jederzeit wieder angreifen. Max und Leo hatten abwechselnd Wache gehalten. Zumindest war das der Plan gewesen. Aber als Max an der Reihe war, schlief er ein, ohne Leo noch zu wecken. Und jetzt war der Wagen von Vicky Schneider verschwunden.

»Mist, Mist, Mist. Wo ist sie?«

Max trommelte mit den Fingern auf das Lenkrad, als ob das seine Suche nach einer Lösung irgendwie beschleunigen könnte. Endlich fiel ihm ein, was die Sängerin vor seinem Rauswurf bei den Proben im Kurhaus gesagt hatte.

»Ja, genau. Sie ist in Berlin bei diesem Casting. – Leo, los! Wach auf!«

»Was? Mmh. Frühstück? Zwei Spiegeleier und ... und ...«

Leo schlief wieder ein. Max beschloss, sofort loszufahren, und startete den Motor. Doch der hustete nur dreimal beleidigt und verstummte. Auch bei den nächsten Versuchen schwieg er beharrlich.

Und jetzt? Sie brauchten einen fahrbaren Untersatz, sie mussten der Sängerin hinterher. Oder die Polizei rufen? Nein, das war sinnlos. Sie hatten keine Beweise dafür, was passiert war, zum Beispiel die Leiche des Killers. Die hatte dessen Kumpan ja weggeschafft. Die Polizei würde ihnen sowieso nicht sofort glauben und alles erst mal untersuchen. Das würde viel zu lang dauern. Aber Vicky Schneider brauchte sofort Schutz.

Max rief Dr. Robert an und erzählte, was passiert war.

»Wie diese Typen auf die Sängerin losgingen, das waren eindeutig geplante Anschläge. Und damit ist es klar: Dieser Hugo Frankenhauser will seine Nichte ermorden. Und jetzt müssen wir ihr helfen. Aber dafür brauchen wir so schnell wie möglich einen neuen Wagen. Sie hat ja schon einen ziemlich großen Vorsprung. Und der oder die Killer werden bestimmt wieder zuschlagen. Ein Mietwagen wäre die schnellste Lösung. Könnten Sie ... ich meine ...«

»Die Kosten übernehmen?« Dr. Robert seufzte. »Ich ahnte es. Meinetwegen. Rechnen Sie den Mietwagen als Spesen ab. Aber passen Sie um Himmels Willen auf, dass Sie den nicht auch noch zu Schrott fahren.«

»Sagen Sie das den Killern.«

»Ich verzichte. Max, halten Sie mich auf dem Laufenden.«

Max rief daraufhin einen Autoverleih an, der ihnen nach nur einer halben Stunde einen alten grünen Golf brachte. Leo schlief noch immer. Max weckte ihn mit der Hupe. Wenigstens die funktionierte noch in seinem VW-Bus, den er stehen lassen musste. Leo riss die Augen auf.

»Was?! Ich ... ich will aber nicht zur Schule!«

Max lachte.

»Keine Angst. Die fällt heute aus. Wir fahren nach Berlin.«

»Was wollen wir da?« Leo war noch nicht richtig wach. »Was gibt es da?«

»Wenn wir uns nicht beeilen – eine tote Sängerin.«

20

Vicky konzentrierte sich darauf, schnell auf den Eingang des Luxushotels zuzulaufen, als ob die raschen Schritte ihre Nervosität zerstampfen konnten. Manchmal fand sie es gar nicht so schlecht, spät dran zu sein. Man hatte dann keine Zeit mehr, darüber nachzudenken, was alles schief gehen könnte, wenn man angekommen war.

Sie hatte gerade die langgezogene rote Überdachung des Hoteleinganges erreicht, als ihr Handy klingelte.

Cary.

»*Darling, I am so sorry*. Ich komme nicht.«

»Was? Warum?«

»Das Label will keine Produzenten und Manager der Sänger dabeihaben. Sie haben mich vorhin angerufen.«

»Aber das ist unfair. Ohne dich wäre ich gar nicht hier.«

»*No problem*. Es geht um dich. Du bist der Star. Du bist Inga Sommer.« Cary lachte dabei. Aber seine Stimme konnte die Enttäuschung nicht verbergen. »*You know*, wenn du Hits aus ›*Gestohlenes Herz*‹ und ›*Sonnenliebe*‹ machst, habe ich doch auch was davon. Ich bin der Komponist. Das gibt *money*.«

»Aber die können doch nicht einfach ... Maaann! Das ist so unfair.«

»*Be cool*. Die können das. Das sind einfach ihre Regeln: Zum Casting kommt nur *the singer*. Nicht die Entourage. *That's showbusiness*. Darling, wenn du wieder da bist, feiern wir, ob du gewinnst oder nicht. Aber du wirst gewinnen. Und wir machen das hier in meinem Haus. *Big! Very big*!«

»Also habe ich keine Wahl.«

»Nein. Wenn du ein echter Star werden willst, musst du das heute allein machen. Du schaffst das auch ohne mich, *believe me*. Und habe ich mich jemals getäuscht?«

»Nein.«

»Sing, so schön du kannst. *Okay, then – I hug you*. Pass auf dich auf. *Bye, my dear*.«

»*Bye*, Cary, bis bald.«

Vicky starrte einen Moment auf das nun stumme Handy.

»Guten Tag, kann ich Ihnen helfen?«

Vicky blickte den Hotelpförtner verständnislos an, als wollte er ihr ein Abonnement für ein Männer-Strip-Magazin verkaufen. Der Mann, der einen gezwirbelten Schnurrbart trug und einen Kopf kleiner war als sie, fragte noch einmal.

»Madame?«

Madame – also kein Strip-Magazin. Sie riss sich von den Gedanken an das Telefonat los.

»Oh, was? Ja. Ich bin hier zu einem Casting eingeladen.«

Sie kramte aus ihrer roten Sporttasche mit den Ausmaßen eines Zwei-Frauen-Zeltes die Einladung hervor. Der Mann blickte nur flüchtig darauf.

»Soll ich Ihnen mit der Tasche helfen?«

»Nein, geht schon.«

Er lächelte und wies mit einer einladenden Bewegung auf die Eingangs-Drehtür, die sich automatisch in Bewegung setzte.

»Willkommen im Hotel ADLON KEMPINSKI.«

Vicky suchte weiter in ihrer Tasche und zauberte 2 Euro hervor, die sie dem Mann als Trinkgeld gab.

»Vielen Dank, Madame. Ich wünsche einen schönen Aufenthalt und viel Erfolg.«

Vicky bedankte sich und stürmte hinein. Nur siebenundzwanzig Minuten bis zum Auftritt, mahnte ihre Handy-Uhr. An der Rezeption wies man Vicky den Weg zum Ballsaal, wo das Casting über die Bühne ging. Sie lief durch eine beeindruckende, edle Ausstattung: marmorne Wege, Säulen, die an einen römischen Baustil erinnerten, blaugraue Lounge-Sessel mit goldgelben Samtbezügen im Foyer, ein hoher Springbrunnen mit einem Ring aus hölzernen Elefanten und Kronleuchter, die alles in ein warmes Licht hüllten. Das hier war ein anderer Planet, ein Paradies, in dem Vicky es aushalten könnte, Wochen, Monate, ein ganzes Leben. Wenn sie das sah, hatte sie überhaupt keine Lust mehr, nach dem Casting in ihr gebuchtes

Hotel zu fahren. Preislich gehörte das in die Kategorie ›Absteige‹. Dass das stimmte, konnte sie nur vermuten. Denn ihr übliches suboptimales Zeitmanagement hatte es ihr nicht erlaubt, sich vor dem Casting vom bewohnbaren Zustand ihres Hotels zu überzeugen.

Noch einundzwanzig Minuten. Vicky fragte sich zu den Garderoben durch. Vor denen stand ein Security-Bulle, der sie aber durchwinkte, ohne auf ihre gezückte Einladung zu blicken. Sie staunte, wie wenig hier los war. Immerhin hatte das deutsche Departement des zweitgrößten Musikunternehmens zum Vorsingen gebeten, und das im boomenden Schlager-Genre. Erwartet hatte Vicky eine drängelnde Reporterschar, TV-Kameras, einen Promi-Auflauf auf dem roten Teppich. Nichts davon war zu sehen. Allerdings war das hier ja nicht der EUROVISION SONG CONTEST. Davon war Vicky noch weit entfernt. Aber da wollte sie hin. Das hatte ihr Cary ausgemalt. »Stell dir vor: Du auf der Bühne vor einhundertachtzig Millionen Zuschauern. *Amazing*! Dann hast du einen Hit. Absolut sicher hast du dann einen Hit.«

Das war eine Ansage, die Vicky so einiges ertragen ließ. Auch den Casting-Stress hier. Das bedeutete: in Lichtgeschwindigkeit die Straßenklamotten vom Leib und hinein in den Show-Dress. Den trugen bereits andere Nachzügler, die aus den Garderoben an Vicky vorbei zum Ballsaal eilten.

Niemand war mehr hier. Sie war offenbar die Letzte.

»Hey, du bist spät dran.«

Vicky drehte sich um. Hinter ihr stand ein Mann, Mitte zwanzig, in weißen Hosen, einem weißen Shirt und mit einem ebenfalls so gut wie weißen Gesicht. Aus seinen wirren braunen Locken liefen ihm Schweißperlen auf die Stirn. Er hatte ohne Zweifel Stress. Dennoch versuchte er, in seine Stimme Coolness und Entspanntheit zu legen.

»Ich bin Lars. Hallo. Ich bin heute euer Casting-Scout. Wenn du eine Frage hast oder was brauchst, sag's mir. Ich sorge dafür, dass es dir gut geht. Ich ...«

»Okay, ich hätte gern einen Cappuccino und ein Zitroneneis mit Sahne. Danach wäre eine Massage echt toll. – Nein, Mann, sag' mir einfach, wo ich mich umziehen kann. Und schnell. Ich habe noch elf Minuten.« Sie winkte mit der Einladung, auf der der Zeitpunkt ihrer Performance angegeben war: 17:45 Uhr.

Lars nickte. Er war noch ein wenig bleicher geworden. Er zeigte Vicky eine Garderobe, die benutzt war, aber jetzt leer stand. BHs, Push-Ups, Kleidung lagen überall verstreut. Der Geruch von Parfüm, Schweiß und Lampenfieber schwebte in der Luft.

Vicky zog sich bis auf den Slip und den BH aus. Sie schlüpfte in blickdichte Strümpfe, einen Minirock, ein eng anliegendes, langärmeliges Shirt und hochhackige Pumps, alles golden glitzernd. Sie so strahlen zu lassen war Carys Idee. Immerhin musste sie nicht wieder in diesem Raumanzug auftreten wie im Kursaal am Tag zuvor.

Vicky zog rasch ein paar Striche mit dem Lippenstift und legte einige Spritzer Parfüm und das Dauerlächeln auf.

»Beeil dich. Du hast noch vier Minuten.«

Lars hatte vor der Tür gewartet. Er rannte los und Vicky, so gut es in den Stöckelschuhen ging, hinterher. Sie erreichten eine der torartigen Holztüren zum Ballsaal. Lars öffnete sie leise, lugte hinein und winkte Vicky zu sich. Dann schob er sie in den Saal.

»Setz dich da hinten zu den anderen. Du wirst aufgerufen. Viel Glück.«

Vicky schlüpfte durch die Tür und schlich an der Rückwand des Saales zu den Stuhlreihen, auf denen ihre Konkurrenz Platz genommen hatte. Vicky sah sich um, als sie sich setzte und zu dem Energy-Drink in ihrer Handtasche griff. Sechs Sängerinnen und drei Sänger, die ihren Auftritt noch vor sich hatten, saßen verteilt auf den weißen Stühlen. Alles hier strahlte. Drei riesige Kronleuchter, die Vicky an Mini-Raumschiffe erinnerten, erhellten den in Beige und Weiß gehaltenen Ballsaal, in dem ein römisches Wagenrennen hätte stattfinden können.

Ein paar Meter vor den Stühlen stand eine provisorische Bühne. Und vor der saß an zwei Tischen die Casting-Jury: eine alterslose Frau mit kurzen, pechschwarzen Haaren, ein älterer Mann mit breitem Schnauzbart und dunkler Nickelbrille und ein weiterer Senior mit Glatze und Dreifachkinn. Neben ihm saßen eine junge, müde blickende Frau mit strähnigen langen Haaren und ein ebenfalls junger, attraktiver braungebrannter Mann in einem feinen schwarzen Anzug.

Der Mann mit dem Dreifachkinn hatte ein Mikrophon vor der Nase. Er stoppte gerade die Darbietung einer Volksschlagersängerin. Die versuchte mit schräger Gruftstimme von ihrem Liebsten und seinen Küssen auf der Alm zu singen. Dabei hüpften ihr sackähnliches Dirndl und ihre langen geflochtenen Zöpfe lustig herum. Der Versuch dauerte eine Minute, bis die Schwarzhaarige sich zum Mikro beugte und gestresst in die Musik hineingrätschte.

»Danke! Das reicht! Wir melden uns.«

Dann winkte sie, dass die Kandidatin die Bühne freimachen sollte, was prompt geschah. Dabei sah die Bezopfte so traurig zu Boden, dass ihr Vicky einen großen Teddy als Trost in den Arm wünschte. Oder einen Whiskey. Oder ihren Freund von der Alm.

»Inga Sommer. Bitte auf die Bühne«, röhrte das Dreifachkinn.

Vicky ging nach vorn. Die anerkennenden Blicke der männlichen Jurymitglieder waren nicht zu übersehen. Manchmal verfluchte sie ihre suggestive Anziehungskraft auf Männer. Selbst wenn sie im Schlabberlook unterwegs war, nur mit Jeans und Pullover, konnte sie sicher sein: Irgendein Typ würde sie anflirten, ob sie nun in ihrer Heimatstadt Bad Harzburg durch die Bummelallee ging oder damals beim Zug durch die Studentenkneipen in Hannover. Und nun stand sie hier auch noch in Minirock und eng anliegendem Shirt, schlank und blond auf der Bühne. Wenigstens war der Rock nicht bloß ein breiterer Gürtel und kam nuttig 'rüber, sondern zog sich ladylike einige Zentimeter Richtung Knie.

»Hey, Inga. Was singst du uns denn?«, wollte der junge Schönling wissen. Er lächelte ihr zu, als hätten sie ein Date. Ab und zu fragte sich Vicky, ob bei ihr ein Schild auf der Stirn klebte: ›Ich bin sexy. Fick mich‹.

»›*Gestohlenes Herz*‹ heißt der Song«, erklärte sie, während sie den Mikrophonständer auf der Bühne auf die passende Höhe stellte.

Das Dreifachkinn richtete seinen Blick auf einen Toningenieur, der ein Mischpult neben einer der römischen Säulen aufgebaut hatte.

Er brummte laut in das Mikro: »Hajo, bitte das Playback für ›*Gestohlenes Herz*‹ abfahren.«

Hajo, der die Ohren mit einem Kopfhörer geschmückt hatte, hielt den Daumen hoch.

»Gut. Inga, dann bitte ...«

Vicky nickte. Das Intro setzte ein, die Discofox-Beats stampften los. Sie traf ihren Einsatz und die richtige Tonlage:

›*Weißt du noch? Du und ich am Strand ...*‹

Die Jury hörte konzentriert zu. Die Schwarzhaarige runzelte erst die Stirn, wippte ihren Kugelschreiber aber bald im Rhythmus mit. Das machte der Schönling mit dem ganzen Körper. Seine Augen suchten immer wieder Vickys Blick. Das Dreifachkinn und der Schnauzbart hörten mit starrer Miene zu. Die junge Frau schrieb Notizen in Romanlänge und musterte Vicky ab und zu skeptisch.

Die bewegte sich ein wenig staksig zur Musik, weil ihr die Bühne mit ihren etwa vier Quadratmetern zu klein war. Ein Sturz einen halben Meter hinunter auf den harten Saalboden war nicht wirklich lustig. Wenigstens funktionierten der Hüftschwung und das Lächeln, das sie bei etlichen Auftritten geübt hatte. Vicky sang über die volle Länge des Liedes. Niemand unterbrach sie.

Als das Outro verklungen war, applaudierte der Schönling sogar, und der Mann mit der Nickelbrille murmelte hörbar:

»Hmm, sehr schön, sehr schön, jaja.« Alle schrieben auf ihren Formularen herum. Das Dreifachkinn beugte sich zu der Schwarzhaarigen hinüber. Nach ein paar Sekunden Tuscheln sprach er Vicky freundlich lächelnd an.

»Inga ... Inga Sommer?«

Er sah auf das Schreiben vor sich, als müsste er sich bestätigen, dass der Name richtig war.

»Ja.«

»Wenn Sie bitte draußen im Foyer warten würden, bis wir Sie aufrufen.«

Vicky stieg vorsichtig von der Bühne und verfluchte die Stöckelschuhe, die sie zur Langsamkeit zwangen. Am liebsten wäre sie losgerannt, um ihr Adrenalin loszuwerden. Sie spürte erst jetzt, wie nervös sie eigentlich war.

21

»So kommen wir da nie rein.«

Max betrachtete sich in einem verspiegelten Fenster des Hotels. Er wirkte mit den Bartstoppeln und den tiefen Ringen unter den Augen, als hätte er die vergangenen drei Tage durchgefeiert. Sein Gesicht sah so zerknittert aus wie sein Hemd, eine Folge der nur wenigen Stunden Schlaf in seinem VW-Bus.

Wenigstens waren sie schnell von Bad Harzburg nach Berlin gekommen. Sogar den Ort des Castings hatte Leo nach nur wenigen Telefonaten mit Berliner Nobelhotels problemlos herausgefunden: das ADLON KEMPINSKI. Vornehmer ging es nicht.

»Was machen wir jetzt?« Max betrachtete sich noch immer im Hotelfenster. »Die halten mich für einen Obdachlosen oder so. Und du in deinen Shorts, ich meine ... Leo?«

Der stand nicht mehr neben ihm, sondern unterhielt sich lebhaft mit dem Portier am Hoteleingang. Der lachte. Leo lachte auch und winkte Max, er solle zu ihm kommen.

»Das ist mein Kumpel Max. Max, das ist Stefan. Er ist ein großer Schlagerfan. Da fällt mir ein, dass wir ja heute ›*Ich hab' noch einen Koffer in Berlin*‹ singen könnten. Einfach so. Das gefällt denen bestimmt. Ein Duo hat das noch nie gesungen, glaube ich. Was meinst du, Stefan?«

»Ja logisch, dit kommt an. Dit is 'n Klassiker, weste.«

Der Mann legte sein etwa fünfzig Jahre altes Gesicht in viele sympathische Lachfalten. Leo begann brummend das Lied von dem Koffer, der nach Berlin lockte – und fragte plötzlich ganz direkt: »Sag mal, wo müssen wir eigentlich lang? Wir waren noch nie hier.«

Stefan erklärte den Weg zum Ballsaal kurz und knapp. Und schon zog Leo den verdutzten Max mit sich hinein in die automatische Drehtür.

»Danke, Stefan. Du bekommst nachher ein Autogramm, wenn wir gewonnen haben.«

Stefan lachte und salutierte.

»Meene Herren: Allet jute und viel Jlück!«

22

Auch Vickys vierter Piccolo wirkte nicht. Ihre Nervosität vor der Verkündung des Casting-Ergebnisses ließ sich einfach nicht ertränken. Wenigstens lenkte die Unterhaltung mit Eddie sie ab, einem Sänger, der schon auf die fünfzig zuging.

»Du hast wirklich eine großartige Stimme, Eddie.« Vicky schüttelte den Kopf und stellte ihr Glas auf einen silbernen Bistro-Tisch. »Warum machst du dann Schlager? Du könntest Musicals singen. Oder sogar Opern.«

Eddie wirkte mit seiner Sonnenbrille, dem weißen Anzug und dem deutlichen Bauchansatz wie ein heruntergekommener Elvis-Imitator. »Danke. Ja, ich weiß. Aber jetzt noch mal wechseln? Nein, dafür bin ich zu alt. Und Schlager laufen sehr gut, das füllt mir bestens den Kühlschrank.«

»Inga? Du heißt doch Inga.«

Vicky drehte sich um und blickte in das lachende Gesicht des Jury-Schönlings. Sie musste zugeben: Er sah gut aus mit seinen blauen Augen, dem dunkelbraunen Haar, dem gebräunten Teint und den Muskeln, die sich unter seinem Hemd über eine breite Brust spannten. Von der Bettkante stoßen würde sie ihn nicht. Allerdings machte er den Fehler, dass er weitersprach. Er zwinkerte ihr zu und grinste breit.

»Echt coole Show von dir. Ich hab' dir die volle Punktzahl gegeben, weil ich dich echt megageil finde, so als Sängerin. Und auch so. Du bist echt ...«

Lars, der Casting-Scout, erlöste Vicky. Er stand in der Mitte des Foyers und klatschte in die Hände: »Meine Damen und Herren, Ruhe bitte! Die Jury ist fertig und bittet Sie, im Saal Platz zu nehmen.«

»Ah, ich muss wieder rein«, sagte der Schönling, der sich noch nicht vorgestellt hatte. »Wir sehen uns, Prinzessin.« Nochmals zwinkerte er Vicky zu, die ihr Roboterlächeln aufgesetzt hatte. Dann eilte er davon.

»Die wird dir gleich was husten, die Prinzessin«, zischte sie durch den lächelnden Mund.

Eddie lachte, und sie gingen gemeinsam in den Saal. Von den am Anfang des Tages noch einhundert Sängerinnen und Sänger waren zwanzig übriggeblieben. Acht kamen in die Finalrunden, die auf Mallorca stattfinden würden. Am Ende winkten der Siegerin oder dem Sieger ein Plattenvertrag, eine professionelle PR-Kampagne, Styling und Gesangsunterricht. Eine Aussicht, die Vicky und Cary dazu gebracht hatte, drei Songs zu produzieren und als Demos der Casting-Abteilung von PRECIOUS MUSIC GERMANY zu schicken.

Tatsächlich hatten die Lieder die Vorauswahl überstanden und Vicky die Einladung nach Berlin zum Casting für die Finalrunden gebracht. Und nun saß sie da, rutschte auf ihrem Stuhl hin und her und fragte sich, was die Jury-Leute jetzt noch großartig zu bereden hatten.

Endlich rückte sich das Dreifachkinn das Mikrophon zurecht.

»Meine Damen und Herren, wenn ich uns kurz vorstellen darf: Das sind von links nach rechts Maria Adamskowa, mein Name ist Hermann Rolfs, ich leite die PR-Abteilung. Neben mir sitzt der Chef-Talente-Scout Benny Johnson, den Sie bestimmt noch von seinem Hit aus den 70ern kennen ... äh ...«

Hilfesuchend schaute er zu Benny. Der musterte ihn mit versteinerter Miene und verschwieg den Titel seines größten Erfolges.

Rolfs machte weiter: »Jedenfalls sitzt hier neben mir Tobias Silvester, der mit ›*Du machst mich heiß*‹ zum Shooting-Star der Schlagerszene aufgestiegen ist. Und ich begrüße herzlich Talentscout Laura Unverdruss.«

»›*Ich liebe dich für immer*‹!«, raunzte Benny Johnson plötzlich Hermann Rolfs an.

»Was machst du?«

»›*Ich liebe dich für immer*‹«

Einige Leute lachten.

»Aber Benny, ich weiß gar nicht ... hier in der Öffentlichkeit ... Davon hatte ich ja keine Ahnung.« Dann kam ihm die Erleuchtung. »Oh, nein. Du meinst ... natürlich, natürlich. Dein großer Hit aus den 70ern. Wie mir das nur entfallen konnte – aber fahren wir fort.«

»Richtig«, maulte Johnson, »merk dir das.«

»Wir haben knapp eintausend Einsendungen bekommen. Es war ein hartes Stück Arbeit, das alles durchzuhören.«

»Schrecklich«, murmelte Liebesbotschafter Benny, »einfach nur schrecklich.«

»Aber es hat sich gelohnt. Das haben wir alle in der Jury heute in der Vorausscheidung erlebt. Sie haben alle ihr Bestes gegeben und ...«

Vicky hasste solche Ansprachen. Zu langatmig. Rolfs kam einfach nicht auf den Punkt. Und der Punkt war für sie die Frage: Finalrunde oder Endstation hier in Berlin? Nur das zählte für sie.

»Ich bedanke mich bei allen, die teilgenommen haben.«

Sicher war Vicky sich nicht, dass sie dabei war, obwohl sie das Gefühl hatte, eine gute Show abgeliefert zu haben.

»Und jetzt zu den Gewinnerinnen und Gewinnern.«

Wenn sie es nicht schaffte, würde sie auf ewig durch den Harz tingeln oder mit dem Singen aufhören oder gleich in Berlin bleiben und zur Dauer-Studentin werden oder ...

»... und auch Inga Sommer fliegt nach Mallorca.«

»Yesss!«, stieß Vicky für alle gut hörbar aus. Sie ballte vor Freude die Fäuste. Applaus für sie und die anderen Teilnehmer folgte.

»Meinen Glückwunsch«, sagte Eddie und reichte ihr die Hand. Sein Blick hatte zwar einen traurigen Glanz, doch der Mund und die Augen lächelten und strahlten Zuneigung aus. Sie umarmte ihn.

»Tut mir leid, dass sie dich nicht genommen haben. Aber vielleicht ist das alles hier ja auch gar nichts für dich. Bei deiner Stimme.«

Vicky hatte das Gefühl, dass sie das nicht nur zu ihm gesagt hatte.

»Meine Damen und Herren, im Foyer haben wir ein kaltes Buffet errichtet. Bedienen Sie sich nach Herzenslust. Unsere Finalisten kommen bitte zu mir.«

Rolfs winkte die Sieger des Castings mit rudernden Armbewegungen zu sich, als ob er wie der Vater einer Großfamilie seine Kinder einsammelte.

»Wir sehen uns im Foyer«, versprach Vicky.

Eddie reckte den Daumen in die Höhe: »Bis gleich.«

Dann ging Vicky zum Jurytisch. Rolfs gab ihr ein Ticket für den Flug nach Mallorca.

»Das war wirklich eine tolle Darbietung, Frau Sommer. Einen guten Flug und bis morgen Abend.«

»Vielen Dank. Ich freue mich sehr.«

»Na, und wie wir uns erst freuen.« Tobias Silvester stand auf einmal hinter ihr und grinste. »Ist doch echt cool, dass du dabei bist. Wollen wir einen Happen essen?«

Dann schob er Vicky auf den Ausgang in Richtung Foyer zu. Dort suchte sie Eddie, konnte ihn aber nicht entdecken. Er wäre eine elegante Möglichkeit gewesen, den Schönling loszuwerden. Der führte sie zu einem Bistrotisch, auf dem in einer goldenen Schale Käsehappen drapiert waren.

Während sie ausgehungert zugriff, rückte Silvester mit Schlafzimmerblick näher an Vicky heran. Sein Atem verriet, dass er die hier angebotenen Alkoholika bereits reichlich probiert hatte.

»Hey, wir haben dann ja ein paar Tage, um uns kennen zu lernen. Weißt du, du interessierst mich einfach tierisch. Also, was du so machst und so. Wir könnten ja ...«

Mit einem Ruck verschwand er plötzlich aus Vickys Blickfeld. Statt Tobias Silvester hatte sie auf einmal einen fülligen bärtigen Mann, etwa 1,80 groß, in einem Hawaii-Hemd und weißen Shorts vor sich.

»Upps, sorry, da bin ich wohl gestolpert.«

Er hob entschuldigend beide Hände in Richtung des Schönlings. Der war durch den Stoß einige Meter durch den Raum getaumelt, hatte sich jedoch gefangen. Nun warf er dem Bärtigen vernichtend böse Blicke zu, blieb jedoch abwartend stehen. Er wagte nicht, näher zu kommen.

»Ist alles in Ordnung?«, fragte der Bärtige. »Dieser Typ scheint ja echt aufdringlich zu sein.«

Vicky lächelte.

»Gut erkannt. Ich wäre aber auch so mit ihm fertig geworden. Trotzdem danke.«

»Gern geschehen. Es gibt aber noch einen Grund, warum ich hier bin.« Er nahm sich fünf Käse-Sticks auf einmal.

»Oh, nehmen Sie sich so viele, wie Sie möchten. Das sind nicht meine.«

Der Bärtige lachte. »Nein, das meine ich nicht. Ich bin Leo Waldhaus.«

Die fünf Käse-Sticks waren auf unerklärliche Weise zwischen beiden Sätzen verschwunden.

»Erst mal: Glückwunsch, dass Sie im Finale sind.« Sein Gesicht verfinsterte sich. »Aber Sie müssen aufpassen. Sie sind in Gefahr.«

Vicky fiel das Lächeln aus dem Gesicht. Das hatte sie doch am Abend zuvor im Kursaal schon mal gehört. Von diesem Stalker. War der Typ hier vor ihr wieder so einer?

»Lassen Sie mich das erklären. Es geht um eine Erbschaft. Eine Menge Geld: 32 Millionen.«

Ein Spinner, tatsächlich.

Vicky sah sich hilfesuchend nach der Security um.

»Die sollen Sie erben. Allerdings gibt es ein Problem.«

Ja, dass keine Security in greifbarer Nähe war.

»Mein Kollege und ich haben herausgefunden, dass Sie ...«

»Welcher Kollege? Etwa dieser Typ, der mich gestern in der Garderobe gestalkt hat?«

»Äh, also das hier ist mein Kollege Max Holmes.«

Der Genannte, der geduldig hinter einer Säule gewartet hatte, eilte zu ihnen.

»Das ist der Typ! Mann, jetzt reicht es aber echt. Ich ...«

»Das war 'ne ganz miese Nummer!« Tobias Silvester war aus seinem Exil zurückgekehrt und baute sich neben Leo auf. »Das machst du nicht noch mal, Fettsack!«

Er stieß Leo mit dem Handballen hart an die Schulter.

»Und jetzt verschwinde. Das ist mein Platz.«

Die anderen Leute wurden aufmerksam. Das freundliche Lächeln war bei dem Wort Fettsack augenblicklich aus dem Gesicht des Bärtigen gesprungen. Er drehte sich zu Tobias Silvester um und starrte ihm mit versteinerter Miene direkt in die Augen.

»Hast du Schmierlappen mich Fettsack genannt?«

Er stieß den Schönling mit beiden Händen vor die Brust. Wieder taumelte der durch den Raum. Max Holmes legte seine Hand auf die Schulter seines Kumpels.

»Hey, Leo. Ganz ruhig. Das bringt uns jetzt nicht weiter.«

Der Bärtige stapfte ein paar Schritte auf den Schönling zu.

»Äh ... Security!«, rief der und sah sich hilfesuchend um.

Tatsächlich kamen drei schwarzgekleidete Hünen herbeigelaufen und umringten die Streithähne.

›Meine Chance‹, dachte Vicky. Sie stellte ihr Glas ab, ging rückwärts, ihre Stalker im Blick, und versteckte sich hinter einer Säule. Dann lief sie los, raus aus der Lobby, durch den Ausgang auf die Straße.

23

Ein Royal Flush. Einfach so. Aus der Luft.

Sam schüttelte den Kopf und hätte beinahe laut geflucht, während er langsam am Eingang des ADLON KEMPINSKI vorbeiging. Er war drauf und dran, sich doch wieder eine Zigarette aus dem blauen Samtjackett zu angeln.

Wie sollte man mit dem Rauchen aufhören, wenn einem das Leben das durch seine Sackgassen geradezu aufdrängte? Oder besser gesagt: das Casino, aus dem er gerade gekommen war? Wie hatte der Kerl das gemacht? Sam hatte doch darauf geachtet, welche Karten ausgespielt waren und welche nicht. Sein Gedächtnis ließ ihn nie im Stich. Oder fast nie. Wie heute.

Oder hatte der Typ schlicht und ergreifend betrogen?

Nun war es zu spät. Sam hatte 10.000 Euro verloren. Einmal mehr beim Pokern. Dabei war er sich so sicher gewesen mit seinem Straight Flush. Auch kein schlechtes Blatt, aber nicht gut genug, um diesen Absturz zu verhindern.

Sams Plan bis zum Spiel an diesem Mittag war natürlich ein anderer gewesen: die Glückssträhne der vergangenen drei Wochen fortsetzen und seine Schulden so pulverisieren.

Und jetzt? Jetzt stand er wieder ganz am Anfang, mit einem dicken Minus von 6.000 Euro. Wie sollte er davon runterkommen? Immer wieder diese Frage. Und immer die gleiche Antwort, weil Sam nichts Besseres einfiel, wenn es darum ging, schnell zu Geld zu kommen: weiterspielen. Was ihn allerdings gegen die Wand fahren konnte, so wie heute. Sollte er also doch einen Job annehmen, selbst wenn er so nur tröpfchenweise von den Schulden runterkam?

Versucht hatte Sam das, aber erfolglos. Es war wie verhext. Autos überführen oder als Aushilfs-Croupier arbeiten, so was kam für ihn in Frage. Aber bei allen Kontakten, die er seit dem Mittag angerufen hatte, bekam er zu hören: »Nein, kein Bedarf.«

Sam seufzte. Er holte eine Zigarette aus dem kupferfarbenen Etui in seinem Jackett, steckte sie in den Mund, zündete sie aber nicht an. Sein Blick fiel auf den Eingang des ADLON.

Ja, jetzt in die Hotel-Lounge zu gehen und dem Pianisten zu lauschen: Das schien Sam in diesem Augenblick genau das Richtige zu sein, um in Ruhe nachzudenken oder für einen Moment die Welt zu vergessen. Und wer weiß? Vielleicht saß ja dort eine einsame, liebebedürftige Schönheit, die er davon überzeugen konnte, dass sie nur auf ihn und seine Zuwendungen gewartet hatte. Wenigstens darin hatte Sam Erfolg. Sehr oft zumindest.

»Gestatten? Sam Martin. Darf ich mich zu Ihnen setzen?«

Wenn er sich so mit charmantem Lächeln und dezent interessiertem Blick vorgestellt hatte, war das Eis so gut wie gebrochen. Natürlich hieß er nicht wirklich Sam Martin. Aber seinen wirklichen Namen zu nennen – Justus Maschewski – würde bei den Damen bestimmt nicht besonders gut ankommen. Der Grund für sein Pseudonym war jedoch ein anderer. Sam Martin hatte er sich aus Verehrung für die großen Las-Vegas-Entertainer Sammy Davis Jr. und Dean Martin zugelegt. Er liebte die Musik der ›Rat Pack‹-Sänger, die sich damals um Frank Sinatra geschart hatten. Er liebte ihren eleganten Kleidungsstil, ihre Coolness, ihre Aura des Weltmännischen.

Wenn Sam nach Hause kam, legte er oft eine Schallplatte eines der ›Rat Pack‹-Sänger auf den Plattenteller. Und manchmal war es ihm dann, als wäre er wieder bei seinem Großvater. Der hatte das Gleiche gemacht, wenn der kleine Justus wieder mal bei seinen Großeltern zu Gast war. Wie so oft, wenn seine Eltern betrunken in ihrer von Zigarettenrauchschwaden vernebelten Plattenbauwohnung herumtorkelten und sich nicht um ihren einzigen Sohn kümmern konnten. Dann saß Justus mit einem großen Stück Käsekuchen und einem Glas Orangensaft auf der grauen Couch und sah seinem Großvater zu. Der klappte eine riesige Musiktruhe auf, pustete den Staub von einer der unzähligen Schallplatten und legte sie auf. Dann schloss er die Augen und summte mit. Für Justus schien sein Großvater in diesem Moment ein paar Zentimeter vom Boden abzuheben und zu schweben – eine hingebungsvolle Begeisterung für Musik, die Justus ansteckte und nie mehr losließ.

Seufzend warf Sam die Zigarette in einen Papierkorb. Er strich sich über die leicht pomadisierten Haare und zog sich das Revers glatt. Er versuchte sein sonst so charmantes Lächeln unter dem Menjou-Bärtchen. Das ließ ihn wie einen Stummfilmstar aussehen, der aus seiner Zeit in die Gegenwart gefallen war. Es wollte aber nicht gelingen. Denn der Portier hatte Sam nicht hineingelassen.

»Dit tut mir leid, aber die Chefetage meent, dit wär momentan keene jute Idee, Leute rinzulassen, die hier keen Zimmer haben. Da is jrade wat mächtig im Busche, ick meene: jeschlossene Jesellschaft und so. Sie verstehen?«

Was blieb Sam übrig? Er entfernte sich vom Hoteleingang und schlenderte an der Front des ADLON entlang. Eigentlich war es doch gut, nicht hineingegangen zu sein. Sam hatte sich dadurch die Peinlichkeit erspart, zur Hoteldirektion zitiert und rausgeworfen zu werden, weil er schlicht kein Geld mehr hatte, um Speis und Trank zu bezahlen.

Sam seufzte wieder. Also auch kein Geld für ein Taxi, vielleicht gerade mal für die U-Bahn. Ein Auto besaß er schon lang nicht mehr.

»Eenen schönen Abend noch, die Dame«, hörte er den alten Portier hinter sich sagen. Sam drehte sich um – und wäre beinahe mit der soeben Verabschiedeten zusammengeprallt, was ihm nicht unangenehm gewesen wäre. Sie war etwa Ende zwanzig, trug einen kurzen Rock und über den Schultern einen Spencer. Sie hatte ein nahezu perfekt geformtes, sehr hübsches Gesicht mit zart geschwungenen Lippen und Augen. Bloß die Nase war etwas zu stark nach unten gebogen.

»Oh, Verzeihung«, sagte Sam und schaltete sein charmantestes Lächeln ein. Sie lächelte nicht zurück und sah ihn geistesabwesend an.

»Kein Ding«, murmelte sie und suchte im Weiterlaufen etwas in ihrer Handtasche, vermutlich ihren Autoschlüssel.

Als sie davoneilte, sah Sam ihr nach. Dann hörte er hinter sich, wieder vor dem Eingang des Hotels, zwei Männer aufgeregt sprechen. Er drehte sich um und sah einen dunkelhaarigen Mann, etwa dreißig Jahre alt und damit ein paar Jahre jünger als Sam selbst. Er trug schlichte Jeans und ein weißes, kurzärmeliges Oberhemd. Neben ihm stand ein dicker Bärtiger in weißen Shorts, Sandalen und einem Hawaii-Hemd. Das passte zwar zu einem Strandbadbesuch, aber bestimmt nicht in das ADLON.

Der Dunkelhaarige war verärgert. »Warum musstest du den Mann unbedingt durch die Gegend schubsen? Wir können froh sein, dass sie nicht die Polizei gerufen haben.« Er drehte sich suchend im Kreis, während er sprach. »Wo ist sie?«

Der Bärtige schnaufte.

»Er hat mich beleidigt. Fettsack. Pah! Dabei habe ich durch die ganze Aufregung bestimmt schon fünf Kilo abgenommen.«

»Na dit war ja ma 'n kurzer Ufftritt«, sagte der Portier, der die beiden offenbar kannte.

»Wir haben nur ganz kurz gerappt«, erwiderte der Bärtige.

»Ach, kiek ma an.«

»Ist hier eine Frau rausgerannt?«, fragte der Dunkelhaarige. »Groß, blond, sehr hübsch und ...«

»Dit isse. Da runter. Als ob dit Finanzamt hinter ihr her wäre.« Der Portier lachte.

»Danke«, sagten die beiden gleichzeitig und rannten los, direkt auf Sam zu.

»Entschuldigung, ist hier vielleicht eine junge Frau …«

»Da runter.« Sam zeigte in eine Nebenstraße. Dort stieg die Frau ein paar hundert Meter entfernt gerade in ein Auto.

»Danke«, sagte der Dunkelhaarige. »Los, hinterher!«, spornte er den Bärtigen an. Dann lief er über die Straße zu einem grünen Golf und angelte hektisch den Autoschlüssel aus der Hosentasche.

Plötzlich hatte Sam eine Idee. Er lief auf den Golf zu.

»Entschuldigung? Ich nehme an, Sie fahren der Dame hinterher. Können Sie mich ein Stück mitnehmen? Nur bis zur nächsten S-Bahn-Station. Oder in die Innenstadt.«

Das war ihm lieber, als sich in eine der schrecklichen U-Bahnen zu setzen. Denn dort krächzte erfahrungsgemäß jedes Mal irgendein Song-Poet selbstverfasste Langeweile in Tönen vor sich hin.

Oder jemand fing an, zum Fluchtauto-Herbeisehnen zu rappen.

Oder eine Mini-Band trötete ›*Guantanamera*‹ kurz und falsch in den Fahrgastraum.

Ganz zu schweigen von den Dackelblick-Besitzern, die sich mit einem hingemurmelten »Hastemaneneuro?« die nächste Alkoholsession am Kiosk zu finanzieren hofften.

»Was? In die Innenstadt?«

Der Dunkelhaarige hatte die Tür geöffnet. Eine breitflächige Hand klatschte auf Sams Schulter.

»Klar, Mann. Wir nehmen dich mit«, brummte der Bärtige. »Aber mach mal 'n bisschen Attacke. Wir haben es echt eilig.«

Sam bedankte sich und schob sich auf die Rückbank. Er freute sich, nun doch keinen langen Fußmarsch zu seiner Zwei-Zimmer-Altbauwohnung machen zu müssen. Der Dunkelhaarige stieg aufs Gas – und eine Minute später wünschte sich Sam, er wäre niemals in dieses Auto gestiegen.

24

Mit jedem weiteren Meter, den ihr Polo auf Berlins Straßen zurücklegte, war sich Vicky sicherer: Die Spinner aus dem Hotel verfolgten sie doch nicht. Sie hatte den Rückspiegel bis jetzt ständig im Auge behalten. Aber niemand Verdächtiges war zu entdecken, und sie hörte auf damit.

Super. Sie hatte ihre Ruhe. Blöd nur, dass sie ihre Sporttasche mit den Bühnenklamotten im Umkleideraum gelassen hatte. Dann musste sie die eben morgen vor dem Flug abholen – dem Flug nach Mallorca! Es hatte tatsächlich funktioniert! Sie würde sofort Cary anrufen, sobald sie im Hotel war. Knapp acht Kilometer noch, sagte ihr Navi.

Was für den restlichen Weg fehlte, war eindeutig Musik. Die brauchte Vicky jetzt. Sie zappte durch die Radiosender und landete bei ›*A Cake by the Ocean*‹ von DNCE. Vicky sang den Refrain laut mit, lachte und bewegte im Rhythmus, was sie beim Fahren bewegen konnte. Dennoch konzentrierte sie sich auf die Straße, weil sie müde war und schnell ins Hotel wollte. Sie drückte aufs Gas.

Hätte sie doch noch einen Blick in den Rückspiegel geworfen, wäre ihr der schwarze SUV aufgefallen, der ihr beharrlich folgte.

25

»Ich bin Leo, und das ist Max«, erklärte Leo und drehte sich zu ihrem Fahrgast um.

»Sam Martin. Sehr nett, dass Sie mich mitnehmen.«

»Ach, lass doch das Sie. Nenn mich Leo.«

Max sagte nichts, weil das, was sich vor ihm abspielte, seine ganze Aufmerksamkeit erforderte.

»Leo, siehst du das?«

»Was?«

»Den schwarzen SUV da vorn. Der ist gerade vor uns ziemlich hastig aus seiner Parklücke gefahren und klebt an unserem Star.«

Max ging aufs Gas, als der SUV Tempo machte und auf die Stadtautobahn fuhr. Er hatte Mühe zu folgen, weil der SUV auf den zwei Spuren, die ihnen für ihre Richtung zur Verfügung standen, ständig hin und her wechselte.

»Ich hoffe, wir täuschen uns und der fährt nur zufällig in dieselbe Richtung«, sagte Max.

»Nee, das glaube ich nicht«, meinte Leo. »Hast du dir das Nummernschild angesehen? Da steht ein ›H‹ für Hannover. Und wer kommt aus Hannover? Frankenhauser. Und sieh dir mal an, wie die der Frau hinterherbrettern. Nein, das sind ganz klar die Killer.«

Max warf ihm einen warnenden Blick zu und schüttelte schnell den Kopf. Doch ihr Fahrgast hatte das Gespräch sehr genau verfolgt.

»Killer? Du hast Killer gesagt.« Sam schob seinen Kopf zwischen den Rückenlehnen der Vordersitze nach vorn. »Mit so was will ich nichts zu tun haben. Lasst mich sofort raus hier.«

»Sorry, aber das geht jetzt nicht. Wir müssen ...« Max suchte nach einer Ausrede.

»... jemanden retten«, ergänzte Leo, was ihm einen empörten Blick von Max einbrachte.

»Was? Meint ihr die hübsche Blonde, die an mir vorbeigerannt ist? Die wird verfolgt?«

»Mehr oder weniger«, gab Max zu.

»Eher mehr«, murmelte Leo.

Der SUV fuhr von der Stadtautobahn ab und drosselte das Tempo. Max musste dranbleiben. Verlor er den SUV aus dem Blick, würde er auch die Spur der Sängerin verlieren. Denn Inga Sommer konnte er vor sich in dem Blechstrom nicht entdecken, der sich in den Abend hinein durch die Straßen schob.

Nach ein paar Minuten fuhren sie in eine von Bäumen umsäumte, mit Kopfsteinpflaster belegte breite Straße. Sie führte in ein ruhiges Wohnviertel mit breiten, von Laternen erleuchteten Fußwegen und endlosen Reihen geparkter Autos. Der SUV fuhr nur noch in Schrittgeschwindigkeit.

»Ich würde wirklich gern aussteigen«, meldete sich Sam von der Rückbank.

»Jetzt nicht«, antworteten Max und Leo gleichzeitig.

Dazu hätten sie anhalten müssen, damit einer von ihnen aussteigen konnte, weil der geliehene Golf hinten keine Türen hatte. Und dann wäre der SUV vielleicht weg. Max erkannte rechter Hand am Ende der Straße eine blauweiße Neon-Schrift an einem Haus: HOTEL LUXURY. Vielleicht war das Inga Sommers Unterkunft.

Der SUV parkte auf dem Fußweg. Dann erloschen seine Lichter. Auch Max schaltete die Beleuchtung aus und parkte auf den Bürgersteig, etwa fünfzig Meter vom SUV entfernt. Den Motor ließ er laufen.

Die Straßenlaternen warfen genügend Licht, um die beiden Insassen des SUV gut zu sehen, die nun ausstiegen. Sie waren genauso gekleidet wie die Typen vor dem Kurhaus in Bad Harzburg: schwarze Anzüge und Sonnenbrillen. Die Männer sahen sich um, ob jemand sie beobachtete. Dann zogen beide Pistolen mit Schalldämpferaufsatz aus den Jacketts hervor.

»Hast du das gesehen?«, fragte Max.

»Oh, Mann«, antwortete Leo. »Die machen Ernst.«

»Okay. Das machen wir auch.«

Max drückte das Gaspedal bis zum Bodenblech durch.

26

Geschafft.

Vicky stieß erleichtert die Luft aus und stellte den Motor ab.

Bloß noch ein paar Minuten Fußweg vom Parkplatz bis zum LUXURY. Und dann: Endlich abschalten, endlich ein Bett. Keine Jury, keine Stalker, kein balzwütiger Tobias Silvester weit und breit. Vicky blieb einen Moment sitzen und atmete durch. Dann stieg sie aus und ging auf den Parkautomaten zu.

Plötzlich hörte sie ein wütendes, unverständliches Rufen. Sekunden danach dumpfes Poltern wenige Meter vor ihr. Ein grüner Golf überfuhr in hohem Tempo die vier Poller, die die Parkplatzeinfahrt eingrenzten. Wer im Wagen saß, konnte Vicky nicht erkennen. Der Golf schepperte auf die Straße und bog in den Verkehr ein. Einen Augenblick später schnellte ein schwarzer SUV noch einmal über die schon erlegten Poller und raste mit quietschenden Reifen offenbar dem Golf hinterher.

Vicky schüttelte ungläubig den Kopf.

Lag das an Berlin? Machten die hier so was öfter? Man konnte aber auch glatt auf den Gedanken kommen, alle Irren, die Bad Harzburg am Tag zuvor bevölkert hatten, wären ihr gefolgt.

Nein, Unsinn!

Vicky schüttelte erneut den Kopf und ging weiter.

27

»Mann! Das war so oberkrass! Du bist absolut der Burner!«, freute sich Leo.

Doch Max konnte sich gerade nicht mitfreuen. Er war damit beschäftigt, so viel Abstand wie möglich zwischen den Golf und den schwarzen SUV zu bekommen. Richtig Tempo machen funktionierte nicht, denn sie fuhren nicht auf einer Autobahn. Dazu kamen die vielen Baustellen, die den Golf ständig ausbremsten. Sie hatten zwar noch einen Vorsprung von ein paar hundert Metern. Doch der SUV holte auf.

Max staunte, wie schnell die Sonnenbrillenträger die Verfolgung aufgenommen hatten. Immerhin hatte er die beiden fast erwischt. Nur mit einem Hechtsprung nach links und rechts hatten sie sich vor der heranrasenden Stoßstange des Golfes retten können. Nur gut, dass in diesem Moment sonst niemand auf dem Bürgersteig unterwegs war. Die Gangster kamen jedoch augenblicklich wieder auf die Beine. Max sah im Rückspiegel, wie sie ihre Waffen zogen und anlegten. Aber in dieser Sekunde erreichte der Golf das Ende des Fußweges. Max bog scharf nach rechts auf die Straße, versank im Verkehr und war vor einem Treffer vorläufig geschützt.

Klar, dass die Typen sie nach dieser Aktion erledigen wollten. Der SUV kam näher. Wieder eine 30er-Zone mit Baustelle und verengter Fahrbahn. Max musste bremsen.

»Mist, Mist, Mist! Die haben uns gleich«, fluchte er.

Der SUV war noch etwa hundert Meter entfernt, und zwischen ihnen fuhren nur zwei weitere Autos.

»Leute, ich würde jetzt wirklich gern aussteigen!«, rief Sam von der Rückbank.

»Jetzt nicht!«, antworteten Max und Leo im Chor.

Der SUV schloss auf. Noch dreißig Meter. Max sah vor seinem geistigen Auge, wie die Sonnenbebrillten ihre Pistolen aus dem Jackett zogen.

»Shit.« Leo schaute Max eindringlich an. »Komm schon, Superhirn. Lass dir was einfallen!«

Aber der hatte keinen Einfall, bis sein Blick auf den Radweg fiel, der neben der Straße verlief. Max schlug das Lenkrad scharf ein und steuerte den Wagen auf den Radweg, der wegen einer Baustelle zur Straßenseite hin durch einen Holzzaun geschützt war. Auf der anderen Seite begrenzten ihn schmale Eisenpoller.

Max ging aufs Gas. Der Golf war schmal genug, um nur ab und zu das Holz des Zaunes splittern zu lassen. Der SUV folgte ihnen. Der war allerdings zu breit und hatte Mühe, durch den schmalen Gang zu kommen. Der Fahrer entschied sich dafür, lieber die Poller umzumähen und ein paar Dellen in der Stoßstange hinzunehmen, als sich mit dem langen Holzzaun anzulegen. Das bremste die Verfolger wenigstens ein bisschen aus, so dass Max einen kleinen Vorsprung herausfahren konnte.

Plötzlich endete der Radweg. Vor ihnen lag eine große Kreuzung. Max drosselte das Tempo, weil er nicht einfach in den dichten Abendverkehr fahren konnte.

Aber wohin jetzt? Geradeaus weiter? Abbiegen?

»Bieg nach links ab!«, rief Sam auf einmal von hinten. Offenbar hatte er Max' Gedanken gelesen.

»Was?«

»Mach schon. Nach links. Ich hab' eine Idee.«

Max nutzte eine schmale Lücke im Strom der Autos und fuhr nach links. Den Blinker setzte er nicht, was ihm ein paarmal wütendes Hupen einbrachte. Aber er wollte dem Fahrer des SUV keine Hinweise geben, wohin sie fuhren. Den sah er im Rückspiegel nicht mehr. Doch es war bloß eine Frage der Zeit, bis er wieder auftauchen würde. Sie fuhren in die Friedenstraße, auf der wenige Autos unterwegs waren. Linker Hand lag eine große, spärlich beleuchtete Parkanlage. Max fuhr weiter, bis die Straße einen Bogen nach rechts machte.

»Stopp! Fahr hier rein«, dirigierte Sam.

Auf der linken Seite führte ein Weg in den Park hinein. Max schaltete das Licht aus und lenkte den Wagen auf den Weg, der breit genug für den Golf war. Nur wenige Laternen beleuchteten das Parkdunkel. Umso besser. Das machte sie unsichtbar. Max tastete sich etwa dreihundert Meter zwischen den Bäumen hindurch. Dann hielt er mitten auf dem Weg.

»Endlich«, sagte Sam. »Sagt mal: Was seid ihr für Typen? Erst nehmt ihr mich mit – und dann spielt ihr ›*The Fast and the Furious*‹. Das war nicht cool, Leute, absolut nicht.«

»Ja, entschuldige. Du hast ja recht«, sagte Max. »Aber das ist eine Notlage. Wir müssen dieser Frau helfen, sonst erledigen die Herren aus dem SUV sie. Das bedeutet ...«

»... sie schießen sie ab. Oder sie entführen sie. Oder beides«, ergänzte Leo.

»Du hast uns wirklich sehr geholfen. Vielen Dank dafür.«

»Jungs, ich muss mal für kleine Informatiker.«

»Leo, jetzt? Ist das dein Ernst?«, fragte Max.

»Sorry, das ist die Aufregung. Das geht bei mir immer auf die Blase.«

»Ja, gut, aber beeil dich«, mahnte Max.

Leo stieg aus und suchte sich einen Baum. Sam kletterte aus dem Wagen.

»Was machst du?«, fragte Max.

»Na, was wohl? Ich verschwinde. Wie ihr zu dem Hotel zurückkommt, wisst ihr ja.«

»Ja, so ungefähr.«

»Gut, ich hau nämlich jetzt ab. Bis zu meiner Wohnung sind es zwar noch zwei Kilometer. Aber besser das, als hier von irgendwelchen Killern abgeknallt zu werden. Wenn die mich bei euch finden, denken die noch, ich gehöre zu euch.«

»Das kannst du gleich selbst mit denen klären«, rief Leo, der eilig zurückgelaufen kam.

»Was meinst du?«, fragte Sam.

»Ein Wagen ist gerade auf den Weg gefahren. Wir müssen uns verstecken.«

Max' Gedanken galoppierten. Weiterfahren ging nicht in der Dunkelheit. Er wusste nicht, wohin. Das Gestrüpp und die Bäume würden sie aufhalten. Und das Licht einzuschalten wäre eine Einladung zum Schützenfest für die Gangster. Max sprang aus dem Auto.

»Los, versteckt euch«, sagte er. »Aber jeder für sich. Wenn wir uns verteilen, dann erwischen sie uns nicht alle gleichzeitig.«

»Du kannst einem echt Mut machen«, murmelte Leo.

Er ging tastend ein paar Meter in das unbeleuchtete Parkgrün hinein und suchte sich einen Baum, hinter dem er sich verbarg. Sam machte es ihm nach. Und Max hockte sich in ihrer Nähe hinter einen Busch. Sie waren ungefähr zehn Meter von dem Leihwagen entfernt. Das war nah genug, um gut zu erkennen, was auf dem Weg vor sich ging.

»Erst mal sehen, ob sie wieder abziehen. Wenn sie uns suchen, hauen wir ab«, schlug Max mit gedämpfter Stimme vor.

»Ist gebongt«, bestätigte Leo.

»Natürlich werden die uns suchen«, flüsterte Sam. »Ich verschwinde lieber.«

Doch dafür war es zu spät. Zwei Autotüren klappten.

»Psst. Ruhig jetzt. Keinen Mucks mehr«, zischte Max leise.

Sam blieb, wo er war. Jedes Geräusch hätte sie verraten. Der SUV hatte hinter dem Golf angehalten. Im Schein einer der wenigen Parklaternen erkannte Max, wie zwei Männer ausstiegen. Sie trugen keine Sonnenbrillen, aber schwarze Anzüge. Ob sich noch ein dritter Mann im Wageninneren befand, war nicht zu sehen. Einer der Ausgestiegenen zündete sich eine Zigarette an, während der andere den Golf inspizierte. Er öffnete die Türen, ging um den Wagen herum, hockte sich hin und betrachtete aufmerksam den Boden.

Offenbar hatte er Spuren entdeckt. Plötzlich richtete er sich auf und starrte zu Max herüber. Der Blick traf Max trotz der Dunkelheit und des Blätterwerks zwischen ihnen direkt in die Augen. Zumindest schien Max das so. Dann drehte sich der Anzugträger zu seinem rauchenden Kollegen um und deutete wortlos in Max' Richtung. Der andere nickte. Der Mann, der die Spuren entdeckt hatte, zog eine Pistole. Langsam ging er auf die Dunkelheit zu, in der sich Max, Leo und Sam verbargen.

Zum Weglaufen war es zu spät. Die Typen würden das hören und sofort schießen. Sie waren ja nur ein paar Meter entfernt. Max hielt den Atem an und schloss die Augen. Vielleicht würden sie vorbeigehen. Aber daran glaubte er selbst nicht. Die Schritte kamen näher. Laub raschelte. Kleine Äste knackten unter den Schuhsohlen des Killers.

»Ey, kieck mal, der Spacko. Wat will 'n der hier?«

Eine laute, raue Stimme zerriss die gefährliche Stille. Max erkannte im Laternenlicht vier Männer, einige mit Hoodies bekleidet und Kapuzen auf dem Kopf. Einer von ihnen überragte die anderen um einen Kopf. Er trug Lederkleidung und ging kerzengerade. Wahrscheinlich der Anführer, denn die anderen hielten sich hinter ihm. Er ging auf den Mann am Auto zu, der sich seine Sonnenbrille aufgesetzt hatte und gelassen weiter rauchte.

»Hey, Alter, wat machst'n hier? Dit is unser Kiez.«

Der Spurenleser stoppte, steckte die Pistole unters Jackett und kehrte zum SUV zurück. Auch er setzte sich seine Sonnenbrille auf.

»Ey, kiek ma, da is noch eener. Wat habt ihr denn hier jemacht? Ey, sach an. Seid ihr schwul oder was?«

Der Anführer zog aus seiner Lederjacke ein Messer – das Signal für seine Untergebenen, diverse Schlagstöcke aus ihrer Kleidung hervorzuholen. Die Sonnenbebrillten blieben seelenruhig und stumm. Der Anführer der Gang trat nah auf die beiden zu und raunzte sie an.

»Okay, ihr Homos. Ihr habt unsre Weje benutzt. Dit kostet wat. Also raus mit dem Zaster. Aba dalli.« Er nahm dem Raucher die Zigarette aus dem Mund und steckte sie sich selbst zwischen die Lippen. »Rauchen is unjesund.« Er lachte und trat einen Schritt zurück zu seinen Leuten, die mitlachten. Der Komplize des Rauchers griff ruhig in seine Jacke und sprach zum ersten Mal.

»Weißt du, was auch ungesund ist? Fremde Männer im Park anquatschen.«

In einer blitzschnellen Bewegung zog er seine Pistole. Es ploppte vier Mal trocken, als würden Kastanien auf den Waldboden fallen. Alle vier Gangmitglieder gingen zu Boden, bevor sie auch nur einen Laut von sich geben konnten.

Der andere Gangster maulte los.

»Mann, du musst es immer übertreiben.«

»Warum? Der Boss hat gesagt: keine Zeugen.«

»Aber er hat auch gesagt: unauffällig bleiben. Kein Aufsehen. Die können hier nicht liegen bleiben.«

Sie begannen, die vier leblosen Körper in ihren SUV zu hieven. Keine leichte Aufgabe, denn viel Platz bot die Ladefläche nicht.

»Hey.«

Max zuckte zusammen, als ihn eine Hand am Arm berührte. Fast hätte er aufgeschrien, doch er riss sich gerade noch zusammen, als er Leos Gesicht erkannte.

»Lass uns abhauen, solange die noch beschäftigt sind«, schlug Leo vor.

»Das sind sie nicht mehr.«

Tatsächlich hatten die beiden Gangster nur wenige Augenblicke gebraucht, um die Gang komplett auf der Ladefläche unterzubringen. Eilig stiegen sie in ihren Wagen und fuhren in hohem Tempo rückwärts aus dem Park hinaus.

»Warum hauen die ab?«, fragte Sam, der aus seinem Versteck kam.

»Wenn die uns auch noch abgeknallt hätten, wär' das ziemlich eng in der Karre geworden«, erklärte Leo.

»Genau«, bestätigte Max. »Außerdem hat der eine gemeint: kein Aufsehen. Die hätten uns liegen lassen müssen. Oder diese Gang. Und das wäre auf jeden Fall eine Schlagzeile geworden.«

»Mensch, so langsam möchte ich eine Gefahrenzulage.«

»Gute Idee, Leo. Ich könnte Dr. Robert mal wegen eines kleinen Bonus auf das Honorar fragen.«

Sam wurde hellhörig.

»Moment mal. Seid ihr so was wie Privatschnüffler?«

»Er ja«, antwortete Leo und deutete auf Max. »Und ich auch, in gewisser Weise ...«

»Okay. Interessant.« Sam strich seinen Anzug glatt.

»Noch interessanter ist, was die Killer jetzt machen«, überlegte Max. »Die werden irgendwo die Leichen versenken und danach zu Inga Sommer ins Hotel fahren. Wir müssen sofort zu ihr.«

»Plus eine Nachtzulage«, murmelte Leo.

»Was haltet ihr davon, wenn ich euch begleite?«, schlug Sam auf einmal vor. »Ich weiß eine Strecke, auf der ihr noch schneller zu dieser Inga Sommer kommt. Ich kenne mich hier sehr gut aus. Ich bin in Berlin geboren. Außerdem sind wir dann zu dritt gegen zwei Gangster.«

›Stimmt‹, dachte Max. Eine ortskundige Hilfe konnte nicht schaden. Das war ein Vorteil gegenüber den Killern. Nur eines war ihm nicht klar.

»Woher kommt der Sinneswandel?«

»Wenn eine schöne Frau in Not ist, muss man doch helfen.« Sam lachte.

28

Vorsichtig rollte der Golf ohne Licht durch den Park zurück auf die Straße. Von den Killern war nichts mehr zu sehen.

Dann gab Max Gas und ließ sich von Sam in die alleenartige Straße dirigieren, in der Inga Sommers Hotel lag. Er fand die blauweiße Neonreklame HOTEL LUXURY, die über dem Hauseingang eines graubraunen Mehrfamilienhauses leuchtete. Der Eingang, eine schmucklose Haustür, stand offen. Max parkte auf dem Bürgersteig, ein paar Meter entfernt.

»Chef, was ist dein Plan?«, wollte Leo wissen.

»Wir gehen rein, machen ihr klar, dass sie in Gefahr schwebt, und nehmen sie mit.«

»Super. Das mit dem Klarmachen hat ja auch schon zweimal klasse funktioniert.« Leo schüttelte den Kopf.

»Jedenfalls dürfen wir keine Zeit verlieren«, sagte Max. »Ewig halten sich die Killer nicht mit den Leichen auf.« Er öffnete die Tür. »Leo, bleib bitte im Wagen. Lass den Motor laufen, damit wir sofort starten können, falls das nötig sein sollte. Und du, Sam, kommst bitte mit. Halte dich am Eingang versteckt. Du musst darauf achten, ob die Killer hier auftauchen.«

»Ja ... und wenn die wirklich hierherkommen? Also das ist ganz schön gefährlich.« Sam kniff die Lippen zusammen.

»Ich denke, du bist immer dabei, wenn eine schöne Frau in Not ist? Außerdem könnte ich mir vorstellen, dass Dr. Robert dir auch ein Honorar zahlt, wenn du uns hilfst.«

Das vermutete Max zumindest, wenn er Dr. Robert deutlich machen könnte, wie sehr Sam ihnen geholfen hatte. Eine Hilfe, die sie jetzt gut gebrauchen konnten. Es ging um Leben und Tod. Also versteckte Sam sich in einem benachbarten Hauseingang und Max ging in das Hotel. Das verdiente diese Bezeichnung genauso wenig wie den Namen LUXURY. Max schob einen dunkelgrauen muffigen Vorhang beiseite und stand vor der Rezeption. Ein dickbäuchiger weißhaariger Mann mit blauem Jackett und weißem Oberhemd spielte hinter dem Tresen an seinem Handy herum. Er blickte durch seine Nickelbrille auf.

»'n Abend. Wat kann ick für Sie tun?«

»Guten Abend, Herr ...« Max las das Namensschild am Revers des Jacketts, »Herr Watzlowski. Ich möchte gern Frau Inga Sommer besuchen. Sie ist eine alte Schulfreundin und ...«

»Wat denn, wat denn? Schon wieder?«

»Warum schon wieder?«

»Na, Sie sind nicht der Erste. Man könnte jlatt meinen, dit wär eene vom horizontalen Jewerbe.«

»Sie meinen: Noch jemand hat nach ihr gefragt?«

»Aber Hallo. Vor ein paar Minuten waren zwee Typen hier. Finstere Fijuren, dit kann ick Ihnen sajen.« Er lehnte sich in seinem Stuhl zurück. »Aber zum Jlück musste ick die wegschicken.«

»Weil Inga sie nicht sehen wollte, nehme ich an.«

»Nee, weil sie jar nich mehr da ist. Die Dame hat jar nich erst einjecheckt.«

»Und wo ist sie jetzt?«

»Det hat se mir nich verraten.«

Mit einem hastigen »Danke« stürmte Max aus dem Hotel. Aufgeschreckt sprang Sam aus dem benachbarten Hauseingang.

»Was ist los? Wo ist sie?«

Max blickte hastig um sich. Weit konnte sie noch nicht gefahren sein. Aber wohin? In welche Richtung? Doch jetzt war es sowieso zu spät. Ein paar Minuten mit dem Auto waren genug, um sie im Berliner Großstadtgewimmel unerreichbar zu machen. Inga Sommer war verschwunden.

29

Was für ein Drecksloch! Sie musste bekifft gewesen sein, als sie das gebucht hatte. Vicky konnte gar nicht schnell genug zum Parkplatz zurückgehen.

Erst wollte Cary die Hotelbuchung ja organisieren. Doch er meinte, sie müssten die Übernachtung selbst bezahlen. Die Casting-Leute würden das nicht übernehmen. Und deshalb bestand Vicky darauf, selbst zu buchen, um Geld zu sparen. Denn davon hatten sie nur noch wenig im Schlagerstar-Etat. Cary hätte trotzdem ein viel zu teures Hotel ausgesucht, weil er wollte, dass sich Vicky wohl fühlte. Hätte sie ihn mal machen lassen. Er kannte sich in Berlin aus und hätte garantiert nicht diese Absteige gewählt.

Aber Vicky hatte ihren Kopf durchgesetzt. Und dann musste es schnell gehen, weil sie erst eine Woche vor dem Casting die Einladung erhalten hatten. Das LUXURY war günstig und hatte Zimmer frei, die auf den Fotos online gut aussahen. Nur, dass die Bilder bestimmt schon dreißig Jahre alt waren. Das wurde Vicky klar, als sie hineinging und an der Rezeption wartete. Gut, wenn sie sofort in ein Bett fallen wollte, musste sie über die Renovierungsbedürftigkeit des Hauses hinwegsehen. Und genauso über den Verdacht, dass sie in einem Stundenhotel gelandet war. Denn zwei Paare kamen ihr entgegen, die Männer älter und die Frauen nuttig.

Egal. Vicky war einfach zu müde. Doch dann wurde sie schlagartig wieder hellwach. Denn eine große, braune Ratte huschte vom Fuß der Rezeptionstheke zur geöffneten Kellertür. Sie begrüßte Vicky statt eines Rezeptionisten, indem sie kurz verharrte und in die Richtung des neuen Hotelgastes schnupperte.

»Hey! Verdammt noch mal! Was ist das denn?!«

Vicky hämmerte ein paar Mal auf die Klingel, damit sich der Rezeptionist endlich blicken ließ. Das machte der, sein offenes Hemd zuknöpfend und die Brille auf die Nase schiebend.

»Juten Abend, die Dame. Wat kann ick für Sie tun?«

»Ich will einchecken ... nein: Ich wollte einchecken. Das können Sie jetzt vergessen.«

Er sah sie verständnislos an.

»Oh, wat ham wa denn verbrochen?«

»Ich steh nicht auf Ratten als Hotelpersonal. Und die Bude hier sieht nicht so aus wie das, was Sie im Internet zeigen.«

»Dit wird den Chef aba nich erfreuen.« Er blätterte in einem dicken Notizbuch. »Inga Sommer? Is dit richtig? Sie wollten heute einchecken.«

»Ja – wollte. Aber dann schlafe ich lieber im Auto. Und dass ich hier einen Cent bezahle, das könnt ihr euch abschminken. Schönen Gruß an den Chef.«

Damit ging sie hinaus, zurück zum Parkplatz. Auf dem Weg schüttelte sie sich noch einmal angeekelt. Ratten. Nein. Das ging gar nicht. Mit Mäusen hätte sie sich arrangieren können, so wie vor ein paar Jahren in ihrer Studentinnenbude in Hannover. Der Vermieter der billigen Ein-Zimmer-Dachgeschosswohnung hatte sie vorgewarnt: »'ne Mäuse-WG als Haustiere mieteste mit. Aber die tun nix. Die wandern nur im Gebälk und in den Wänden rum. Die siehste überhaupt nicht.«

Vicky war das egal gewesen. Hauptsache, sie hatte eine Wohnung. Das war genauso schnell gegangen wie die Zusage für einen Studienplatz an der Musikhochschule in Hannover. Und auch Jobs hatte sie schnell gefunden: erst in einem Call-Center, dann als Verkäuferin in einem TASTY.

Die Flucht aus Bad Harzburg war geglückt, und Vicky konnte sich ganz und gar in die Musik fallen lassen. Sie ging in den Vorlesungen und Seminaren als Pop-Komponistin in die Tiefe und schulte ihr Talent als Sängerin. Zwei Jahre lang erlebte sie so, innen und außen lächelnd, jeden Tag – bis irgendein Teufel aus der Hölle aufgestiegen sein musste und, um Spaß zu haben, Vicky einen Horrortag bescherte.

Zuerst bekam sie morgens im TASTY die fristlose Kündigung wegen Rationalisierungsmaßnahmen. Und am Abend stand

Vicky nach dem Rückweg von der Uni mit offenem Mund vor dem Haus, in dem sie wohnte. Feuerwehr-Löschzüge und Rettungswagen versperrten die schmale Kopfsteinpflasterstraße. Einsatzkräfte nebelten mit Wasserstrahlen die obere Haushälfte ein. Die war runtergekokelt bis zur Unkenntlichkeit, und das bedeutete: Auch die Dachgeschosswohnung mit der Mäuse-WG hatte sich in Rauch aufgelöst. Und mit ihr Vickys Computer, Bett, Kleidung, die paar angesparten Scheine unter der Matratze, alles, was sie besaß. Ihr blieb bloß das, was sie am Leib trug, und ihre Brieftasche mit ein wenig Bargeld. Nur gut, dass sie ihre heilige Mappe mit den Notationen ihrer Lieder an diesem Tag im Rucksack mit in die Uni genommen hatte, um daran zu arbeiten.

Was jetzt? Kein Geld, kein Job, keine Wohnung. Nichts davon konnte sie sofort aus dem Hut zaubern. Würde sie unter einer Brücke landen? Oder bei den Studenten, die sie kannte? Aber die wohnten in eh schon überfüllten WGs. Geld hatten die auch nicht übrig. Und durchfüttern würden sie ihre Kommilitonin genauso wenig. Was blieb? Das Frauenhaus? Das Obdachlosenasyl? Wie sollte sie an Geld kommen? Und vor allem: Wie sollte sie jetzt für die Zwischenprüfung zum Bachelor in zwei Wochen lernen? Wie sollte sie das schaffen? Wie sollte sie das ALLES schaffen?

Vicky vergaß zu atmen und sackte im Pulk der Schaulustigen zu Boden. Eine Sanitäterin half ihr auf die Beine und setzte sie auf die Ladefläche eines Rettungswagens. Die südländisch wirkende korpulente Frau reichte ihr eine Wasserflasche.

»Geht's wieder?«

»Ja, danke. Ich ...«

Dann brach Vicky in Tränen aus.

»Hey, ganz ruhig.« Die Frau angelte sich eine Decke aus dem Innenraum und legte sie um Vicky. »Hast du da gewohnt?«

Vicky nickte. Und dann sprudelten die Ereignisse des Horrortages aus ihr heraus. Die Frau unterbrach sie.

»Wenn ich dir einen guten Rat geben darf ...«

»Ja?«

»Fahr nach Hause zu deinen Eltern.«

»Was?« Vicky starrte die Sanitäterin an. »Nein ... nein.«

Sie stand kopfschüttelnd auf, hob abwehrend die Hände und ging ein paar Schritte rückwärts. Dann drehte sie sich um und lief los. Sie streifte durch die Straßen, ziellos, auf der Flucht vor einer Gewissheit. Doch die holte sie ein. Als sich Vicky erschöpft auf eine Bank fallen ließ, wusste sie: Die Sanitäterin hatte recht. Sie hatte keine Wahl. Der Gedanke ließ Vicky trotz der warmen Frühlingssonne eine plötzliche Kälte spüren, die sich in ihr wie Nebel ausbreitete. Sie nahm ihr Handy und wählte die Festnetznummer, die sie kannte, seit sie denken konnte.

»Schneider!« Bennos Stimme. »Hallo? Wer ist denn da?«

»Vicky. Hier ist Vicky.«

»Oh, was für eine Ehre.«

Beide holten gleichzeitig tief Luft.

»Was willst du? Juliane hat mir erzählt, dass du wirklich studierst. Also: Was ist?«

Ruhig berichtete Vicky, und Benno hörte aufmerksam zu. Als sie fertig war, schwieg er lange.

»Hallo? Bist du noch da?«

»Wie viel Geld hast du noch?«

»Knapp 40 Euro.«

»Das reicht. Steig in den Zug und komm her.«

Vicky fuhr zurück. Nach zwei Jahren. Juliane empfing sie tränenreich und Benno mit einer kalten Selbstverständlichkeit. Er redete nicht viel mit Vicky. Und er machte ihr keine Vorhaltungen, denn nach einer Woche stand Vicky das erste Mal in einem von Bennos Imbisswagen und verkaufte Pommes und Bratwürste.

Plötzlich schlug die Erinnerungstür zu, als Vicky über einen der umgefahrenen Poller vor dem Parkplatz stolperte. Augenblicklich war sie in der Gegenwart zurück. Sie bezahlte das Parkticket, stieg in ihren alten Polo und fuhr drauflos, in die Nacht hinein. Sie brauchte ein anderes Hotel, im Auto schlafen wollte sie nicht. Nicht in einer Stadt wie Berlin. Doch sie kannte sich einfach nicht aus. Nach ein paar Minuten fuhr Vicky an den Straßenrand und suchte sich online ein übriggebliebenes Zimmer in der Nähe – für 160 Euro pro Nacht. Das war das Doppelte ihres sparsamen Übernachtungsetats. Aber das war ihr egal. Diesen Luxus hatte sie sich heute verdient.

Das Hotel war hell, freundlich, sauber. Die Empfangsdame bot ihr sogar noch einen Nachtimbiss an. Und Nagetiere waren weit und breit nicht zu sehen. In ihrem Zimmer schickte Vicky eine kurze Nachricht an Cary, dass sie nach Mallorca fliegen würde. Dann stellte sie den Wecker und ließ sich auf die betörend weiche Matratze fallen. Mallorca. Morgen um diese Uhrzeit würde sie für den ersten Auftritt die Texte, den Gesang, die Performance im Geiste durchgehen. Dabei würde sie vielleicht am Pool in der Sonne sitzen oder am Strand entlanglaufen. Ein Ambiente, das zum Hineinfallen, zum Sich-Verlieren verführte. Aber dafür flog sie nicht auf die Insel. Denn sie hatte einen Plan, ein Ziel, dem sie auf Mallorca ein gutes Stück näherkommen könnte. Und das bedeutete: volle Konzentration, auch unter Palmen.

Vicky schaltete das Licht aus. Noch eine Weile lauschte sie dem kraftvollen, gleichzeitig sanft monotonen großstädtischen Brodeln Berlins. Sie stellte sich vor, das wäre schon das Mittelmeer.

Dann schlief sie ein.

30

Leo schreckte hoch. Das war nicht sein Handy-Wecker. Nein, Frank Sinatra weckte ihn mit ›*New York, New York*‹.

Das schmetterte laut aufgedreht aus zwei türhohen Boxen in Leos Trommelfelle. Aber nicht nur in seine. Ein Nachbar hämmerte wütend an die Wand und rief Unverständliches. Wahrscheinlich: »Mach die Musik leiser!«

Leo gähnte und versuchte, sich auf die andere Seite zu wälzen. Doch so breit war Sams Couch nicht. Trotzdem war das immer noch besser, als im Auto zu übernachten. Das hatte ihnen gedroht, als sie nach dem Besuch im LUXURY nicht nur ohne Sängerin, sondern auch ohne Bleibe dastanden. Zum Glück hatte Sam ihnen angeboten, bei ihm zu schlafen.

»Guten Morgen. Kaffee, die Herren?«

Sam stellte ein Tablett auf den Wohnzimmertisch.

»Die beste Idee des Tages«, brummte Leo und setzte sich auf.

»Guten Morgen«, ließ sich Max vernehmen, der sich von einer Luftmatratze hochrappelte. »Es gibt noch eine bessere Idee: zum Flughafen fahren und Inga Sommer abfangen. Ich habe mir gestern online alle Flüge nach Mallorca heute ab 8 Uhr angesehen und notiert. Früher wird sie kaum abfliegen, vermute ich. Das können wir noch schaffen.«

Leo sah auf die Handy-Uhr. 6:27 Uhr.

»Oh, Mann, um die Uhrzeit.« Er schaute Sam mit leidendem Blick an und rieb sich den Bauch. »Sag mal ...«

»Schon klar. Ich mach schnell ein paar Toastbrote. Max, geht das noch?«

»Okay. Ich könnte auch was vertragen.«

Sam legte rasch Dean Martins ›*Volare*‹ als Ersatz für Frank Sinatra auf, bevor er in die Küche ging. Das kannte Leo, der aufstand und beim Frühstück mithalf. Er sang die Melodie und kassierte ein Lob.

»Hey, du triffst ja die Töne.«

Wieder klopfte der Nachbar. Sam lachte.

»Einen Fan hast du auch schon.«

»Beeilung bitte, sonst schaffen wir das nicht«, drängelte Max. »Sam, würdest du uns noch mal helfen? Du kennst bestimmt einen schnellen Weg zum Flughafen.«

Sam grinste.

»Den schnellsten.«

31

Wo blieb sie nur?

Sam stand am Flughafen-Haupteingang, den Inga Sommer wahrscheinlich benutzen würde. Max hatte sich etwa fünfzig Meter entfernt postiert. Und Leo überwachte eine Ebene tiefer auf dem unterirdischen Bahnhof des Flughafens die ankommenden Züge aus der Innenstadt.

Max hatte den Plan, die Sängerin abzufangen, bevor sie zum Schalter ging, um einzuchecken. Dort würde sie sicherlich nicht mehr mit ihnen reden wollen, sondern es eilig haben, in den Flieger zu steigen. Sie mussten sie vorher erwischen. Dann würde sie bereitwilliger zuhören, vor allem ihm, Sam, denn Max und Leo kannte sie. Und sie würde sicher wütend werden, wenn die beiden sie schon wieder ansprachen. Sam würde seinen ganzen Charme einsetzen, um sie zum Zuhören zu bewegen. Und er würde es bestimmt schaffen, ihr klarzumachen, in welcher Gefahr sie schwebte, damit sie Mallorca sausen ließ.

Sam hatte nichts dagegen, hier auf sie zu warten. Mit allen Sinnen genoss er die Atmosphäre. Er spürte das Flair des lichtdurchfluteten Weltstadtflughafens mit seinem Strom von Menschen und ihren unterschiedlichen Sprachen, Hautfarben und Gesichtern.

Er konzentrierte sich wieder auf diese Gesichter, damit ihm die Sängerin nicht entging, aber sie war nicht zu entdecken. Vielleicht hatte Max sie ja schon abgefangen. Sam sah nach ihm, doch Max stand nicht an seiner Position. Er ließ die Augen weiterwandern und fand ihn endlich. Max lehnte an einer Auskunftstafel. Ein großer, breitschultriger Mann in Lederjacke und Jeans drängte sich dicht an ihn.

Sam erschrak. Der Mann trug eine Sonnenbrille.

Max war in Schwierigkeiten.

32

»Na, Arschloch? Was machst du jetzt? Wieder mit Golfbällen werfen?« Der Mann zischte die Wörter hasserfüllt in Max' Ohr.

»Du bewegst dich nicht. Keinen Zentimeter. Sonst knall ich dir die Wirbelsäule weg.«

Der Schalldämpfer der Pistole war zwischen zwei Wirbeln knapp über Max' Hüfte platziert.

»Das glaube ich nicht«, sagte Max. »Das würde viel zu sehr auffallen. Und auffallen dürft ihr ja nicht.«

Der Lauf bohrte sich tiefer in Max' Rücken.

»Das ist mir scheißegal. Du Wichser hast meinen Kumpel abgeschossen. Ich knall dich ab, wenn du nicht mitmachst. Kapiert?«

Max nickte nur. Jetzt zitterte er. Sein Atem stockte, als der Mann die Pistole schmerzhaft in seinen Rücken drückte. Max wurde klar, wie kurz er davorstand, getötet zu werden. Oder mindestens gelähmt. Die Angst krallte sich in seinem Bauch fest und vernebelte seinen Kopf. Aber er klammerte sich an den Gedanken: Nicht nur sein Leben war in diesem Moment bedroht. Und das befreite seinen Verstand und zähmte die Furcht.

Sah Sam, was passierte? Oder wurde er auch bedroht? Sam war ihr Trumpf im Ärmel. Ihn kannten die Killer nicht. Und was war mit Leo? Den hatte er nicht mehr warnen können. Sam auch nicht. Und nun ging nichts mehr. Max musste machen, was der Mann hinter ihm sagte.

Der rief eine Nachricht von seinem Handy ab.

»Sehr gut. Deinen fetten Kumpel haben wir auch«, murmelte er. »Und jetzt beweg dich. Geh ganz normal vor mir, da hinten zum Ausgang und dann zum Parkhaus. Und wie gesagt: Wenn du abhaust, ballere ich dir die Eier weg.« Er packte Max hart am Oberarm und zog ihn zu sich heran. »Aber wenn ich so darüber nachdenke ... Tu mir den Gefallen. Lauf los. Vielleicht schaffst du es ja. Na, mach schon: Lauf los.«

Max rührte sich nicht.

»Okay. Dann zum Parkhaus.«

Wieder ein Stoß in Max' Rücken, damit er sich in Bewegung setzte. Auf dem etwa hundert Meter langen Weg zu einem der grauen Parkkästen, die Max an Lagerhallen erinnerten, hatte er keine Chance zu fliehen. Sein Entführer hatte ihn bestimmt genau im Visier. Und Max wusste nicht mal, wie nah der Mann hinter ihm lief. Im Parkhaus blieben sie im Erdgeschoss. Unter weißen Neonlichtern gingen sie an den Autos entlang in eine wenig belebte Parkstraße. Dort stand der schwarze SUV und daneben wartete der zweite Killer, ein bärtiger Unsympath. Neben dem Mann wartete Leo. Wie bei einer scharfen Polizeikontrolle stand er breitbeinig vor dem Wagen und hatte beide Hände am Autodach.

»Los, hinten rein. Beide«, befahl der Mann hinter Max.

»Sorry, Max, ich hab den Typen zu spät gesehen.«

»Das ging mir auch so.«

»Hey! Nicht quatschen. Schiebt eure Ärsche in den Kofferraum«, raunzte der Bärtige.

Die Rücksitze waren zu einer Ebene umgeklappt. Die bot für zwei Erwachsene genug Platz, um sich daraufzulegen. Max schauderte bei dem Gedanken, dass die ermordeten Gang-Mitglieder am Abend zuvor mit diesem Wagen ihre letzte Fahrt angetreten hatten.

»Na los, setzt euch«, befahl Max' Entführer und zog dabei die Pistole ein Stück unter der Jacke hervor.

Sein Komplize stieg vorn hinter das Steuer. Max und Leo setzten sich nebeneinander auf die Ladefläche.

»Soll ich sie jetzt schon erledigen oder während der Fahrt? Was meinst du?«

»Besser draußen, beim Fahren«, antwortete der Bärtige aus der Fahrerkabine. »Hier könnte jemand zugucken.«

»Ja, stimmt. Ich ... hey, was macht ihr?«

Er war erstaunt, weil Max und Leo auseinanderrückten, jeder ganz nah an den Rand der Kofferraumöffnung.

»Wir machen Platz«, erklärte Max.

»Was? Wieso? Für wen?«

Im nächsten Augenblick rammte Sam dem Mann den Metalltank eines Feuerlöschers mit einem harten Knall auf den Hinterkopf. Der Gangster klappte nach vorn zusammen und landete zwischen Max und Leo.

»Für dich, Mann, für dich«, raunte Leo.

»Shit!«, rief der Bärtige. Er drehte sich um, die Pistole mit Schalldämpfer im Anschlag. Nur hatte er kein Ziel mehr, denn Max und Leo waren aus dem Kofferraum gesprungen. Sie rannten mit Sam weg vom SUV, die Parkstraße entlang. Nach ein paar Metern sprangen sie zur Seite. Jeder von ihnen versteckte sich hinter einer der schmalen dunkelgrauen Säulen, die die Decke des Parkdecks abstützten. Max lugte um die Ecke – und sah, dass der Killer am Lenkrad sich überhaupt nicht mehr für sie interessierte. Er schob seinen toten oder ohnmächtigen Kollegen in den Kofferraum. Danach eilte er hinter das Steuer und setzte den Wagen mit aufheulendem Motor zurück. Er fuhr an Max, Leo und Sam uninteressiert vorbei, die sich hinter den Säulen schmal machten. Dann verschwand er aus dem Parkhaus. Max stieß erleichtert die Luft aus. Ihm war bewusst, warum der Killer sie hatte laufen lassen. Er befolgte die Order seines Chefs: kein Aufsehen erregen. Und dazu passten drei Leichen im Parkhaus auf keinen Fall.

»Hey, Sinatra«, Leo legte Sam eine Hand auf die Schulter. »Mann, du hast uns echt den Arsch gerettet. Danke.«

»Ja, Sam, wirklich. Herzlichen Dank dafür«, schloss sich Max an. »Das können wir nie wieder gut machen.«

»Doch. Das könnt ihr.« Sam grinste. »Ich möchte bei euch mitmachen. Holt mich in euer Superhelden-Team.«

Max lachte. »Superhelden ist gut.«

Er mochte Sam. Er hatte es sich verdient, dass sie ihm eine Chance gaben. Das wollte Max jedoch nicht allein entscheiden. Denn Leo und er waren tatsächlich ein Team geworden.

»Was meinst du, Leo?«

»Er hat zwar einen komischen Musikgeschmack. Aber dumm ist er nicht. Und Gangster kann er auch ganz gut erledigen. Ich bin dafür.«

»Okay, ich rede mit Dr. Robert darüber. Aber später. Wir müssen sofort zurück zum Terminal. Wenn ich mich richtig erinnere, geht der nächste Flug nach Mallorca in vierzig Minuten. Vielleicht haben wir Glück, und Inga Sommer nimmt den. Dann ist sie jetzt beim Einchecken. Wir müssen uns wirklich beeilen.«

»Mann, immer dieses Gehetze«, beschwerte sich Leo.

Doch auch er lief, so schnell ihm das möglich war, mit zurück zum Flughafengebäude. Vier Minuten später stürmten sie die Rolltreppe zu den Schaltern zum Einchecken empor. Sie fanden rasch den Mallorca-Check-in – und wurden von einem Pulk von Menschen ausgebremst, der sich vor den Schaltern aufgestaut hatte.

Max reckte den Hals und tatsächlich: Ganz vorn stand Inga Sommer, die dabei war, eine große rote Sporttasche als Gepäck aufzugeben. Gleich würde sie hinter dem Check-in verschwinden und zur Sicherheitskontrolle gehen. Max versuchte, sich durch den Menschenauflauf zu drängeln. Vergeblich. Er rief ein paar Mal laut, um die Sängerin aufzuhalten: »Inga! Inga Sommer!« Doch die laute Geräuschkulisse aus Durchsagen und den Gesprächen der Fluggäste verschluckte seine Stimme völlig. Dann machte sich die Sängerin auf in den Sicherheitsbereich und war verschwunden. Ihr hinterherzulaufen war sinnlos. Ohne Tickets kamen sie nicht weiter. Sie hatten keine Chance mehr, Inga Sommer zurückzuhalten und zu warnen.

Sam und Leo traten neben Max, und gemeinsam schauten sie zum Mallorca-Schalter hinüber.

Sam schlug vor: »Ich brauche einen Kaffee. Wir können uns ja irgendwo hinsetzen und alles besprechen.«

»Da hinten gibt es ein Eis-Café«, sagte Max.

»Och Mann. Noch mehr laufen. Das ist so weit weg. Das ist mir echt langsam zu anstrengend«, schnaufte Leo. Dann blickte er Sam an und grinste. »Hey, Sinatra. Tust du mir einen Gefallen?«

»Was denn?«

»Trägst du mich ein Stück?«

33

Die Bedienung in dem lauten Eis-Café tippte die Bestellungen mühsam in ein Eingabegerät. Nach zehn Minuten standen ein Cappuccino-Eisbecher für Leo, ein Kaffee für Sam und eine Cola für Max auf dem kleinen Bistrotisch.

Leo fragte sich: Warum benutzten die keine Scanner und QR-Codes auf der Speisekarte? Das würde viel schneller gehen. Er hätte den Café-Besitzern sofort die Software dafür schreiben können. Aus dem Handgelenk. Denn so was konnte er seit seiner Teenagerzeit, die er so gut wie vollständig am Computer verbracht hatte. In einem kleinen Zimmer über dem Blumenladen seiner Mutter hatte er damals sein Reich. Permanent saß er vor dem PC. Um ihn herum: stapelweise Bücher, PC-Spiele, Zeitschriften über Informatik, Computer, das Internet, Filme, Musik. Das Wissen, das Leo umgab, trug er nach und nach auch in sich. Darüber sprechen konnte er mit niemandem. Da war seine Mutter, die mit Mühe und Not den Blumenladen am Laufen hielt – allein, denn sein Vater war kurz nach Leos Geburt abgehauen. Und Freunde? Nur zwei, die vor allem mit sich und ihren Pubertätsproblemen beschäftigt waren. Immerhin konnte Leo sein Wissen später in einem Informatikstudium doch noch nutzen. Das schloss er als Jahrgangsbester ab, was ihm danach ständig Aufträge verschaffte. Mal programmierte er für Autohersteller, mal für eine Hotelkette. Dann kamen die Einsätze für Dr. Robert, für den er seit ein paar Wochen arbeitete. Und jetzt saß er hier mit Max und Sam zusammen und verwandelte sich immer mehr in einen Detektiv.

»Lasst uns die Lage besprechen«, schlug Max vor. »Inga Sommer ist weg, und wir haben keine ...«

Max' Handy unterbrach ihn und verlangte Aufmerksamkeit.

»Ja? Holmes. Ah, Dr. Robert. Gut, dass Sie anrufen. Ich gehe mal an einen etwas ruhigeren Ort.«

Damit verschwand er vor die Tür des Eis-Cafés, kam aber schon nach kurzer Zeit zurück.

»Was hat er gesagt?«, wollte Sam wissen.

»Ich habe ihm die Lage erklärt. Er muss was nachsehen und ruft mich gleich noch mal an.«

»Hast du ihm von meinem Vorschlag erzählt einzusteigen?«

»Sam, du bist dabei. Aber probeweise.«

»Und das Honorar?«

»200 Euro pro Tag plus Spesen bei Tagesaufträgen.«

»Also eigentlich ... aber okay, einverstanden.«

Offenbar hatte Sam mehr erwartet.

»Apropos Auftrag: Was ist mit deiner Herzdame?«, fragte Leo.

»Herzdame?«, fragte Sam.

Als Antwort meldete sich wieder Max' Handy.

»Dr. Robert? Was? ... Oh. Ja, das war zu erwarten. Ob wir ...? Ich denke ja. Okay, ich melde mich.« Max legte auf. Sam und Leo sahen ihn fragend an. Max setzte eine ernste Miene auf.

»Dr. Robert hat versucht, Vicky Schneiders Handynummer von ihrem Manager zu bekommen, einem gewissen Cary James. Der war aber zu misstrauisch. Und bei der Plattenfirma ist Dr. Robert auch nicht weitergekommen. Er meinte allerdings, Frau Schneider würde ihm am Telefon sowieso nicht glauben. Er müsste eigentlich gleich losfliegen, um sie schon persönlich zu sprechen und zu überzeugen. Aber Dr. Robert hat Flugangst. Er steigt in keinen Flieger. Deshalb hat er einen Vorschlag gemacht.«

Leo grinste. Er ahnte, was Max sagen würde.

»Jungs, was haltet ihr von einem Trip nach Mallorca?«

34

»Vollpfosten! Nichtsnutzige Stümper! Zwei meiner besten Männer habe ich verloren? Was für eine Loser-Truppe seid ihr eigentlich? Wozu habe ich euch ausbilden lassen?!« Hugo Frankenhausers Gesicht hatte die Farbe einer reifen Fleischtomate angenommen. Die anwesenden Herren in Schwarz warteten mit zusammengepressten Lippen bloß noch darauf, dass er zusätzlich zu den Beleidigungen durch seine aufgeblähten Nasenlöcher weißen Dampf schnaubte.

»Was ist so schwierig daran, diese kleine Schlampe und die beiden Vollidioten ...«

»Drei«, wagte einer der Sonnenbrillenträger zu erwidern.

»Was?!«

»Es sind drei.«

»Als ob das eine Entschuldigung wäre!« Frankenhauser packte den Mann, der einen Kopf größer war als er, beim Kragen. »Wenn du und deine Sandkastenfreunde hier alle so verdammt schlau seid, verrate mir doch mal: Warum ist sie dann noch am Leben?!« Frankenhauser ließ ihn los und zeigte mit verkrampftem Zeigefinger auf seine leicht geschrumpfte Killer-Truppe. »Weil ihr keine Profis seid, weil ihr Lehrlinge seid, weil ihr keine Eier in der Hose habt.« Er senkte seine Stimme zu einem heiseren Flüstern: »Und wisst ihr, was das heißt? Wisst ihr, wen ich jetzt einschalten muss, damit das funktioniert?«

Ein Raunen ging durch die Reihen. Die Männer ließen in Erwartung des Namens augenblicklich ihre Schultern hängen und wurden fünf Zentimeter kleiner.

»Ich muss sie einschalten. Ihr lasst mir keine Wahl. Das war ein Fehlschlag zu viel.«

Frankenhauser schloss kurz die Augen. Dann griff er zum Handy und wählte aus seinen Kontakten ihren Namen: Cara.

Teil II

1

Der Shuttle-Bus fuhr in der Nachmittagssonne die von Palmen umsäumte Auffahrt des Hotels hinauf. Beim Aussteigen empfing Vicky ein trockener, heißer Wind, den eine Wüste zur Begrüßung gesandt haben musste.

Als sie ihr Gepäck aus dem Bus geholt hatte, blieb sie einen Moment vor dem Hotel stehen und staunte über dessen Casino-Flair. Der Architekt war offensichtlich ein großer Las-Vegas-Fan. Sogar zu dieser Tageszeit blinkten Lichterreihen in allen möglichen Farben an sämtlichen Kanten des Gebäudes. Überstrahlt wurde alles vom drei Meter hohen rot elektrifizierten Schriftzug KING RESORT MALLORCA über dem Eingang. Direkt unter den riesigen Lettern informierte ein in hellem Grün erleuchtetes CASINO über die Möglichkeit, im Resort das Glücksspiel zu probieren. Die Fassade, die hinter der Leuchtreklame unbemerkt verschwand, war das edle Gegenteil der kitschigen Lichterattacke: glattgeschliffener, sandfarbener Marmor, durchzogen von blau fluoreszierenden Adern.

Unter den Casino-Lichtern kündigte eine schlichte weiße Tafel an: SCHLAGER ROCKET STARS 2024 – DAS GROSSE FINALE. Darunter standen die Datumsangaben. Alles nur auf Deutsch. Man machte sich nicht die Mühe, darüber auf Englisch oder Spanisch zu informieren. Wie überall in Palma de Mallorca hatten offenbar auch hier die deutschen Touristen die Residenz in ihrer Hand.

Aber nicht nur die. Vicky fielen Kamerateams des öffentlich-rechtlichen Fernsehens und von Privatsendern aus Deutschland auf. Sie hatten sich vor dem KING RESORT MALLORCA versammelt, um die Ankunft der Contest-Teilnehmer zu filmen und sich so für die Übertragung der Final-Runden schon mal warm zu machen. Vor den Kameras am Hoteleingang hatte sich Hermann Rolfs als PR- und Casting-Chef von PRECIOUS MUSIC GERMANY zum Empfang der hoffnungsvollen Gesangstalente in Positur gestellt. Doch er war nicht allein.

»Inga! Hey, echt super! Da bist du ja!«

Tobias Silvester. Der Schönling.

Freudestrahlend kam er auf sie zu, diesmal nüchtern, mit offenem Hemd, unter dem ein Goldkettchen mit einem kleinen Kreuz baumelte. Er wollte Vicky umarmen, aber sie hielt ihm schnell die Hand hin, um das zu verhindern. Sie ließ sich aber von ihm in die Lobby führen. Denn dort hatten sich alle Contest-Kandidatinnen und -kandidaten versammelt, um die Begrüßungsrede von Hermann Rolfs über sich ergehen zu lassen.

Der gab den Fahrplan für die nächsten vier Tage vor: erst mal einen Tag ankommen und entspannen. Und dann war der Ablauf immer gleich: tagsüber proben und abends die Live-Show, in der ausgesiebt wurde. Am zweiten Tag ging es in die K.-o.-Runde. Am dritten folgte das Halbfinale und am vierten das Finale, aus dem die Siegerin oder der Sieger hervorging. Die Jury bestand aus Promis, deren Identität Rolfs noch nicht verraten wollte. Alles wurde live im deutschsprachigen Fernsehen übertragen.

Nach der Ansprache holte Vicky ihren Zimmerschlüssel und hatte dabei den permanent plaudernden Nenn-mich-einfach-Tobi-Silvester immer noch im Schlepptau. Ihr Zimmer lag im zweiten Stock, und da der Aufzug voll war, nahm sie die Treppe. Tobi trug ihren Koffer für sie hinauf, das ließ Vicky zu. Das Sporttaschen-Ungetüm schleppte sie selbst.

Oben, vor der Tür des Zimmers Nummer 207, hatte Tobi einen Vorschlag: »Ich könnte mit dir ja gleich mal die Texte durchgehen. Ich bin echt gut, so im Abfragen ... Und auch sonst hat sich nie jemand beklagt.«

Er zwinkerte ihr zu. Vicky schloss auf und nahm Tobi den Koffer ab, den sie mit der Tasche ins Zimmer stellte.

»Danke fürs Tragen.«

Sie schenkte ihm ein Sekundenlächeln. Dann schlüpfte sie mit einer raschen Drehung ins Zimmer und zog schnell die Tür zu.

»Hey, warte! Wir können doch ... ach, Shit.«

Tobis Schritte entfernten sich von der Tür. Vicky warf sich auf das weiche, quietschende Bett, neben dem ein Kleiderschrank und ein kleiner Tisch mit einem Fernseher darauf standen. Sie erhob sich wieder und ging auf den kleinen Balkon. Das dunkle Blau des Meeres war von dort aus gut zu sehen.

Vickys Gedanken eilten zum nächsten Tag, zu den ersten Proben und der K.-o.-Runde. Sie spürte den Geschmack von Lampenfieber. Das war bei ihr eine Mischung aus ein bisschen Angst vor Texthängern und kribbelnder Vorfreude darauf, wieder auf die Bühne zu gehen, zu singen und eine gute Performance abzuliefern.

Aber bis zur ersten Show war noch genügend Zeit, nicht nur, um konzentriert zu proben, sondern auch, um am Pool zu liegen und im Meer zu baden. Wenn sie schon mal hier war, wollte sie das ausnutzen. So könnte das richtig Spaß machen, hier auf ...

2

Mallorca. Das *fucking* Mallorca. *Merde.*

Cara kramte in der Schublade des Schreibtisches und fand endlich den Reisepass, der zu ihrem aktuellen Ausweis passte: Ava Moreau, wohnhaft in Berlin, geboren in Paris, freie Journalistin und Fotografin, fünfunddreißig Jahre alt. Gut, das ging. Französisch sprach sie sowieso lieber als Deutsch, weil sie in Frankreich aufgewachsen war.

Sie nahm einen Schluck Bourbon. Ein Kaffee wäre ihr lieber gewesen. Aber für die Zubereitung fehlte ihr die Zeit. Eilauftrag hatte Hugo gesagt. So schnell wie möglich nach Mallorca fliegen und diese Schlager-Schlampe eliminieren, unauffällig und so, dass es wie ein Unfall aussah. Für 50.000 Euro, wenn sie das in drei Tagen schaffte. Das zeigte Cara, dass Frankenhauser wirklich in Not war. Sie wusste, dass er nicht mehr so viel Geld hatte und für ihre Bezahlung Schulden machte. Doch das war ihr egal.

50.000 – das würde ihr für den Ausstieg reichen. Neunzehn Jahre waren genug. Als Auftragskillerin verdiente sie zwar gut. Aber sie konnte das nicht ewig machen. Irgendwann würden ihre pechschwarzen Haare ergrauen, die sie am liebsten als praktischen Bob trug. Sie würde nicht mehr so schnell und präzise arbeiten. Sie würde Fehler machen. Und dann würde die Polizei sie erwischen. Oder die Mafia oder einer der Geheimdienste, mit denen sie sich angelegt hatte.

Aber dank Hugos Auftrag konnte sie das Ticket in die Killer-Rente lösen. Das war für Cara tatsächlich ein Grund – der einzige Grund –, froh darüber zu sein, dass sie Hugo vor fünf Jahren auf einer Party in Hamburg während eines Auftrages kennen gelernt hatte. Sie sollte damals einen untreuen Gatten ermorden, einen Großindustriellen.

Mit dem bandelte Cara auf der Party an, auf der sich über dreihundert Menschen tummelten. Sie lockte ihn mit der Aussicht auf eine schnelle Nummer in ein leerstehendes Gästezimmer. Wie zufällig nahm sie zwei Gläser und eine Champagnerflasche mit. Als der Unternehmer einen Lichtschalter suchte, schüttete sie in sein Glas Batrachotoxin, ein Gift aus der Haut gelber Frösche, das südamerikanische Ureinwohner bei der Jagd nutzten. Ein Teelöffel reichte aus, um eine Fußballmannschaft durch kollektives Herzversagen unter die Erde zu bringen. Cara gab ihrem Opfer die doppelte Menge. Er trank, grinste und freute sich offensichtlich auf den Sex. Cara setzte sich mit gespreizten Beinen auf einen Stuhl.

»Komm, tanz für mich«, befahl sie.

Der Mann lachte irritiert und gehorchte. Cara nickte zufrieden. So würde sich das Gift schneller im Körper ausbreiten. Unbeholfen hampelte er mit Schlafzimmerblick zum Rhythmus der aus dem Innenhof herüberschallenden Musik herum. Cara schaltete das Licht aus und streifte die blonde Perücke ab, die sie als Tarnung trug. Nach einer Minute griff sich der Mann ans Herz. Cara wartete ungeduldig, bis das letzte Röcheln verklungen war. Dann schlich sie auf den im Schatten des Hauses liegenden schmalen Balkon des Gästezimmers. Unten rauschte ein breiter Kanal vor sich hin. Sie blickte die ebenfalls in Dunkelheit getauchte Fassade entlang, konnte aber niemanden entdecken, der sie beobachtete. Dann zog sie die Leiche auf den Balkon und schob sie über die Brüstung. Die Kraft dazu hatte sie sich erarbeitet, auch wenn ihr das ewige, eintönige Muskeltraining auf die Nerven ging. Wenigstens sah sie nicht aus wie eines dieser Anabolika-Monster. Ihre Muskeln ließen an ihrer schlanken Figur noch genug weibliche Rundungen übrig, um im Zusammenspiel mit ihren dunklen Augen und den ebenmäßigen Gesichtszügen jeden Mann in die Falle zu locken.

Der Untreue platschte ins Wasser, was durch das Rauschen des Kanals kaum auffiel. Bis die Polizei ihn suchen und – vielleicht – finden würde, wäre Cara längst über alle Berge. Sie würde entkommen. Wie immer. Sie mischte sich wieder unter die anderen Gäste und wollte unauffällig verschwinden. Doch Hugo Frankenhauser hielt sie auf.

»Sie wollen schon gehen? Schade. Jetzt habe ich mich gerade getraut, Sie anzusprechen. Ich bin Hugo Frankenhauser.«

Cara ließ seine ausgestreckte Hand unbeachtet in der Luft hängen und musterte ihn: schlechtsitzender Anzug, karierte Krawatte, klein, stämmig, nur einen spärlichen Haarkranz auf dem Kopf. Absolut nicht ihr Typ.

»Lilo Markenstein.«

»Was machen Sie?«, fragte er. »Sie führen bestimmt eine börsennotierte Firma, die mit der Raumfahrt zu tun hat. Oder Sie haben ein Flugunternehmen.«

Sie lachte auf. Phantasie hatte er.

»Nein.« Cara kam nah an ihn heran und raunte ihm ins Ohr: »Ich töte für Geld Menschen.«

Dann gab sie ihm ihr süßestes Lächeln. Frankenhauser erschrak. Offenbar erkannte er trotz des humorigen Untertons die Ernsthaftigkeit hinter dem Satz.

»Das ... das glaube ich Ihnen aufs Wort.«

Er fing sich wieder, schaute zu Boden und schien dort nach den nächsten Worten zu suchen. Dann zog er eine Visitenkarte aus dem Jackett.

»Hier. Falls Sie mal auf der Suche nach neuen Aufgaben sind.«

Cara fächelte sich mit der Karte Luft zu.

»Ich denke darüber nach, Hugo Frankenhauser.«

Nach einem Monat rief sie ihn an. Sie wollte weg von den großen Geheimdienstsachen und nur noch private Aufträge annehmen. Und die hatte Hugo Frankenhauser für sie. Meist in Hannover, über das Jahr verteilt, aber immer wieder. Mittlerweile war er einer ihrer besten Kunden.

Cara warf die Papiere auf das Bett neben die anderen Sachen, die sie für die Mallorca-Reise brauchte. Kleidung für das offizielle Auftreten lag schon im Koffer. Und auch für das inoffizielle, also Dessous, ein bisschen Lack und Leder, Handschellen, Augenbinden, falls einer ihrer Begleiter da mitspielte. Und ihre Arbeitskleidung für Nacht- und Nebel-Aktionen.

Cara seufzte kraftlos. Sie war sogar zu müde für schlechte Laune. Eigentlich wollte sie mit all dem nichts mehr zu tun haben. Seit ihr das bewusst war, malte sie sich oft aus, dass sie auf einer schicken Südseeinsel landen würde. Dort würde sie tagsüber am Strand liegen und sich nachts von muskulösen dauergeilen Zwei-Meter-Männern verwöhnen lassen. Und wenn ihr das zu langweilig werden sollte, würde sie um die Welt reisen. Einfach so. Ohne Aufträge und vor allem ohne gestresste, schwitzende Auftraggeber wie Hugo.

Mallorca.

Warum nicht Hawaii oder Kuba? Da hätte sie sich schon mal nach einer passenden Insel umsehen können. Aber Mallorca? Gut, immerhin würde das schnell gehen: ’rüberfliegen, im

Hotel einchecken, die Lage prüfen, die Schlager-Tussi verschwinden lassen, ein bisschen chillen, ihre Begleiter vögeln und zurück. Und dann das Geld von Frankenhauser abkassieren. Damit hätte sie endlich die Summe zusammen, die sie für den Ausstieg brauchte.

Was fehlte noch für Mallorca? Natürlich. Handwerkszeug.

Cara schraubte drei Pistolen und zwei Schalldämpfer auseinander und verteilte die Einzelteile in drei Kameras, die sie in Fotoausrüstungstaschen mitnahm. Als professionelle Fotografin war das nichts Ungewöhnliches. Die Einzelteile der Waffen waren so verschraubt, dass sie auf den Röntgenbildern bei der Flughafenkontrolle als Elemente der Kameras durchgingen. Sogar die Patronen konnte sie so verstecken. Noch nie waren die Pistolen und die Munition bei einer Flugreise aufgefallen.

Das Zusammenbauen später ging Cara flink von der Hand. Sie hatte auf diese Weise auf jeder Reise ein todbringendes kleines Waffenarsenal dabei. Was sie sonst so in fernen Ländern brauchte, besorgte sie vor Ort, also Messer, Draht zum Erwürgen, größere Waffen wie Maschinenpistolen, Gift. Das Übliche eben.

Gut, noch dieses eine Mal. Vielleicht waren ihre Begleiter ja gut gebaut.

Noch einen Bourbon und eine Zigarette.

Mallorca.

Und dann ausgerechnet eine Schlagersängerin.

Cara hasste Schlager.

3

»Frau Sommer, schön, dass Sie bei uns sind.«

Casting-Chef Rolfs schwitzte und tupfte sich die breite Stirn mit einem Taschentuch ab. Er nahm zwei Sektgläser, die überall auf dem Empfang im Foyer des Hotels gereicht wurden, und gab Vicky eines.

»Sie sehen bezaubernd aus.«

»Danke«, sagte Vicky, die einen weißen, luftig um den Körper fließenden Hosenanzug trug. »Man will ja nicht in verschwitzten Jeans Kamerafutter werden.«

Sie deutete auf eines der im Foyer verteilten Kamerateams, die munter drauflos filmten. Für Vicky war das okay. Das gehörte dazu. Und verstecken musste sie sich nicht. Die vielen bewundernden Blicke der männlichen Gäste ließen sie wissen, wie attraktiv sie wirkte.

»Ich bin sehr gespannt, was Sie uns morgen präsentieren werden, Inga – ich darf doch Inga sagen?«

»Natürlich. Wer ist alles bei den Shows dabei?«

»Eine neue Jury aus Prominenten, unter anderem Tobias Silvester, den Sie aus Berlin kennen. Dann fliegen wir für die Pausen ein paar Show-Acts ein. Die verrate ich aber nicht. Lassen Sie sich einfach überraschen. Ach ja, und es kommt ein besonderer Gast zum Finale.«

»Wer? Helene Fischer? Andrea Berg?« Sie lachte.

»Nein, ausgerechnet die beiden nicht – aus gutem Grund. Wir sind ja hier sozusagen Konkurrenz für die beiden.«

»Ach, kommen Sie, spannen Sie mich nicht so auf die Folter.«

»Es ist ein Mann.«

»Florian Silbereisen?«

»Nein, wichtiger.«

»Robbie Williams? Justin Bieber? Ed Sheeran?«

Vicky lachte wieder. Das zweite Sektglas zeigte Wirkung.

»Kein Sänger, keine Band, überhaupt kein Showstar.«

Vicky wollte weiter nachhaken, als das Licht gedimmt wurde. Lichtstrahlen schossen durch das Foyer und trafen auf drei Disco-Kugeln, die von der Decke hingen und in allen Farben funkelten. Dazu setzte ein Discofox-Instrumentalstück ein, in das ein DJ hineinrief: »Hey, Freunde! Super, dass ihr alle hier seid! Jetzt ist Partytime! Lasst uns den Dancefloor rocken! Die Tanzfläche ist eröffnet! Uuund jetzt was ganz Wichtiges: Damenwahl!«

Zum Intro von ›*Ein Stern (... der deinen Namen trägt)*‹ von DJ Ötzi und Nik P. schwärmten einige Damen aus, um sich einen Tanzpartner zu suchen. Vicky schwärmte nicht. Dafür kam Tobias Silvester auf sie zugesteuert. Der Beat des Liedes setzte ein und zerstampfte jeden anderen Laut.

»Ich hab einen super Vorschlag für deine Damenwahl!«, schrie er Vicky ins Ohr. »Mich!«

»Sorry, Tobi! Diesen Tanz habe ich schon Herrn Rolfs versprochen!«, schrie sie zurück.

Dann reichte sie Rolfs den Unterarm. Er verstand, lächelte und tanzte mit ihr zwei Minuten, bis er schwitzte und keuchte.

»Ich glaube, liebe Inga, mit Herrn Silvester sind Sie besser bedient. Das ist nichts mehr für mich.«

Er verbeugte sich, deutete einen Handkuss an und suchte sich eine Sitzgelegenheit. Vicky nahm sich von einem Bistrotisch einen weiteren Sekt und ging zum dauergrinsenden Tobias hinüber.

»Na, komm. Aber nur einen Tanz. Morgen ist Arbeitstag.«

Sie bereute die Aufforderung auf der Stelle. Denn der Schönling wirbelte wie ein Gorilla auf Droge um sie herum. Er kreiste mit den Hüften, schlenkerte die erhobenen Arme im Rhythmus und rieb sein Hinterteil an Vicky. Sie versuchte zwar, auf Distanz zu bleiben, doch er lief ihr unermüdlich hinterher und drängelte sich hautnah an sie heran.

»Hey, du tanzt super!«, schrie er.

Er klatschte im Takt und sang den Refrain mit. Der DJ verließ den ›*Stern*‹ und ließ Andrea Bergs ›*Du hast mich tausendmal belogen*‹ auf die Gäste los.

»Okay, danke«, rief Vicky ihrem Tanzpartner zu. »Ich möchte jetzt schlafen gehen!«

Tobias grinste sie an.

»Oh, echt gute Idee. Wir könnten ...«

»Allein!«, schob sie hinterher.

»Verstehe«, sagte er. Sein Kopf wippte im Rhythmus des Liedes mit. Er ließ aber schon seinen Blick wandern und stoppte hier und da bei attraktiven Frauen. »Echt, kein Problem. Bis später.«

Er zwinkerte ihr zu und ging zielstrebig in die mittlerweile angewachsene tanzende Menge, um eine hübsche Schwarzhaarige anzutanzen. Vicky flüchtete aus dem Foyer nach draußen, um frische Luft zu schnappen. Ein Spaziergang am Strand erschien ihr auch als eine gute Idee.

Sie zog ihre Pumps aus und ging um das Hotel herum zum Pool. Von dort führte eine kurze Steintreppe zum Sandstrand. Am Pool lagen noch ein paar Gäste, die von dem Trubel im Foyer nichts wissen wollten. Der Beat schallte herüber und begleitete Vicky auf dem Weg zum Strand. Niemand folgte ihr, keine Kamera, kein Tobias.

Vicky ging ein paar Schritte in die Brandung hinein, die ihre Füße kalt umspielte. Der wegsackende Sand kitzelte die Fußsohlen. Ab und zu begegneten ihr Pärchen oder einsame Strandläufer, die sie grüßten und die sie zurückgrüßte. Sie sog die kühle Luft ein, die das Meer ihr zuschickte, spürte die Sanftheit der Wellen, die Berührung des Sandes.

Das brauchte sie jetzt und keine Tanzparty bis in den Morgen und auch noch Tobias in ihrem Bett. Vielleicht war er ja gut, aber am Ende würde das bloß Probleme geben. Ein bisschen Futter konnte sie ihm geben, immerhin war er in der Jury. Aber über einen Tanz wollte sie es nicht hinausgehen lassen. Lieber noch ein bisschen den Abend genießen, früh ins Bett gehen und am nächsten Tag fit sein. Das hier war eben doch kein Urlaub. Der Contest war ihre Zukunft, ihre Chance. Aber das war der nächste Tag. Jetzt war sie hier, umgeben vom beruhigenden Rauschen des Meeres, das die Ferne des Horizontes im Dunkeln verbarg, und umweht von einer Brise, die sie angenehm frösteln ließ. Vicky atmete tief ein. Als sie die Luft wieder ausstieß, erklangen aus ihrem Handy die ersten Takte von Gossips ›*Heavy Cross*‹.

Cary rief an.

»Vicky, Darling. *How are you?* Ist alles okay? Wo bist du?«

»Hey, Cary. Alles okay. Ich bin auf Mallorca am Strand.« Sie erzählte vom Casting in Berlin.

»*Great. Simply great*«, freute er sich.

Die Verbindung war kurz gestört. Dann sprachen sie über den nächsten Tag, die Proben am Vormittag, die Liederauswahl.

»Noch etwas, Vicky. Vorhin habe ich einen *very strange* Anruf bekommen. Da war ein Anwalt dran, Dr. Robert oder so. Er wollte dich sprechen. Er erzählte etwas von einer Erbschaft – und dass du in Gefahr bist. Er wollte deine Nummer haben. Aber die habe ich ihm nicht gegeben, *of course*. Das kam mir *very scary* vor. Ich gebe doch nicht jedem Typen deine Nummer.«

Vicky lachte.

»Oh, Mann. Hartnäckig sind die ja, das muss man ihnen lassen. Das war einer von diesen Stalkern. Wenn die noch mal anrufen ...«

Sie erzählte von ihren Begegnungen mit dem hübschen Dunkelhaarigen und dem Bärtigen.

»*No, my dear.* Ich habe im Internet nachgesehen. Es gibt einen Dr. Robert in Hannover. Der hat eine *really professional site*. Er ist Anwalt. Die Nummer, die ich auf dem Display hatte, steht auch auf der Website.«

Vicky schwieg. Sollte das tatsächlich stimmen, was die beiden Spinner von sich gegeben haben? Eine Erbschaft? 32 Millionen?

»Vicky? *Are you alright*?«

»Jaja, ich habe nur nachgedacht. Was meinte der mit: ich bin in Gefahr?«

Der Wind frischte auf. Vicky wurde kalt.

»Er hat nur gesagt, dass jemand hinter dir her ist. Das hat *somehow* mit der Erbschaft zu tun. Du sollst ihn anrufen. *That's it*.«

»Okay. Gib mir bitte seine Nummer.«

Einen Augenblick später hatte sie alle Kontaktdaten von Dr. Robert auf ihrem Handy.

»Oh, ich muss auflegen«, sagte Cary plötzlich. »Ich bekomme Besuch. *Vicky, Darling, good luck* für morgen. Und pass auf dich auf.«

»Ja, du auch. Gute Nacht.«

Gute Idee, das Aufpassen. Bloß worauf? Wer war denn so irre und würde sie bis nach Mallorca verfolgen? Und warum? So ein Blödsinn.

Vickys Gedanken erdrückten die Leichtigkeit, die sie vor einem Moment noch gespürt hatte. Sie machte sich auf den Rückweg zum Hotel. Ein paar Mal drehte sie sich dabei um und versuchte zu erkennen, was sich in den langen schwarzen Schatten verbarg, die die Felsen auf den Strand warfen.

4

Als Vicky Schneider anrief, hielt Dr. Robert in der einen Hand das Telefon und in der anderen eine Gießkanne. Er hatte die Angewohnheit, sich auch beim Sprechen weiter um seine Pflanzen zu kümmern, wenn das Telefonat keine besondere Konzentration erforderte.

»Gut, das Sie anrufen, Frau Schneider. Es ist wirklich äußerst dringend.«

Dr. Robert stellte die Gießkanne beiseite. Er berichtete vom Tod Joachim Frankenhausers, der beträchtlichen Erbschaft und den Begegnungen mit den offenbar auf Vicky als Erbin angesetzten Killern. Als er geendet hatte, sandten die Funkwellen zunächst nur ein Rauschen von Mallorca nach Hannover.

»Frau Schneider?«

»Jaja, ich bin noch da. Puh, das klingt alles ziemlich abgedreht: Ich habe plötzlich einen richtigen Vater, ich bin Millionenerbin – und soll ermordet werden. Das ist krass.«

»Einen Verdacht haben wir auch schon. Aber solange das nicht sicher ist, will ich nichts weiter dazu sagen.« Dr. Robert holte Luft. »Ja, das hört sich alles abenteuerlich an. Deshalb möchte ich Sie ja dazu bewegen, dass Sie sich den Brief und alle Unterlagen, die Joachim Frankenhauser, also Ihr Vater, mir hinterlassen hat, einmal persönlich ansehen. Das würde Ihre Zweifel ausräumen. Und eines möchte ich dabei betonen: Sie würden so oder so erben. Sie müssen nicht mal etwas unterschreiben. Die Erbfolge ist gesetzlich geregelt. Sie erben nur nicht, wenn Sie das Erbe ausschlagen.«

»Super. Dann kann ich ja erst mal hier meinen Job machen, ein bisschen singen und mich danach ums Erben kümmern.«

»Frau Schneider, ich weiß nicht, ob Ihnen der Ernst der Lage bewusst ist. Noch einmal: Jemand hat Auftragsmörder auf Sie angesetzt. Sie schweben in Lebensgefahr! Und ich kann ...«

»Ja? Ist das so?« Scharf schnitt sie ihm das Wort ab. »Von diesen Killern habe ich nichts gesehen und nichts gehört. Die Einzigen, die mir auf die Pelle gerückt sind, sind Ihre Leute. Ich weiß echt nicht, ob das alles so stimmt, was Sie mir hier weismachen wollen.«

Dr. Robert schüttelte ungläubig den Kopf. »Verstehen Sie, was ich Ihnen sage? Jemand will sie töten! Und ...«

»Dann rufen Sie doch die Polizei an.«

»Das wäre sinnlos. Wir haben nichts in der Hand außer dem, was Herr Holmes und Herr Waldhaus mit den Killern erlebt haben. Aber die haben nichts hinterlassen, keine Spuren, keine Toten, nichts.«

»Vielleicht, weil es die gar nicht gibt? Vielleicht sind Sie ja auch gar kein Anwalt. Ach, was weiß ich. Das ist mir alles zu crazy.«

Dr. Robert seufzte.

»Gut, Frau Schneider. Also muss ich es Ihnen doch sagen: Wir glauben, dass Joachim Frankenhausers Bruder Hugo Frankenhauser hinter den Killern als Auftraggeber steckt. Er wäre nach Ihnen der Nächste in der Erbfolge. Und er steckt in großen finanziellen Schwierigkeiten. Wenn die Tochter seines Bruders stirbt, also Sie, erbt er das gesamte Vermögen von Joachim Frankenhauser.«

»Hey, super. Einen Onkel habe ich auch noch. Und dann so einen netten. Oh, Mann.«

»Ich verstehe Sie ja. Das ist alles schwer zu verdauen. Aber vielleicht kann ich Sie besser überzeugen, indem ich Ihnen Fotos vom Brief Ihrer Mutter und der Vollmacht Ihres Vaters zusende.«

»Okay.« Die Stimme der Sängerin wurde leiser. »Wenn es das alles wirklich gibt.«

»Ja, das kann ich Ihnen versichern. Und ich kann Ihnen versichern, dass meine Mitarbeiter und ich alles tun werden, damit Sie gut aus der ganzen Sache rauskommen – und vor allem lebendig. Dafür gibt es auch schon einen Plan.«

»Ja? Was meinen Sie?« Jede Schärfe in ihren Worten war verschwunden und einem vorsichtigen Ton gewichen.

»Ich bestätige so schnell wie möglich, dass Sie das Erbe antreten, und bringe das an die Öffentlichkeit. Das würde Sie am besten schützen. Wenn Ihnen dann etwas zustößt, fällt der Verdacht sofort auf Hugo Frankenhauser – weil er in diesem Fall erbt. Die Medien würden sich auf ihn stürzen und nicht zuletzt: die Polizei. Das wird Ihrem Onkel bewusst sein. Ist also publik, dass Sie die Erbin sind, schützt Sie die Öffentlichkeit.«

Er machte eine Pause, damit der Gedankengang wirken konnte.

»Das Wichtigste bei all dem ist erst einmal, dass Sie so schnell wie möglich herkommen, damit ich alles notariell absegnen kann. Allerdings brauche ich dafür Ihre Hilfe.«

»Warum?«

»Oder die Hilfe Ihrer Adoptiveltern. Ich benötige alle Dokumente Ihrer Herkunft, um die zu beglaubigen. Das ist nur eine Formalität, die aber erledigt werden muss, damit Sie sich sozusagen als Erbin ausweisen können. Ich müsste also Ihre Eltern so schnell wie möglich erreichen. Wenn die mir die Unterlagen geben, kann ich sofort an die Öffentlichkeit gehen – und Sie, liebe Frau Schneider, sind in Sicherheit.«

»Meine Eltern sind verreist«, erklärte die Sängerin. »An die Ostsee, glaube ich. Ich weiß nicht, ob die Ihnen wirklich solche Dokumente ...«

»Wann kommen Sie zurück? Wir müssen jetzt sehr schnell handeln.«

»Weiß ich nicht. In fünf Tagen oder so.«

»Das ist zu lang. Kann ich Ihre Eltern im Urlaub erreichen? Ich würde ihnen alles erklären und die Formalitäten sofort mit ihnen regeln. Und ...«

»Stopp. Nicht so schnell.« Ein paar Sekunden schwieg die Sängerin. »Ich meine ... also ... das ist alles so viel. Ich muss einfach erst mal mit der Geschichte klarkommen. Verstehen Sie das? Und dann melde ich mich bei Ihnen.«

Dr. Robert atmete hörbar tief durch. »Ja. Also gut. Aber bitte, Frau Schneider, ich bitte Sie: Warten Sie nicht zu lang – sonst ist es zu spät, und die Killer stehen vor Ihrer Tür.«

»Ich muss auflegen. Ich habe gleich Probe. Ich melde mich. Auf Wiedersehen.«

»Moment! Ich wollte Ihnen noch sagen, dass ...«

Das Gespräch war bereits unterbrochen. Den Rest des Satzes hörte Vicky nicht mehr.

»... dass jemand zu Ihnen unterwegs ist«, ergänzte Dr. Robert seinen Satz leise. Jetzt konnte er nur noch hoffen, dass Vicky Schneider ihm schnell den Kontakt zu ihren Eltern vermitteln würde. Bis dahin konnte er nichts tun. Entweder gewannen Holmes, Waldhaus und dieser Neue, Martin, den Wettlauf mit den Killern und holten die Sängerin zurück nach Deutschland oder ...

Über die andere Möglichkeit wollte er gar nicht nachdenken.

Dr. Robert griff wieder zur Gießkanne.

5

Vicky saß regungslos in dem blauen Kunstledersessel des Foyers. Sie schloss die Augen und ließ sich von den Sonnenstrahlen wärmen, die eine hohe Fensterfront bereitwillig hereinließ. Dann schaltete sie das Handy ganz aus und hätte am liebsten ihre wirren Gedanken nach dem Gespräch mit Dr. Robert gleich mit abgeschaltet. Sie wollte jetzt nicht darüber nachdenken, schließlich würde sie jeden Moment zur Probe für die K.-o.-Runde am Abend aufgerufen.

Sie zwang sich zur Konzentration auf das, was die Jury an diesem Abend von ihr erwartete: eine Ballade und einen Schlager-Tanz-Hit. Vicky wollte ›*Ich bin stark*‹ singen, einen vergessenen Song aus den 80er Jahren von Gitte Haenning. Und dann ›*Er gehört zu mir*‹, einen Hit von Marianne Rosenberg. Cary hatte beide Songs ausgewählt. »Du musst die *jury people* überraschen. Die erwarten Discofox von Helene Fischer oder Beatrice Egli. Aber du bezauberst sie mit einem *catchy evergreen* und *big emotions*«, hatte er gemeint. Cary kannte sich für einen zugezogenen Amerikaner erstaunlich gut mit deutschen Schlagern aus – was Vicky von sich selbst nicht behaupten konnte. Deshalb verließ sie sich auf ihn und seine Nase. Bisher hatte er immer den richtigen Riecher gehabt.

»Inga Sommer? Du bist dran.«

Ein weißgekleideter Mitarbeiter in einem T-Shirt mit dem Logo von PRECIOUS MUSIC auf der Brust führte Vicky in den Event-Saal des Hotels, der in einem Nebentrakt lag. Der langgestreckte Raum war groß wie ein Tennisplatz. An der Stirnseite erhob sich eine Bühne, vor der vier rote Sessel für die Jury aufgebaut worden waren. Dahinter standen Stühle für das Publikum. Auf jeder Seite des Saals reihten sich mehrere dunkel verhängte Fenster aneinander. Von der Decke strahlten großflächige Lichtquadrate die unterschiedlichsten Farben hinunter.

Der Scout geleitete Vicky zur Bühne, vor der der TV-Regisseur der Contest-Show wartete. Er war fast zwei Meter groß, blondgelockt und, so schätzte Vicky, etwa Mitte fünfzig. Er streckte ihr die Hand hin.

»Hey, ich bin Rainer. Okay, okay, okay. Wen haben wir hier? Inga Sommer. Okay. Was singst du uns denn Schönes?« Ein Blick auf sein Tablet gab ihm selbst die Antwort. »Das läuft so: Du kannst hier ungestört singen. Nur ich bin da und unser Tontechniker Tony, irgendwo da hinten.« Er winkte in den nun abgedunkelten Zuschauerbereich. »Sonst ist hier niemand. Die anderen Sänger warten draußen, damit sie nicht hören, was und wie du singst. Die sollen sich nicht darauf vorbereiten können, um dir noch ein Schnippchen zu schlagen. Und du ihnen auch nicht. Jetzt mach mal. Ich sag dem Tony Bescheid.«

Vicky kletterte auf die Bühne, ging zum Mikrophonständer und versuchte, sich an das grelle Rampenlicht zu gewöhnen.

»Okay! Und ab!«, rief Rainer.

Vicky sang beide Titel fehlerfrei runter. Sie bewegte sich kaum und konzentrierte sich völlig auf die Stimme. Rainer war noch nicht ganz zufrieden.

»Okay, okay, okay. Toll gesungen. Aber mach mehr mit dem Körper. Nimm die Hände dazu, beweg die Hüfte. Die Leute wollen was sehen. Mach noch mal.«

Vicky nickte und setzte Hände, Arme, die Hüfte, ihr Lächeln und Tanzschritte ein. Sie war sehr konzentriert, weil sie die Proben schnell hinter sich bringen wollte. Ihr Bauch war bretthart, und ihre Augen suchten unruhig die Dunkelheit des Zuschauerraumes ab. Allein auf der Bühne, vor einem schweigenden Saal, der ein einziger Schatten war. Das hätte ihr sonst absolut nichts ausgemacht. Aber heute war es anders. Denn das Telefonat mit Dr. Robert drängelte sich in ihrem Bewusstsein ganz nach vorn.

»Okay, okay, okay. Viel besser. Mach jetzt Pause. Der zweite Durchgang ist so in zwei Stunden.«

Vicky war froh, als sie zurück in die helle, freundliche Lobby des Hotels trat. Auch die wollte sie schnell hinter sich lassen und raus, in die Sonne, an den Strand. Auf die nächste Probe hatte sie keine Lust mehr. Sie lief durch das Foyer zum Swimming-Pool und über die Steintreppe hinunter zum Strand. Plötzlich sprach sie jemand von hinten auf Deutsch an.

»Entschuldigung. Sind Sie Inga Sommer?«

Erschrocken drehte sie sich um. Vor ihr stand ein Mann, Mitte 30, dunkelhaarig, gekleidet in weiße Chino-Shorts und ein kurzärmeliges beiges Leinenhemd. Er setzte die Sonnenbrille ab und schenkte ihr ein charmantes Lächeln, das sich unter einem säuberlich rasierten Menjou-Bärtchen entfaltete.

»Guten Tag. Mein Name ist Sam Martin.«

6

Sam entdeckte für einen Moment Angst in den Augen der Sängerin. Doch sie fasste sich schnell wieder und strengte sich an, ihre schlechte Laune lebendig werden zu lassen.

»Was wollen Sie? Wer sind Sie? Ich habe jetzt echt keine Zeit. Ich muss gleich wieder rein zum Proben und will einfach nur mal kurz meine Ruhe haben. Ist das vielleicht möglich?«

»Ich bitte nochmals um Entschuldigung. Ich will Sie auch nicht lang stören.« Im Grunde wollte er das aber doch. »Sie haben heute Vormittag mit Dr. Robert gesprochen.«

»Woher wissen Sie das?« Sie sah ihn entgeistert an.

»Ich arbeite für ihn. Meine Kollegen haben Sie ja schon kennengelernt.«

»Die Stalker-Nummer. Oh, Mann, nicht schon wieder.« Sie ballte die Faust und erhob daraus einen Zeigefinger, den sie Sam entgegenstreckte. »Pass auf, Mann. Hier rennt jede Menge Security rum. Wenn du dich nicht freiwillig verziehst, dann ...«

»Dr. Robert müsste Ihnen mittlerweile Dokumente geschickt haben. Haben Sie die schon gesehen?«

Sie ließ die Faust sinken, holte ihr Handy aus dem Rucksack und stellte sich in den Schatten eines Sonnenschirmes. Sie überflog das Display und tippte darauf herum.

»Er hat mir tatsächlich geschrieben.«

Während sie Dr. Roberts Nachricht las, runzelte sie die Stirn. Dann schüttelte sie irritiert den Kopf.

Mehr an sich selbst als an Sam gerichtet, flüsterte sie: »Ich weiß echt nicht, was das alles soll.« Dann fing sie sich. Ihre Stimme klang kalt und beherrscht. »Was wollen Sie?«

»Sie haben die Unterlagen gesehen. Ich hoffe, das hat Sie überzeugt, dass Dr. Robert ein echter Anwalt und Notar ist. Was er Ihnen erzählt hat, ist die Wahrheit.«

»Und?«

»Sie sind wirklich in Gefahr – in Lebensgefahr. Ich habe diese Typen, die Sie verfolgen, selbst erlebt. Die sind eiskalt. Die ...« Er setzte an, um von der ermordeten Berliner Gang zu berichten, aber er wollte die Sängerin nicht zu sehr ängstigen. »Wir wollen Sie so schnell wie möglich von hier wegbringen. Sie sind hier ein total leichtes Ziel für die Killer.«

»Was soll ich? Ich singe hier bei einem Schlager-Contest. Und ich soll abreisen, weil – vielleicht, eventuell, möglicherweise, heute oder morgen oder übermorgen ein Killer mich abknallen will?« Sie sah ihn skeptisch an. »Oder steckt was anderes dahinter? Vielleicht Cary? Oder meine Eltern? Oder steht hier 'ne versteckte Kamera? Das ist alles total crazy.«

»Ja, das kann ich verstehen. Das muss alles sehr verwirrend sein. Aber wir müssen Sie doch warnen. Und ...«

»Mann, lass mich einfach in Ruhe.« Wütend warf sie sich den Rucksack über die Schulter und rannte zurück ins Hotel. Sam setzte die Sonnenbrille wieder auf und griff zum Handy.

»Max? Wir haben ein Problem.«

7

Drei Begleiter!

Warum? Was sollte sie mit diesen drei Schwachköpfen anfangen? Traute Hugo ihr nicht zu, die kleine Hure allein zu beseitigen? Oder mit höchstens einem Helfer, der ihr die Knarre hielt? War die Schlampe so gefährlich?

Oder ihre Beschützer?

Cara warf wütend ihre Zigarette aus dem Wagen, mit dem sie an der Hotelauffahrt stand. Sie war schon mit ganz anderen Kalibern fertig geworden. Mit Agenten zum Beispiel, sogar CIA-Agenten. Und jetzt bekam Hugo Schnappatmung wegen einer Schlagersängerin? Cara stieg aus dem geliehenen klapprigen orangefarbenen Jeep, den ihre Begleiter Georg und Thomas auf die Schnelle organisiert hatten. Georg war mitgefahren. Der konnte ihr den Rücken freihalten, während sie die Sängerin beseitigte. Mehr Unterstützung würde sie nicht brauchen.

Beide waren in Abendgarderobe erschienen, Cara im schwarzen Hosenanzug, Georg im Smoking. So konnten sie sich unauffällig unter die geladenen Gäste mischen. Aber einfach in das Hotel spazieren und sich zum Publikum gesellen funktionierte nicht so leicht. Das sagte ihnen ein Schild am Hoteleingang: ›REUNIÓN PRIVADA – PRIVATE FUNCTION – GESCHLOSSENE GESELLSCHAFT‹. Und damit die auch geschlossen blieb, standen ein paar Security-Männer neben dem Hinweis.

»Das war ja klar«, murrte Cara vor sich hin. »Komm, wir gehen zum Strand.«

Sie gingen bis zur Höhe des KING RESORT MALLORCA den Strand entlang und dann hinauf zum Hotel, um über den Pool-Bereich in das Hotel zu gelangen. Allerdings stand vor der Treppe zum Pool ein gedrungener, mit Muskeln bepackter Security-Mann mit Stiernacken. Cara und Georg hielten sich im Schatten.

»Er darf mich nicht sehen. Lenk ihn ab«, befahl sie.

Georg gehorchte. Er torkelte auf den Wachmann zu und mimte den Betrunkenen.

»Ey, gibt's hier noch was zu trinken? Wo is' die Bar?« Er kam nah an den Stiernacken heran und umarmte ihn. »Du siehst aus wie mein, ups, wie mein Freund. Du bist doch mein Freund. Bist du mein, ups, Freund?«

Der Mann grinste und wollte sich aus der Umarmung behutsam befreien. »Heute nicht, Mann, heute nicht. Geh auf dein Zimmer und schlaf dich aus. Hier gibt es nichts ...«

Dreimal musste Cara mit der Schaufel zuschlagen, ehe der Security-Mann ohnmächtig zu Boden ging. Gut, dass Cara die Schaufel gefunden hatte. Sonst hätte sie ihn erschießen müssen. Und das hätte die Polizei misstrauisch gemacht. So konnte sie einen Raubüberfall vortäuschen. Cara durchsuchte den Stiernacken, nachdem Georg ihn in den Schatten eines Felsens gezogen hatte. Sie fand seine Brieftasche, nahm das Geld heraus und warf den leeren Geldbeutel neben den reglosen Mann in den Sand. Niemand hatte etwas mitbekommen. Sie konnten ungehindert über das menschenleere Pool-Areal spazieren, bis zu einem weiteren Security-Mann vor dem Zugang zum Hotel an der Stirnseite des Pools. Die Leute drinnen konnten ihn in voller Pracht sehen. Würde er erschossen oder erschlagen umfallen, würden sie das bemerken. Aber es gab einen weiteren Eingang auf der linken Pool-Seite. ›WELLNESS – MEDITATION – MASSAGES WITH RAVI‹ stand über einer geöffneten Tür, die von einer Lichterkette umkränzt war.

Cara und Georg gingen hinein und standen in einem weitläufigen Raum, der sie mit einem angenehm gedämpften Licht empfing. Es ging von Lampen aus, die in den Holzboden eingelassen waren. Riesige Sitzkissen lagen zu einem Kreis angeordnet auf dem Boden. Im hinteren Teil des Raumes waren drei Liegen aufgebaut, die mit roten Samttüchern überzogen waren. Überall verteilt standen blubbernde Miniatur-Springbrunnen und große eiserne Kerzenhalter, auf deren Spitzen Duftkerzen aufgespießt waren. Im Raum lag ein schwerer Duft nach ...

»Marihuana. Ohne Zweifel«, stellte Cara fest, die die Bilder an der Wand betrachtete: Osho, neben Jesus, dann Shiva und ein Pegasus. Mehr wollte Cara gar nicht ansehen. Lieber schnell weiter, denn das ging, weil hier keine Security aufpasste – dafür aber ein Mann, der sich von einer Liege erhob.

»Namaste, meine Schwester, mein Bruder.«

Der Mann sprach Deutsch mit einem vermutlich indischen Akzent. Die Worte kamen in einem verschleierten Singsang heraus, an dem, wie Cara vermutete, das Weed, das er geraucht haben musste, nicht ganz unschuldig war. Er war ungefähr fünfzig Jahre alt, seine schlanke Figur steckte in einem gelben Gewand. Er hatte graumelierte Haare und einen schwarzen Ziegenbart.

»Mann, Leute, echt. Ihr seht gestresst aus«, stellte er mit besorgtem Blick fest. »Total gestresst.« Er winkte ihnen, näherzukommen. »Aber hier seid ihr richtig. So was von richtig. Goldrichtig.« Er stieß ein lautes Giggeln aus: »A-he, A-he.«

Cara zuckte zusammen. Allein das Lachen war für sie ein Grund, den Mann auf der Stelle zu erschießen. Er trat auf Georg zu. Seine Hand patschte auf Georgs Schulter.

»Was bedrückt dich, Mann? Lass es raus, mein Freund. Lass es fließen. Mir kannst du es sagen, Mann. Ich bin Ravi.«

»Äh, eigentlich haben wir gar keine Zeit«, stammelte Georg. »Da ist doch heute ...«

»Jaja, keine Zeit, keine Zeit«, murmelte Ravi. »Keine Zeit für die wichtigen Dinge des Lebens, für die Betrachtung des Himmels, ein Gespräch unter Freunden, für die Liebe, ja, die Liebe. Und das Vögeln. Das Vögeln wollen wir nicht vergessen. Das ist wichtig. Oder, mein Freund? A-he, A-he, A-he.«

Cara war kurz davor, abzudrücken. Aber der ahnungslose Ravi streckte beide Hände aus, um anzudeuten, dass sich Georg auf die Liege legen sollte.

»Ich hab' hier was für dich, mein Freund. Das macht alles easy, dein ganzes Leben macht es easy. Du bekommst eine kleine Massage, Mann. Heute im Sonderangebot.«

Georg sah fragend zu Cara. Aber die hatte genug damit zu tun, sich zu beherrschen, sofort das gesamte Magazin ihrer Pistole auf den bekifften Guru abzufeuern. Sie lief zur Tür nach draußen, um zu sehen, ob irgendwelche Wellness-Freaks ihnen hinterherkamen. Doch niemand war ihnen gefolgt. Dann ging sie zur gegenüberliegenden Tür, die aus dem Raum direkt in den Hotelkomplex führte. Ravi versuchte inzwischen weiter, Georg von seinem Massage-Angebot zu überzeugen.

»Mach dich locker, Mann, das wird dir echt guttun. Für dich mache ich das ... na, sagen wir für 70 Euro. Sonst kostet es 100.« Georg kam gar nicht zum Antworten. Cara hatte inzwischen genug gesehen. Vor der Innentür zum Wellness-Bereich stand niemand. Der Weg ins Hotel war frei.

»Echt, Mann, du wirkst so verspannt, so gestresst. Du musst mal dein Leben überdenken und dich locker machen. Vielleicht hilft ja ein bisschen Gras. A-he, A-he, A-he.«

Ravi blickte zu Cara, die auf ihn zukam.

»Sie ist auch total gestresst. Ich tippe mal auf schlechten Sex und einen miesen Job im Büro. Echt, Kleine, du siehst so was von gestresst aus. Ich mach dir gleich nach dem Stress-Bruder hier eine kleine Massage.« Er gab ihr einen leichten Klaps auf den Oberarm. »Willst du eine? Das hilft auch beim Vögeln. A-he, A-he, A ...«

Cara packte ihn mit der Geschwindigkeit einer zuschnappenden Kobra an der Gurgel. Ihre Rechte griff in seine Hoden, die sie schraubstockstark zusammenpresste. Ravi brachte keinen Ton mehr heraus. Cara zog seinen Kopf nah an sich heran.

»Nein, ich will keine *fucking* Massage. Und noch etwas ...«

Sie schob ihn rückwärts auf einen der großen, eisernen Kerzenhalter zu, dessen Licht abgebrannt war.

»Ich bin nicht ...«

Mit einem Ruck stieß sie Ravi auf das spitze Eisen, das seine Rippen und das Herz durchbohrte.

»... gestresst!«

Cara trat einen Schritt zurück und betrachte den endlich verstummten, leblosen Masseur.

»Was für ein fürchterlicher Unfall«, sagte sie und nickte zur Innentür. »Und jetzt holen wir uns die Schlampe.«

8

Max stand mit Sam und Leo an ihrem geliehenen, uralten roten Ford Fiesta, der gemütlich vor sich hin qualmte. Er sah vorsichtshalber noch mal im Kofferraum nach, ob sie alles dabeihatten: ein großes Stromkabel, zwei Scheinwerfer, einen Werkzeugkasten und drei Blaumänner mit roten Caps.

»Okay, alles an Bord.«

Zum Glück hatte die Beschaffung der Sachen reibungslos funktioniert, nachdem sie mit einem Tag Verspätung auf der Insel gelandet waren. Da die Vorsaison angelaufen war, hatten sie keinen Flug mehr bekommen, um Inga Sommer sofort hinterherzufliegen. Dr. Robert hatte aber gemeint, es sei noch nicht zu spät, die Killer müssten ja auch erst mal nach Mallorca kommen. Eine Chance, sie zu beschützen, hatten Max, Leo und Sam also noch – auch wenn die mit jeder Stunde kleiner wurde.

Sie bezogen Zimmer im PERLA DE MAR, einem kleinen, einfachen Hotel, das Max auf die Schnelle gefunden hatte. Am Vormittag zogen sie los, um die Sängerin im KING RESORT MALLORCA zu kontakten. Das passte allerdings der anwesenden Security überhaupt nicht. Ein kompakter Sicherheitsmann mit großem Schnauzer hielt Max, Leo und Sam vor dem Haupteingang auf.

»Aber es geht um Leben und Tod. Eine der Sängerinnen ist in Gefahr«, hatte Max in gebrochenem Spanisch beteuert. Das hatte er während eines Volkshochschulkurses gelernt, weil ihm die Sprache so gut gefiel.

»*No! No puedes entrar aquí!*«, knurrte der Schnauzbart und zeigte auf ein Schild am Hotel. Das kündigte an: ›HEUTE ABEND: SHOW DER SCHLAGER ROCKET STARS 2024. Und darunter: ›REUNIÓN PRIVADA – PRIVATE FUNCTION – GESCHLOSSENE GESELLSCHAFT‹.

»*Irse! Irse!*«, war sein letztes Wort.

Max hob beschwichtigend die Hände und ging zum Wagen zurück. Die anderen folgten ihm.

»Was hat er gesagt?«, fragte Leo. »Nein, nicht sagen. Lass mich raten. Es war so was wie: Verpisst euch.«

Also schwärmten sie aus. Jeder versuchte nun sein Glück auf einer anderen Seite des Hotels. Max bezog am Eingang Stellung, Leo inspizierte die Seiteneingänge. Und Sam drang immerhin bis zum Pool vor. Dort traf er nach zwei Stunden des Wartens Inga Sommer – und blitzte ab. Max tüftelte daher notgedrungen einen neuen Plan aus: Sam, Leo und er wollten als Elektroinstallateure ins KING RESORT MALLORCA hineinkommen, um die widerspenstige Sängerin zu schützen und doch noch davon zu überzeugen, dass sie in Gefahr war. Um an den Security-Leuten vorbeizukommen, ließ sich Max vom Direktor des PERLA DE MAR einige passende Sätze auf Spanisch beibringen. Außerdem beschaffte der Mann ihnen für paar große Scheine Kabel, Scheinwerfer und Blaumänner. Das hatte den ganzen Nachmittag gedauert. Aber auf eine andere Idee waren sie nicht gekommen. Erst als sich die Sonne rot am Horizont verabschiedet hatte, waren sie in ihrer Verkleidung zur Auffahrt des KING RESORT MALLORCA gefahren.

»Guckt gelangweilt und seht den Muskelprotzen nicht in die Augen. Überlasst das Reden mir«, sagte Max und schulterte das Stromkabel.

Sam folgte mit den Scheinwerfern und Leo mit dem Werkzeugkasten. Sie gingen auf eine Tür neben dem Haupteingang zu, die für Personal und Lieferungen gedacht war. Ein Security-Mann, der die Hauptrolle in einer ›*Hulk*‹-Verfilmung hätte übernehmen können, kontrollierte den Einlass.

»Halt«, sagte er auf Spanisch. »Was wollt ihr?«

Max verstand ihn ungefähr. Er legte mit seiner Geschichte los.

»Wir kommen von der Firma EL MAESTRO ELECTRICO. In der Küche ist ein Stromkabel defekt. Wir reparieren das.«

»Wenn davon das Essen besser wird ... meinetwegen.« Der Sicherheits-Hulk lachte, und Max lachte mit, obwohl er ihn nicht richtig verstand.

Dann winkte der Mann die drei durch. Sie liefen einen schmalen Korridor entlang, von dem mehrere Räume abgingen. Der erste war ein Umkleideraum für das Personal. Die drei gingen hinein und streiften die Blaumänner ab. Darunter trugen Max und Sam sommerliche Hosen und kurzärmelige Hemden. Die hatte Sam am Abend zuvor aus seinem Kleiderschrank rausgesucht, weil Max und Leo für eine Mallorca-Reise zu wenige Sachen dabeihatten. Zum Glück besaßen Sam und Max etwa dieselben Konfektionsgrößen. Nur für Leo war nichts dabei. Er besorgte sich auf dem Weg zum Flughafen in einem Billigkaufhaus ein paar Hemden, eine Hose und Sneakers in der Größe von Kinderkanus.

Mit diesen Outfits mischten sich die drei in der Lobby unauffällig unter die auf die Show wartenden Zuschauer, Reporter und Kameraleute. Nach wenigen Minuten ertönte ein Gong. Große Türen zu einem Saal öffneten sich, und der Pulk setzte sich in Bewegung.

»Wir drängeln uns zwischen den Leuten in den Saal. Das wird niemandem auffallen. Aber einer sollte hier draußen bleiben, falls unsere Gangster-Freunde auftauchen«, schlug Max vor. Er seufzte. »Eigentlich brauchen wir für so eine Aktion eine Armee von Bodyguards.«

»Ich bleibe hier und sehe mich mal um«, bot Sam an. »Dann muss ich mir wenigstens das Schlager-Geheule nicht anhören.«

»Lass dein Handy eingeschaltet«, sagte Max. »Wir sollten ab und zu schreiben, ob alles okay ist.«

Sam tauchte im Strom der Menschen unter. Grüppchen rotteten sich zusammen. Max entdeckte vier junge Männer, die ständig laut lachten und manchmal losgrölten. Er und Leo schlossen sich ihnen an, weil sie ähnlich leger gekleidet waren. Zu sechst bahnten sie sich mit ihrer lauten Art rasch einen Weg in den Show-Saal und an den Security-Leuten vorbei. Die inspizierten bloß ab und zu die in Plastik eingeschweißten Hotelpässe, die alle Gäste des Hauses bekommen hatten. Und hier und da durchsuchten sie Taschen und Jacken, wahrscheinlich nach Waffen oder Wurfgeschossen. So schafften es Max und Leo problemlos durch die Kontrolle in den Event-Saal.

»Einer geht nach vorn, einer bleibt hinten, um den Überblick zu behalten. Lass mich mal lieber vorn sitzen. Du bist leichter zu erkennen«, schlug Max vor.

»Jaja, ich hab schon verstanden. Nur weil man etwas fülliger ist ...«, grummelte Leo.

»... und einen Holzfällerbart hat«, fuhr Max ein wenig verlegen fort. »An dem würde sie dich sofort erkennen.«

»Da hast du gerade noch mal die Kurve gekriegt.«

Leo zwinkerte ihm grinsend zu und verschwand im Zuschauerraum. Weil der Saal sich bloß zur Hälfte füllte, konzentrierten die Platzanweiser das Publikum in der Mitte. Wahrscheinlich, damit die Kameras geschlossene Sitzreihen zeigen konnten, vermutete Max. Er sah, dass Leo sich nicht darum scherte und einen Platz am Rand der vorletzten Reihe besetzte. Eine gute Wahl. Denn von dort überblickte er den gesamten Saal, weil die Bühnenscheinwerfer auch Licht für den übrigen Raum spendierten.

Max setzte sich Leo schräg gegenüber, in die zweite Reihe. Von dieser Position aus war er ganz schnell auf der Bühne, falls Vicky Schneider Gefahr drohte. Er drehte sich um und blickte auf die Zuschauerreihen. Ungefähr dreihundert Leute bildeten das Publikum, das größtenteils offensichtlich aus Anhängern der Sängerinnen und Sänger bestand. Die Fans benahmen sich wie Teenager im Bus einer Klassenfahrt. Trinkbecher flogen aus einer Sitzreihe in eine andere Ecke des Saales, dann zusammengeknülltes Papier. Schilder mit Anfeuerungsparolen wurden geschwenkt: ›LARISSA! WIR LIEBEN DICH!‹, ›AND THE WINNER IS – LARISSA!‹ und Ähnliches. Die vier Männer, mit denen Max und Leo in den Saal gekommen waren, verließen sich lieber auf ihre Stimmen. »Hansi, Hansi, Hansi!«, grölten sie im Chor. Und hinter jedem »Hansi« klatschten sie dreimal laut in die Hände. »Wann geht's endlich los?!«, brüllte jemand in einer anderen Sitzreihe.

Max war froh die Typen nur zu hören und im Halbdunkel nicht auch noch sehen zu müssen. Ein Mann trat auf die Bühne. Alles klatschte und pfiff. Er trug kurz geschorene Haare, ein T-Shirt mit einem Metallica-Aufdruck, Jeans-Shorts und blendend weiße Turnschuhe. Über ein Mikrophon-Headset schallte seine Stimme laut durch den Saal.

»Hey, Leute. Ich bin Marc. Supi, dass ihr alle hier seid. Wir gehen gleich auf Sendung. Aber vorher möchte ich wissen: Seid ihr gut drauf?«

Verhaltener Beifall kam als Antwort.

»Was? Ich verstehe euch nicht? SEID IHR GUT DRAUF?!«

Die Reaktion war diesmal lautstarkes Grölen, Klatschen, Pfeifen und Fußgetrappel.

»Ja, so ist das super, Leute! Wenn gleich der Kai auf die Bühne kommt, will ich euch genau so hören.«

Er hob einen Arm in die Höhe und schaute zu einem Mann mit Headset und Klemmbrett, der am Bühnenrand stand und Marc das Signal zum Start der Probe gab.

»... drei, zwei, eins. Action!«

»Los, Leute! Gebt alles!«

Marc klatschte mit hoch erhobenen Armen in die Hände. Eine Stimme aus dem Lautsprecher übertönte den Applaus:

»Meine Damen und Herren. Hier sind die SCHLAGER ROCKET STARS 2024 in der Schlager-Contest-Show des Jahres. Und hier ist Ihr Gastgeber: Kai Klusen!«

Anheizer Marc klatschte und trampelte am Rande der ersten Reihe. Das Publikum ging mit und klang wie eine Büffelherde auf Kokain.

»Meine Damen und Herren, willkommen bei den SCHLAGER ROCKET STARS 2024. Zehn junge Talente treten heute an, um der neue Star des deutschen Schlagers zu werden. Am Ende winkt ihnen ein Vertrag bei einem der größten Musiklabels der Welt: bei PRECIOUS MUSIC.«

Die nach oben gegelten Haarspitzen wippten fröhlich wie der ganze in einen lila Glitzeranzug gekleidete Kai Klusen. Der

Moderator stellte sich beim Sprechen immer wieder auf die Zehenspitzen.

»Ich weiß, ihr seid alle heiß drauf, dass es losgeht! Seid ihr heiß drauf?!«, rief er ins Publikum und empfing zustimmenden Beifall. »Jaaa, das macht ihr toll!« Er wandte sich wieder zu dem Mann mit dem Klemmbrett. »Können wir starten?«

Der Mann streckte vier Finger in die Höhe, was bedeutete: noch vier Minuten. Dann sprach er in sein Headset, und plötzlich schoben sich gleichzeitig die beiden Seitenwände des Zuschauerraumes und das Dach zurück. Dasselbe geschah mit den Wänden der Bühne, die aber ihr Dach behielt. Ein Raunen ging durch das Publikum. Das saß nun im Freien und blickte auf die von Scheinwerfern erhellte Bühne, die der Strand umgab. Dahinter bestrahlte die untergehende Sonne mit einem feurigen Rot die Szenerie. Max registrierte das. Er konzentrierte sich aber vor allem darauf, dass die Bühne nun viel ungeschützter war – und offener für einen Angriff auf Vicky Schneider. Das restliche Publikum war von dem Anblick hingerissen. Beifall brandete auf, und Anheizer Marc griff die gute Stimmung auf. Er schrie jetzt ins Mikro: »Okay, Leute! Jetzt geht's los! SEID IHR GUT DRAUF?!«

Die Menge applaudierte wild drauflos. Marc klatschte mit und gab einen Rhythmus vor, dem alle folgten. Er machte auch weiter, als der Klemmbrett-Mann fünf Finger in die Höhe hielt und laut runterzählte: »Fünf, vier, drei, zwei, eins.«

Danach wurde wieder Moderator Kai Klusen angekündigt. Der Anheizer hüpfte neben der ersten Reihe auf und ab. Er klatschte dabei über seinem Kopf in die Hände, als ob er einen Hampelmann-Warm-Up für ein Work-Out machte. Die Menge klatschte fröhlich, stieß Begeisterungsrufe aus und wollte den Saal durch Fußgetrampel zum Einsturz zu bringen.

Klusen wiederholte seine Ansage laut, um das Publikum zu übertönen. Das beruhigte sich, und der Moderator stellte die Jury vor, zuerst Harald Coppermann, einen hageren Mittfünfziger im schwarzen Anzug mit offenem, weißem Hemd.

»Harry hat Schlager-Stars produziert wie Minka Säger, den supererfolgreichen Singer/Songwriter Malik Förster und Tino Sacaro, der uns alle zum Tanzen gebracht hat. Auf Harrys Konto als Produzent gehen über fünfzig Millionen verkaufte Einheiten. Sein Haus hat keine Tapeten mehr, die Wände sind vollständig mit Goldenen Schallplatten bedeckt.«

Coppermann drehte sich zum Publikum und winkte gelangweilt. Er versuchte ein Lachen. Dabei zog er die Zähne auseinander, was aussah, als wollte er jemandem die Kehle durchbeißen. »Ha, ha, ja Kai. Ich musste jetzt auch noch die vier Garagen dazunehmen.«

»An Harrys Seite begrüßt mit mir mit einem stürmischen Applaus die bezaubernde Jasmin Schulze. Sie hatte im letzten Jahr sage und schreibe vier Top-30-Hits in den Pop-Charts – natürlich produziert von Harald Coppermann.«

Eine brünette 25-Jährige in einem Jeans-Mini-Kleid, einer Jeans-Bluse und einem Cowboy-Hut sprang aus dem roten Jury-Sessel auf. Sie hüpfte und winkte und verteilte Kusshändchen ins Publikum.

»Jetzt kommen wir zu einem Mann, der Schlagergeschichte geschrieben hat. Er wurde in den 80ern zu einem der wenigen großen Schlager-Stars, die heute noch erfolgreich sind. Seine großen Hits sind zu Evergreens geworden. Wir alle erinnern uns an ›*Rot ist unsre Liebe, Rot ist auch der Wein*‹ und natürlich an ›*Die Nacht von Mallorca*‹. Meine Damen und Herren: Chris Marcus!«

Chris Marcus war korpulent und nicht besonders groß. Er trug einen roten Blazer, eine weiße Hose und einen riesigen Schnauzer, der ihm links und rechts weit aus dem Gesicht ragte und aussah, als hätte er ihn seit seinen großen Tagen in den 80ern nicht mehr gestutzt. Wie Jasmin verteilte er lachend Kusshände. Die Menge klatschte artig.

»Und last but not least: Tobias Silvester. Ihr kennt ihn alle. Sein Hit ›*Du machst mich heiß*‹ hat ihn ganz nach oben in die Hitlisten gebracht.«

Lauter Applaus ertönte, den der in einen weißen Anzug gekleidete Sänger mit ein paar Verbeugungen entgegennahm. Max achtete nicht besonders auf die Jury-Vorstellung. Wichtiger war ihm, seinen Blick immer wieder durch den Zuschauerraum streifen zu lassen. Er entdeckte aber nichts, was ihn in Alarmbereitschaft versetzte. Nur die Aussicht, die gesamte Show ertragen zu müssen, entlockte ihm ein stilles Seufzen.

»Liebe Jury und alle hier im Saal«, fuhr Kai Klusen fort. »Die Spannung steigt. Jetzt schlägt die Stunde der Wahrheit. Wer wird die K.-o.-Runde heute überstehen? Wer wird unsere Jury überzeugen?«

Das Licht ging im gesamten Saal aus.

»Und hier ist unsere Startnummer eins.«

Der Kegel eines Scheinwerferspots schwenkte wild über die Bühne, die plötzlich taghell erstrahlte.

9

Sam griff mit zitternden Fingern nach seinem Glas Bourbon.

Gut, dass er hier an der Bar gelandet war. Oder auch nicht. Zuerst war er durch die Lobby gestreift und hatte sich umgesehen. Aber da war nichts mehr los, weil die meisten Gäste des Hotels die Show ansahen.

Er kam am Eingang des Casinos vorbei. Und das lockte ihn – unwiderstehlich. Sam wusste, dass das die schlechteste aller Möglichkeiten für ihn war, die Zeit totzuschlagen. Doch Max hatte ihm ein bisschen Bargeld für Notfälle gegeben. 50 Euro. Damit konnte Sam im Casino schon eine Stunde verbringen. Wenn er beim Black Jack oder Roulette ein wenig Glück hatte, reichte das für einen halben Abend. Und für die ganze Nacht, wenn es richtig gut lief. Denn er würde nicht aufhören. Das wusste er. Und deshalb beschloss er, sich nicht wie so oft von dem chromblitzenden Interieur und der Aussicht auf schnellen Reichtum blenden zu lassen. Dann lieber das Geld vertrinken.

Also flüchtete Sam aus dem Casino, suchte und fand die Hotelbar.

Und nun saß er an der Glastheke, die in allen Regenbogenfarben schimmerte, welche pulsierend erleuchtet und gedimmt wurden – ein Anblick, der einen glauben ließ, man würde schon eine Stunde hier stehen und bereits ein Dutzend hochprozentige Cocktails genossen haben. Doch Sam fing gerade erst an zu trinken, zunächst einen Wodka, anschließend ein paar Campari, bis er zum Bourbon überging. Das Geld floss dahin und ging langsam zur Neige. Aber Sam fühlte sich viel zu nüchtern, um aufzuhören.

»Noch einen, bitte«, raunte er dem Barmann zu.

»Hey, Süßer, mach mir auch so einen.«

Eine Frau setzte sich auf einen Barhocker neben Sam.

»Ich dachte schon, die hätten hier gar nichts Vernünftiges zu trinken«, sagte sie auf Deutsch mehr in den Raum hinein als zu Sam und zündete sich eine Zigarette an. Die Frau war schlank, hatte wirres blondes Haar, eher hagere Gesichtszüge, eine leicht gekrümmte Nase und eisblaue Augen. Sie trug einen schwarzen Hosenanzug und eine ebenfalls schwarze Handtasche.

»*Merde*, diese *fucking* Warterei«, murmelte sie und zog an der Zigarette.

Dabei sprach sie das ›*fucking*‹ nicht englisch mit a aus, sondern mit einem u, eingekleidet in einen französischen Akzent. Sam merkte, wie sein Adrenalin bei ihrem Anblick hochschoss. Trotz des bereits Wirkung zeigenden Alkoholpegels im Blut nahm er die Frau sehr klar wahr.

»Warterei? Worauf denn?«

»Na, dass diese Schlager-Freaks mit ihrer hirnlosen Show fertig sind.«

»Und was ist dann? Ich bin übrigens Sam.«

Er hielt ihr die Hand hin. Sie stellte sich nicht vor und nahm auch die Hand nicht. Aber sie musterte ihn von oben bis unten mit einem durchdringenden Blick, der Sam den Schweiß auf die Stirn trieb.

»Was dann ist? Das wird sich finden. Erst mal gibt es ein Davor.«

»Ich ... äh ... warte auch darauf, dass die Show zu Ende geht.«

Heiße Ströme liefen über seinen Rücken, Blitze durchzuckten seinen Bauch und reichten bis zum Unterleib.

»Nun, mein Freund, was machen wir denn solange?«

Sie beugte sich zu ihm. Ihr Parfüm mit einer starken Zitronengrasnote vernebelte ihm die Sinne. Sie legte eine Hand auf seinen Oberschenkel, ließ sie langsam nach oben gleiten und flüsterte ihm ins Ohr.

»Hast du Lust auf Schweinereien?«

10

Vicky lief aus ihrer Garderobe. Durch einen separaten schmalen Gang neben dem Zuschauerraum kam sie hinter die Bühne.

Gerade trat Hansi Hubertus auf, ein schmaler, blasser, blonder Junge, kaum älter als zwanzig Jahre alt. Er wankte hin und her, als würde er im Stehen eine Kuh melken, und blamierte sich mit einem Haufen schiefer Töne bei seiner Version von ›*Hulapalu*‹, einem Hit von Andreas Gabalier.

Harald Coppermann schrie in die letzten Takte hinein: »Aus! Mann, mach das aus! Meine Ohren bluten!« Er wandte sich an Chris Marcus: »Hast du Bier dabei? Oder harte Drogen? Anders ertrage ich das nicht.«

Jasmin kaute Kaugummi und lachte. »Also, so schlecht fand ich das jetzt nicht. Okay, er hat ein paar Töne nicht getroffen. Aber das Holzfällerhemd ist lustig.«

Beifall und »Hansi!«-Rufe ertönten aus einer Ecke des Publikums. Tobias Silvester sah es anders: »Ach, Mann, das knallt nicht. Echt nicht. Der Andreas bringt das super rüber. Aber du? Nee, echt nicht.«

»Junge, ich finde, du musst mehr üben, also den Gesang und so«, brummte Chris Marcus diplomatisch.

Hansis Gesicht hatte mittlerweile die Farbe einer ungestrichenen Raufasertapete angenommen.

»Du solltest am besten noch mal geboren werden, um gleich in den Windeln mit dem Üben anzufangen«, zischte Harald Coppermann. »Immerhin hast du den Text behalten.«

»Hansi! Hansi!«

Coppermann winkte, damit Hansi von der Bühne ging.

»Und beim nächsten Mal zieh dir bitte nicht wieder so eine Tischdecke an.«

Kai Klusen legte brüderlich seinen Arm um den sprachlosen Sänger und verkündete: »Sorry, Hansi, aber diesmal geht es nicht weiter. Genieß den Aufenthalt auf Mallorca.« Dann schob er ihn nach hinten von der Bühne.

Eine Sängerin war noch vor Vicky dran. Sie trug einen knappen Mini, Push-up-Einlagen und zeigte einen Ausschnitt bis zum Bauchnabel. Sie trällerte den unvermeidlichen Helene-Fischer-Renner ›*Atemlos durch die Nacht*‹ und ließ dabei zum Rhythmus der wummernden Bässe die Hüfte kreisen und die Brüste hüpfen. Danach stöhnte sie sich wollüstig durch den Michelle-Erfolg ›*Wer Liebe lebt*‹.

Tobias Silvester meinte danach, großes Talent zu erkennen und hob den Daumen. Chris Marcus und Harald Coppermann sahen das anders. Der alternde Schlagerstar empfahl: »Du musst an deiner Stimme arbeiten. Das reicht so nicht.« Und Coppermann feuerte los: »Wer hat die hier reingelassen? Das hier ist ein Gesangswettbewerb und kein Straßenstrich und keine Peep-Show!«

Zweimal nein. Vicky hatte eine Konkurrentin weniger. Sie bekam das alles nur durch einen Schleier von Gedanken mit, weil sie ein letztes Mal ihre Texte und die Melodien durchging. Sie war die Nächste.

»Und jetzt bitte einen donnernden Applaus für Inga Sommer!«

Vicky ging auf die Bühne, und der Moderator empfing sie mit bewundernden Blicken. Sie hatte für die Performance ein sehr elegantes grünes Kostüm mit einem halblangen Rock und einem Dekolleté gewählt, das nur wenig Haut zeigte. Moderator Klusen trat an sie heran und schaute auf ein Kärtchen mit Stichworten. Dann befragte er Vicky, sah dabei allerdings nicht sie an, sondern sprach direkt in die Kamera: »Inga, woher kommst du? Erzähl doch ein bisschen über dich.«

Vicky wollte ihm nicht antworten, sondern das Lampenfieber und die aufgestaute Energie loswerden. Sie wollte endlich singen. Also machte sie es kurz.

»Aus dem Harz.«

Klusen reichte das nicht.

»Und was machst du beruflich?«

Vicky sah ihn verwundert an.

»Was mache ich denn in einer Minute?«

»Äh ... du singst deine beiden Songs und ...«

»Richtig. Genau das mache ich beruflich.«

Der Moderator lachte mechanisch über seine Verlegenheit hinweg.

»Ja, natürlich. Klar. Okay. Danke, Inga. Und jetzt viel Glück. – Leute, noch mal einen donnernden Applaus für Inga Sommer!«

Nach dem verhaltenen Klatschen des Publikums setzte das Intro von ›*Ich bin stark*‹ ein. Dann musste Vicky wie alle Sängerinnen und Sänger des Contests ihre Performance als Halbplayback bringen. Dabei sang sie live, während die Instrumental-Begleitung aus der Konserve kam. Cary hatte extra dafür ein paar Streicher und eine Band in ein Studio geholt, um das Instrumental aufzunehmen. Deshalb klang die Begleitung nun sehr echt, lebendig und kraftvoll.

Was von Vickys Einstieg in das Lied nicht zu behaupten war. Sie begann leise und zaghaft. Doch dann hob sie beim Refrain die Kraft ihrer Stimme laut in den sternenübersäten Abendhimmel – und erntete spontanen Applaus der erstaunten Zuschauer. Die hörten nun gebannt zu und klatschten am Ende wieder, bewegt und hingerissen von den Liedzeilen, der Melodie und Vickys Gesang.

In den Beifall drangen die ersten Takte von ›*Er gehört zu mir*‹. Vicky sang geschmeidig und mit viel Volumen in der Stimme. Das Publikum unterstützte sie erstaunlich textfest. Danach entlockten begeisterte Pfiffe, Klatschen und Trampeln Vickys dezent geschminkten Lippen ein Lächeln. Jasmin war aufgesprungen und klatschte unablässig in die Hände.

»Oh, toll, toll, toll, das war ... toll. Ich habe ein bisschen Pipi in den Augen gehabt bei dem ersten Lied.«

»Top, beide Songs waren top«, erklärte Tobias Silvester und grinste Vicky an. »Und du siehst super aus. Alles top, echt.«

»Die Lieder waren beide super«, meinte Chris Marcus. Er reckte die Daumen nach oben. »Von mir hast du zweimal das Okay für die nächste Runde. Übrigens: Ich bin schon mal mit Marianne Rosenberg aufgetreten. Da hat sie auch ›*Er gehört zu mir*‹ ...«

»Ja, danke, Chris. Wir haben noch was zu tun hier.« Harald Coppermann schnitt ihm das Wort ab. Er lachte gequält. Dann sah er Vicky nachdenklich an. »Inga, am Anfang war es ja nicht so toll. Du hattest Probleme, reinzukommen in den Song.«

Gemurmel im Publikum.

»Und dieses Lied ... Das kennt heute keiner mehr. Das hat die ... wie heißt die doch gleich?«

»Gitte hat das gesungen.« Chris half ihm. »Gitte habe ich mal getroffen, als ich ...«

»Ja, super, Chris, ganz toll«, fuhr ihm Coppermann wieder in den Satz. »Gitte. Stimmt. Die kennt heute auch keiner mehr.«

»Doch«, widersprach Vicky, »ich kenne sie und dieses Lied. Das Publikum kennt es jetzt auch. Und es hat ihm ja offensichtlich gefallen, weil es ein ziemlich guter Song ist.«

Sie lächelte Coppermann an. Die Zuschauer applaudierten und pfiffen. Coppermann lächelte ein Haifischlächeln zurück.

»Zugegeben, das ist er. Und am Ende war dein Gesang ja okay. Die Töne kamen. Na ja, und bei ›*Er gehört zu mir*‹ kann man nicht viel falsch machen.« Er seufzte angestrengt, als würde er einen Lastwagen tragen. »Meinetwegen: zweimal ja von mir für die nächste Runde.« Applaus brandete auf und verebbte nur langsam, als der Moderator Vicky von der Bühne führte.

Ein Sänger und eine Sängerin waren noch nach ihr dran. Vicky hatte aber keine Lust, die beiden anzuhören. Sie wollte die letzte halbe Stunde der Show lieber am Strand entlangspazieren und das leise prickelnde Gefühl genießen, diese Runde geschafft zu haben. Sie zog ihre Pumps aus, lief zum Pool hinter dem Hotel und dort die Treppe hinab, die zum Strand führte. Vicky blieb stehen. Sie starrte in die Dunkelheit, in der sie Schatten zu sehen glaubte, die sich auf sie zu bewegten. Das Meer schien ihr mit tiefer Stimme warnende Worte zuzuflüstern. Augenblicklich floh ihre Fröhlichkeit. Sie drehte sich um und lief zurück ins Hotel, in ihre Garderobe. Vielleicht ließ sich ja ein Prosecco auftreiben, der die gute Stimmung zurückholte.

Und Cary könnte sie auch gleich anrufen.

Er war sofort am Handy.

»Vicky! *Gorgeous*! Du warst groß – ar – tig! *Congratulations*! Du bist weiter. Aber das habe ich gewusst. Ich habe es einfach gewusst.«

»Danke, Cary. Ja, das war okay. Dieser Coppermann ist zwar ein Kotzbrocken. Aber er ist fair. Ich komme klar mit ihm.«

»Wenn du so weitersingst ... *for sure*.«

Sie besprachen, wie Vicky ihren Song für die internationale Audition im Halbfinale am nächsten Tag am besten präsentieren könnte. Zu ihrer eigenen Auswahl würde ein Überraschungslied für jede und jeden Einzelnen kommen, das die Jury auswählte. Das mussten alle Teilnehmenden aus dem Stegreif singen und den Text dabei vom Teleprompter ablesen. Das machte Vicky nicht besonders nervös. Viel mehr beschäftigte sie das Gespräch mit Dr. Robert und Sam Martins Auftauchen.

»Was denkst du?«, fragte sie. »Da könnte doch was dran sein.«

»*I don't know.* Jetzt ist erst mal wichtig, dass du dich auf die Audition konzentrierst. Du hast es schon so weit geschafft ... *Go on!*« Er schwieg einen Moment. »Aber du kannst ja trotzdem die Augen offenhalten.«

Ein paar Minuten später wurde Vicky auf die Bühne gerufen. Der Oldie ›*Wir lassen uns das Singen nicht verbieten*‹ erfüllte als Schlussmusik den zur Freilichtbühne mutierten Saal. Kai Klusen verabschiedete sich und nannte noch mal die beteiligten Contest-Talente beim Namen, die alle einen Blumenstrauß bekamen. Sie winkten lächelnd in die Kamera, bis eine Stimme aus den Lautsprechern dröhnte: »Und aus. Das war's für heute. Danke, Leute!« Das Publikum applaudierte ein letztes Mal.

Vicky eilte in ihre Garderobe. Sie zog sich um und ging in die Lobby, wo gerade eine After-Show-Party in Gang kam. Vicky hatte zwar keine Lust mehr auf Feiern, aber ein bisschen Small-Talk konnte nicht schaden.

Sie ließ sich in einen Rattan-Sessel fallen und nahm sich ein paar Schnittchen, die die Kellner überall anboten. Kaum hatte sie die hungrig vertilgt, entdeckte sie Tobias Silvester, der grinsend mit zwei Cocktails auf sie zusteuerte. Gleichzeitig gingen drei Meter von ihm entfernt zwei andere Männer direkt in ihre Richtung: der Bärtige und der hübsche Dunkelhaarige – ihre Stalker. Vicky sprang auf und lief aus der Lobby. Auf dem Weg klaute sie von einem Tisch eine Flasche Sekt. Sie hatte das Gefühl, dass sie die heute noch brauchen würde.

11

»Mach schon, sonst ist sie weg«, drängelte Max, damit Leo sich beeilte. Er vermutete, dass Inga Sommer auf ihr Zimmer flüchtete. Und er wollte sie vorher abfangen.

»Oh, sieh mal, da ist unser Freund aus dem Hotel in Berlin«, verkündete Leo. Er winkte Tobias Silvester zu. Dem entgleiste augenblicklich sein Dauerlächeln, als er Leo sah. Abrupt änderte der Sänger seine Laufrichtung und verschwand rasch in der Menge.

»Wo ist Sam?«, wollte Max wissen. »Er hat sich nicht gemeldet.«

Aber um Sam mussten sie sich später kümmern. Jetzt war erst mal Vicky Schneider dran. Sie musste beschützt werden, wenn die Killer hier auftauchten. Und sie würden auftauchen, das war für Max klar. Wichtiger noch: Max hatte Vicky Schneider als Sängerin erlebt. Und er hatte Energie, Kraft und gleichzeitig Zerbrechlichkeit in ihrer Stimme gespürt. Das ließ ihn nicht mehr los. Er hatte das Gefühl: So war sie. Und nun wollte Max sie umso mehr beschützen. Sie folgten der Sängerin in den zweiten Stock. Oben angekommen, stand Vicky keine zehn Meter von ihnen entfernt im Gang. Sie kramte den Schlüssel zu ihrem Zimmer aus der Handtasche und sperrte die Tür auf. Max tippte schnell eine Nachricht für Sam.

Dann sprach er sie an: »Frau Sommer, bitte nicht erschrecken. Wir kommen nicht näher. Wir wollen nur mit Ihnen reden.«

Die Sängerin drehte sich um, halb schon in ihrem Zimmer.

»Mann, das ist langsam echt stressig mit euch. Jetzt hat mich auch noch euer Kumpel angequatscht, Sam Martin oder so.«

»Ja, weil er sich Sorgen um Sie macht. Wie wir alle.«

»Ja, klar. Weil ihr dafür bezahlt werdet.« Sie lachte auf. »Aber okay: Was meint ihr denn, was ich jetzt machen soll? Wenn das alles stimmt mit der Erbschaft, können meine Eltern das mit den Dokumenten regeln. Aber ich weiß nicht, ob die so etwas überhaupt ...«

»Ihre Eltern sind im Urlaub. Dr. Robert erreicht sie nicht, wenn Sie ihm keine Kontaktdaten geben.«

»Das überlege ich mir noch. In der Zwischenzeit singe ich.«

»In der Zwischenzeit kommen die Killer her und erschießen Sie«, gab Max zu bedenken. »Wir sollten sofort mit Ihnen nach Deutschland zurückfliegen, weil wir Sie da besser schützen können. Und Sie könnten die Abwicklung der Formalien beschleunigen. Oder wir ...«

»Aber sonst geht's gut. Ich singe hier morgen im Halbfinale. Ehrlich gesagt: Mir haben sich die Killer noch nicht vorgestellt.«

»Das lässt sich ändern«, sagte plötzlich eine Stimme hinter ihnen. Alle fuhren herum. Da stand eine blondgelockte Frau mit Sonnenbrille in einem eleganten schwarzen Hosenanzug. Und daneben ein ebenfalls sonnenbebrillter Mann im schwarzen Smoking. In der Hand hielten beide Pistolen mit Schalldämpfern.

12

Was für ein jämmerlicher Haufen. Cara winkte alle mit dem Lauf der Pistole durch die offene Zimmertür.

»Da rein. *Allez, allez, dépêchez-vous*!«

Sie stolperten in Vickys Zimmer. Cara grinste. Alles lief schnell und problemlos. Vor allem schnell. Sie wollte das ja rasch hinter sich bringen. Zwar musste sie jetzt drei beseitigen. Aber immerhin hatte sie jetzt alle beieinander und musste nicht jedem einzeln hinterherrennen. Cara sah müde von einem zum anderen.

»Gut. *Madame et messieurs*, ihr haltet die Klappe, wenn wir gleich hier rausgehen und einen kleinen Ausflug machen. Wer etwas sagt ... ihr wisst schon.«

Sie hob die Pistole einen Tick höher. Dann wandte sie sich an ihren Begleiter. »Sieh nach, ob die Luft rein ist.«

13

Sam wachte auf und fragte sich, wo das Haus war, das über ihm zusammengekracht sein musste. So fühlte sich jedenfalls sein Kopf an.

Wie lange hatte er geschlafen? Und wo war er überhaupt? Er richtete sich mühsam auf, um sich zu orientieren. Handtücher, Putzzeug, Kittel, ein leerer Wäschewagen – das war ein Abstellraum für das Personal!

Und jetzt erinnerte sich Sam. Diese Frau und er waren hier eingebrochen und hatten, wo Platz war, Sex gehabt. Irgendwann hatte sich der Alkohol in seinem Blut deutlich spürbar gemacht und er war eingeschlafen. Oder ohnmächtig geworden? So wild, wie sie ihn geritten hatte, war auch das möglich. Er wusste es nicht mehr.

Sam bemerkte den Zitronengrasduft ihres Parfüms noch in der Luft. Er richtete notdürftig Hemd, Jackett und Hose und sah auf sein Handy.

›*II. OG, Zimmer der Sängerin.*‹ Das hatte Max erst vor wenigen Minuten geschrieben. Also konnte Sam nur ein kurzes Erholungsschläfchen im Abstellraum gemacht haben.

Er lief auf den Gang. Die Zimmernummern bewegten sich im Hunderter-Bereich. Also musste er eine Etage nach oben. Er eilte die Treppe empor und musste nur noch um eine Ecke biegen, dann war er da. Doch er blieb abrupt stehen, denn er hörte Stimmen, die nichts Gutes verhießen.

»Aber wir können sie doch gleich hier erledigen«, brummte eine Männerstimme.

»*Merde. Crétin.* Nicht so laut. Halt den Mund«, zischte eine Frau.

Die Killer. Ganz klar. Sam hielt die Luft an. Wie konnte er Max, Leo und der Sängerin helfen? Er brauchte eine Waffe, und das schnell. Er sah sich um und entdeckte auf einer Fensterbank im Treppenaufgang eine kleine Yucca-Palme im Topf. Das war zwar keine Pistole, aber besser als nichts. Er nahm die Palme unter den Arm und lugte vorsichtig um die Ecke. Ein Mann im eleganten Smoking stand in einer Zimmertür, mit dem Rücken zum Flur. In der Hand hielt er lässig eine Pistole.

Sam drückte sich an der Wand entlang. Er kam fast lautlos voran. Der dicke, flauschige Teppichboden schluckte alle Geräusche. Sam kam immer näher. Und der Mann im Smoking merkte nichts, weil ihn irgendetwas im Zimmer ablenkte.

Noch drei Meter.

»Sei jetzt still.«

Wieder die Frauenstimme. Der Mann zögerte.

»Warum nicht? Einfach Bumm und weg.«

Zwei Meter.

»Ich hab gesagt, du sollst ruhig sein.«

Sam drehte die Palme. Er nahm sie mit einer Hand beim Stamm, um sie wie einen Hammer benutzen zu können.

»Aber das ist doch ganz einfach. Guck mal, so!«

Der Mann legte an und Sam holte aus – und in diesem Moment entdeckte ihn der Sonnenbebrillte. Aber zu spät. Die Palme war schon auf dem Weg. Ihr Topf zerschmetterte krachend die Hand des Gangsters. Die Pistole fiel auf den Boden. Ein Schuss löste sich, bohrte sich aber in den Teppichboden. Der Gangster schrie auf, fing sich aber und wollte sich auf Sam stürzen. Mit ausgestreckten Armen stürmte er los, schreiend vor Wut und Schmerz. Sam hielt nur noch die Palme in den Händen, der Topf lag zerborsten auf dem Boden. Reflexartig stieß er dem Angreifer den Stamm entgegen, tief in den weit zum Schreien geöffneten Mund. Der Mann riss die Augen auf und biss ein paar Mal zu, um den Stamm aufzuhalten. Sam zögert kurz, dann rammte er den Stamm mit der freien linken Hand tiefer in den Rachen des Gangsters. Er drückte weiter, bis sein Gegner nach hintenüberkippte und dabei erst die Sonnenbrille und danach die Besinnung verlor. Eine Sekunde später trat jemand hinter Sam aus der Tür. Er drehte sich um.

»Du?!«

»Hallo, Sam. So schnell sieht man sich wieder.«

14

Vicky erschrak. Plötzlich kam dieser Sam, der sie beim Pool angesprochen hatte, langsam rückwärts in ihr Zimmer, gebückt, denn er zog den Mann im schwarzen Anzug unter den Achseln. Die Blondgelockte folgte ihm mit gezückter Pistole und schloss die Tür.

»*Merde*!«, fluchte sie und funkelte Sam an. »Ich hätte dich vorhin erledigen sollen.«

»Oh, ihr kennt euch?«, wollte Max wissen.

»Ich fürchte, ja.« Sam nickte.

Draußen klapperten ein paar Türen. Stimmen schwirrten durch den Gang. Dann wurde es wieder ruhig.

»Alle ins Bad«, befahl die Blonde.

Vickys Blick fiel auf den völlig reglosen Begleiter der Killerin.

»Ist er tot?«, fragte sie mit zitternder Stimme.

Die Blonde hob die Pistole und drückte ab. Die Kugel ploppte wie der herausschießende Korken einer Sektflasche aus dem Lauf und traf den Mann direkt ins Herz.

»Ja«, antwortete die Blonde, »das ist er.« Sie zeigte auf das Bett. »Nehmt ein Laken vom Bett und wickelt ihn ein.«

»Was? Aber sonst geht's gut«, brummte Leo.

»Dir geht es gleich nicht mehr gut, wenn du nicht machst, was ich dir sage.«

Die Frau zielte auf Leos Kopf. Also keine weitere Diskussion. Vicky zog das Laken ihres Bettes ab. Zu viert wickelten sie den Toten ein.

»Jetzt ins Badezimmer. Alle!«, befahl die Blonde.

Vicky fragte nicht weiter und gehorchte. Besser nicht provozieren, sonst würde die Frau sie alle sofort erschießen – was letztlich bestimmt sowieso das Ziel dieser Aktion hier war. Die anderen folgten Vicky ins Bad, und sie drängelten sich zu viert auf geschätzt fünf Quadratmetern. Vicky, Max und Sam setzten sich auf den Rand der kleinen Badewanne, Leo musste stehen bleiben. Von draußen wurde abgeschlossen. Dumpf tönte die Stimme der Blonden durch die Tür.

»Keinen Laut. Ich habe für jeden eine Kugel hier.«

Sie hörten, wie die Zimmertür geöffnet wurde. Dann wurde etwas rasch über den Boden gezogen, wahrscheinlich die eingewickelte Leiche. Danach: Stille. Erst ein paar Minuten lang, dann bestimmt eine Viertelstunde.

»Die ist weg«, sagte Leo plötzlich. Alle fuhren zusammen.

»Mann, nicht so laut«, schimpfte Max mit gedämpfter Stimme.

»Ich glaube, er hat recht. Die kommt nicht mehr zurück«, vermutete Vicky. »Die hat die Leiche weggeschafft.«

Eine laute Stimme drang aus dem Zimmer zu ihnen. »Hallo?«

»Oh, Shit. Sie ist doch wieder da«, raunte Leo, der sich erschrocken zur Tür drehte.

»Inga? Bist du hier? Die Tür war auf.«

Jetzt erkannte Vicky die Stimme.

»Wir sind hier!«

Sie sprang vor Aufregung auf und stieß mit Leo zusammen. Dabei verlor sie das Gleichgewicht und zog Max und Sam mit sich in die Badewanne.

Die Badezimmertür wurde aufgeschlossen und Tobias Silvester schaute herein. Erstaunt sah er Vicky, die zwischen Max und Sam lag und gerade versuchte, wieder hochzukommen.

»Inga? Was? Oh, Mann! Sorry. Ich wusste ja nicht, dass du auf so was stehst ... also ... Sorry!«

Kopfschüttelnd drehte Tobi sich um und rannte aus dem Zimmer.

15

»Wir gehen zur Polizei«, sagte Vicky bestimmt. »Da gibt es nichts zu diskutieren. Und wenn ihr nicht mitkommt, gehe ich allein.«

Sie schritt vor dem Bett auf und ab, auf dem Max, Sam und Leo Platz genommen hatten.

»Und was ist dann?«, fragte Max. »Wir haben doch gar keine Beweise. Sie können der Polizei nichts ...«

»Doch. Kann ich. Und lass endlich das blöde Sie. Ich bin Vicky.«

»Hallo, Vicky«, grüßte Leo erfreut. »Ich bin Leo.«

»Jaja, das weiß ich«, sagte Vicky ungeduldig. »Wir haben hier Blutflecken als Beweis.«

»Und dieser Typ, dem Sam die Palme einpflanzen wollte, hat draußen geschossen. Da muss noch eine Kugel sein«, sagte Leo.

»Ja, genau. Außerdem haben wir alle gesehen, was passiert ist«, überlegte Vicky. »Wir haben vier Leute, die bezeugen können, dass hier Killer unterwegs sind, dass hier ein Mordversuch und ein echter Mord geschehen sind.«

Max stand auf, öffnete die Zimmertür und schaute hinaus.

»Leute, wir müssen echt aufpassen, ob die zurückkommen.«

»Nein, nicht wir ... na gut, wir auch, aber vor allem die Polizei«, sagte Vicky.

Max schüttelte den Kopf.

»Ich weiß nicht. Die Beweise ... das ist alles sehr dürftig.«

»Aber sie sind da«, widersprach Vicky. »Lasst uns die Polizei rufen. Die kann mich am besten beschützen. Die sind dafür da. Bitte, Leute, ich brauche euch. Ihr habt alles mit angesehen.«

Max sah Leo an und Leo Sam. Sie waren sich einig.

»Okay«, sagte Max. »Wir können es probieren. Wir sind deine Zeugen.«

»Danke.«

Vicky lächelte erleichtert. Sie rief die Rezeption an und bat die Empfangsdame, die Polizei ins Hotel zu rufen, weil sie gerade überfallen worden sei.

Währenddessen konnte Leo seine Neugier nicht mehr bezähmen: »Sam, sag mal: Woher kennst du die Mörderbiene eigentlich?«

16

Der Polizeiwagen kam ohne Blaulicht zur Auffahrt des KING RESORT MALLORCA. Vicky, Max, Leo und Sam warteten dort mit dem Empfangschef, einem grauhaarigen George-Clooney-Typ. Er hatte darum gebeten, die Angelegenheit außerhalb des

Hotels zu besprechen. Die Gäste sollten nichts davon mitbekommen. Doch die waren sowieso in diesem Moment damit beschäftigt, im Foyer und dem großen Show-Saal Party zu machen. Einer der beiden militärisch grün gekleideten Polizisten der Guardia Civil, ein hagerer Typ mit blonden Haaren, sprach gut Deutsch. Der andere, ein dicklicher Bartträger, schwieg und kaute nur gelangweilt Kaugummi.

Vicky erzählte dem Hageren, was geschehen war. Der hörte zu, runzelte die Stirn und übersetzte es seinem Kollegen. Der lachte und sagte etwas von »*Como en el cine*«, was Max als »wie im Kino« verstand. Die Polizisten wollten sich den Tatort ansehen, und der Empfangschef geleitete alle durch den Personaleingang ins Hotel und zu Vickys Zimmer.

Als sie dort ankamen, sahen sie – nichts. Die Überreste der Yucca-Palme waren verschwunden. Sam suchte den Teppich nach dem Einschuss und der Kugel ab, die noch im Boden stecken musste. Aber er fand bloß ein münzgroßes Loch. Damit blieben nur die Blutflecken in Vickys Zimmer. Sie hatte ihren Schlüssel nicht mehr, so dass der Empfangschef öffnete. Im Zimmer war alles aufgeräumt, das Bett gemacht. Auf dem Boden kündete nur ein zartes Rosa von dem Blut, das der Killer vergossen hatte. Die Polizisten sahen sich alles mit verständnisloser Miene an.

»Haben Sie Drogen genommen?«, fragte der Hagere. »Hier ist nichts.«

Der Empfangschef schaltete sich ein. Er redete mit Händen und Füßen auf die mittlerweile verärgerten Männer ein. Max verstand etwas von Fernsehen und einem Boxkampf, den die beiden sich eigentlich hatten ansehen wollen. Der Empfangschef entschuldigte sich und meinte, möglicherweise hätten sich andere Gäste einen Scherz erlaubt. Die Polizisten murrten immer noch.

»Ich fürchte, dass eventuell Kosten wegen des Einsatzes auf Sie zukommen«, erläuterte George Clooney charmant lächelnd.

»Moment, ich habe einen Vorschlag«, sagte Vicky. Mit süßem Lächeln sprach sie die Polizisten an: »Was halten Sie davon, wenn ich Sie als Gäste in die beiden TV-Shows hier im Hotel einlade? Da gibt es tolle Musik und danach eine Party.«

»Und auch ein reichhaltiges kaltes Buffet«, ergänzte der Empfangschef.

Der Hagere nickte und tuschelte mit seinem Kollegen. Vicky sah die beiden die ganze Zeit mit neckischem Blick an. Der Blonde lächelte zurück.

»*Bueno*, einverstanden. Aber wenn Sie uns nochmal anrufen, und hier ist wieder nichts, dann kostet das Einsatzgebühren.«

Die Polizisten verabschiedeten sich, und der Empfangschef führte sie aus dem Hotel. Sam schüttelte den Kopf.

»Dit is'n Ding. Alles weg: die Kugel, das Blut. Ich möchte wirklich mal wissen, wer ...«

Ein Geräusch an einer Tür ein paar Zimmer weiter unterbrach ihn. Ein Zimmermädchen trat heraus in den Gang. Sie ging zu einem Wagen mit Putzsachen, frischer und eingesammelter schmutziger Wäsche und Handtüchern. Verwundert sah sie zu der Gruppe von Gästen hinüber, die sie neugierig anstarrten.

»*Qué pasa?*«

17

Die Service-Frau hatte ihren Job gründlich erledigt. Sie hatte die Kugel auf dem Flur und die restliche Yucca-Palme weggesaugt, im Zimmer das Blut weggewischt und das Bett gemacht. Alle Spuren der Killer-Attacke waren beseitigt, als hätte die nie stattgefunden. Aber das hatte sie, und Vicky wollte nur noch weg.

»Keine Sekunde länger bleibe ich hier!« Sie stopfte ihre Sachen in den Koffer und die Sporttasche, einfach, um etwas zu tun. Sie wollte nicht bloß vor Angst zitternd dasitzen und sich ausmalen, wie die blonde Tussi zurückkam, um sie abzuknallen. Denn das wollte die. Das wollte die wirklich.

»Shit! Und wo soll ich jetzt hin? Um die Uhrzeit? Vielleicht am Strand übernachten? Oder gleich auf dem Flughafen?«

Vicky setzte sich aufs Bett. Ihre Gedanken sprangen hin und her wie Kugeln in einem Flipperautomaten.

Max setzte sich neben sie.

»Hey, ganz ruhig.« Seine Stimme war behutsam, strahlte aber eine Sicherheit aus, die Vicky ein wenig beruhigte. »Was hältst du davon, wenn du wenigstens in dieser Nacht mit in unser Hotel kommst? Das kennen die Gangster nicht. Und wir sind in deiner Nähe, um aufzupassen.«

»Sozusagen als deine Bodyguards«, bestätigte Leo, der auf einem Stuhl saß und auf dem Handy herumtippte.

»Der Wirt hat bestimmt noch ein Zimmer für dich frei. Ausgebucht ist das Haus nicht«, sagte Max. »Einen Moment.«

Er griff zum Handy und rief die Rezeption des PERLA DE MAR an. Tatsächlich waren Zimmer frei. Vicky überlegte. Besser das, als im Taxi zum Flughafen zu fahren und da bis zum Morgen auf den nächsten Flieger nach Deutschland zu warten, in dem noch Plätze frei waren. Vicky spürte ihre Müdigkeit nach diesem Tag, dessen Ereignisse für eine Woche gereicht hätten.

»Was ist, wenn die euer Hotel doch finden? Das werden die früher oder später.«

»Dann machen wir richtig Krach, dass das alle mitbekommen«, sagte Leo.

»Echt jetzt? Das soll die Killer davon abhalten, mich abzuknallen?«

»Ja«, antwortete Max. »Solange wir in deiner Nähe sind, werden die nicht einfach drauflosballern. Sie müssten dann ja vier Leichen verschwinden lassen. Und wenn wir Krach machen, bekommen das die Leute im Hotel und in der Nachbarschaft mit. Die Killer wollen aber unter keinen Umständen Aufsehen. Deshalb haben die uns noch nicht erschossen und die Toten immer gleich weggeschafft. Und sie wollen auch keine Spuren hinterlassen, wenn sie dich beseitigen. Sonst fällt der Verdacht sofort auf deinen Onkel. Denn der bekommt ja das Erbe, wenn du tot bist. Und damit ist er der Hauptverdächtige, wenn dir was passiert.«

»Das leuchtet ein«, sagte Vicky. »Das hat dieser Dr. Robert auch gesagt. Habt ihr denn Beweise dafür, dass mein Onkel der Auftraggeber ist?«

»Das ist eine Vermutung«, antwortete Max. »Aber wer sollte dich sonst ermorden wollen?«

»Oh, Mann, ich packe lieber weiter.«

Nach fünf Minuten war Vicky fertig.

»Wie seid ihr zum Hotel gekommen? Habt ihr ein Auto gemietet?«

»Ja, das steht vor der Auffahrt«, sagte Max.

Vicky zögerte. Sie würde gleich mit drei Männern, die sie nicht richtig kannte, in ein Auto steigen und zu einem unbekannten Hotel fahren. Aber warum sollte Vicky den dreien misstrauen? Sie versuchten doch, ihr das Leben zu retten. Sie hatte nicht das Gefühl, dass das Vergewaltiger oder sonst irgendwie Gestörte waren. Vicky schloss kurz müde die Augen. Vielleicht war heute auch nur zu heftig an ihren Nerven herumgesägt worden. Aber sie ging lieber auf Nummer sicher. Aus ihrer Erinnerungskiste kramte sie eine Möglichkeit zur Absicherung heraus, die sie mal in einem Film gesehen hatte.

»Okay, Jungs. Habt ihr alle eure Ausweise dabei?«

»Wie bitte?«, fragte Sam, der in einer spanischen Illustrierten blätterte.

»Habt ihr? Ja? Dann gebt sie mir.«

Vicky erklärte ihnen, was sie vorhatte: jeden Ausweis per Handy fotografieren und an zwei, drei Freundinnen schicken.

»Das ist nicht dein Ernst.«

Max sah sie ungläubig an.

»Doch ist es. Also?«

Die drei gehorchten. Vicky knipste und tippte auf ihrem Handy herum.

»Falls ihr irgendwelche Schweinereien mit mir vorhabt, wissen meine Freundinnen, wer ihr seid. Und dann seid ihr dran. Alles klar?« Ohne eine Antwort abzuwarten, nahm sie den Koffer und die Sporttasche und ging zur Tür.

»Was ist jetzt? Kommt ihr?«

18

Leo saß am Steuer des Fiesta. Er fuhr den Wagen ab und zu ohne Licht an den Straßenrand oder in die Einfahrt eines Grundstücks, um zu sehen, ob ihnen jemand folgte. Zu entdecken war aber niemand.

Max saß auf der Rückbank und sah schmollend aus dem Fenster. Wie kam Vicky auf die Idee, dass sie ihr etwas antun würden? Sie waren dazu da, sie zu beschützen. Genau das wollte Max: sie beschützen – damit es ihr gut ging. Dieses Gefühl abseits von Dr. Roberts Auftrag verwunderte Max.

Vickys Zimmer im PERLA DE MAR lag auf demselben Gang wie die Unterkünfte ihrer Begleiter, die vor ihrer Tür auf dem schummrigen Flur warteten, während sie ihre Sachen verstaute.

»Wir sollten Wachen einteilen«, schlug Max vor. »Einer von uns setzt sich vor Vickys Zimmer und passt auf, ob die Killer hier auftauchen.«

»Wie schlagen wir Alarm?«, wollte Sam wissen, der gähnte und sich reckte.

Max sah sich auf der Suche nach einer Antwort um. In der Mitte des Ganges entdeckte er einen Feuermelder: einen kleinen Kasten mit einer Glasscheibe, hinter der ein Alarmknopf darauf wartete, gedrückt zu werden. Max hoffte, dass er funktionierte.

»Wir setzen uns neben den Feuermelder. Und wenn die Killer kommen, schlägt die Wache ihn ein. Das hört jeder. Das ist laut genug.«

»Ich übernehme die erste Wache«, sagte Max. »In drei Stunden wecke ich den nächsten.«

»Das ist ja wie bei der Bundeswehr«, brummte Leo.

»Du warst bei der Bundeswehr? Ernsthaft?«, fragte Sam.

Leo grinste. »Ich hab mal davon gehört, dass es die gibt.«

»Okay, die Wache beginnt ... jetzt«, verkündete Max mit einem Blick auf die Uhr. »Es ist genau 2:00. Leo, machst du nach mir weiter?«

»Klar, Chef.« Leo salutierte. »Dann melde ich mich ab, damit ich noch eine Mütze Schlaf bekomme.«

»Ich auch«, meinte Sam.

Beide verschwanden in ihren Zimmern. Max holte sich einen Stuhl aus seinem Zimmer und machte es sich neben dem Feuermelder gemütlich. Vicky kam aus ihrem Zimmer und hockte sich zu ihm auf den verblichenen, rötlichen Perserteppich, der den Flurboden bedeckte.

»Ich kann jetzt noch nicht schlafen«, erklärte sie.

In den Händen hielt sie eine Schale mit Apfelsinen, Schokoriegeln und ein paar Dosen Cola. Die hatte ihr der Nachtportier als Begrüßungspräsent gegeben. Max nahm einen Schokoriegel.

»Warum machst du das alles hier mit?«, fragte er.

»Na, weil ich mit fremden Männern im Badezimmer abhängen und mit Killern Verstecken spielen total verschärft finde. Warum fragst du?«

Max lachte. »Ach, komm. Nein. Warum machst du bei diesem Contest mit – als Schlagersängerin? Ich habe dich singen hören. Deine Stimme ist fantastisch! Und wie klar und präzise du singst. Du könntest ganz andere Sachen als Schlager.«

Vicky seufzte: »Die Kurzfassung ist: Ruhm und Geld.«

»Und die Langfassung? Ich habe drei Stunden Zeit.«

Er hörte ihr gern zu und noch lieber sah er ihr zu. Wie sie immer ein wenig schief lächelte, wenn sie Ironie und Sarkasmus versprühte. Wie sie sich durch die Haare fuhr, weil die nicht richtig saßen, so langsam, als wollte sie unbedingt, dass er bemerkte: Sie machte das für ihn. Und dann erzählte Vicky und holte Max in ihre Erinnerungen: zu den Soul-Songs, die aus dem Kofferradio in ihr Herz sprangen, zu Rita Moyet, den zornigen Verboten Bennos, dem Abbruch des Studiums und dem Einstieg ins Imbiss-Geschäft.

»Schade, dass es in Hannover nicht weiterging.«

Max schwieg darüber, dass sie an derselben Musikhochschule studiert hatten und er selbst Musiker war. Denn Vicky sah in diesem Moment weder ihn noch die Wand, die sie blicklos die ganze Zeit angestarrt hatte.

»Ach, das war alles so weit weg in Bad Harzburg: das Studium, das Singen, die Musik. Wenn ich nur daran dachte, hätte ich am liebsten jedes Mal losgeheult. Aber nach ein paar Monaten ging es wieder. Ich habe ein paar Lieder geschrieben, nur so, für die Schublade.«

»Und wie bist du dann auf die Idee gekommen, Schlager zu singen?«

»Das war wie im Film. Ich wurde in einer Karaoke-Bar in Goslar entdeckt. Da landete ich eines Abends mit zwei Freundinnen. Die schleiften mich mit, eigentlich mag ich so was nicht. Und irgendwann stand ich auf der Bühne und musste ›*Schöne Maid*‹, ›*Fiesta Mexicana*‹ und solchen Kram singen. Als das vorbei war, applaudierten die Leute komischerweise richtig wild. Und dann kam Cary auf mich zu. Der war damals gerade aus den USA rübergekommen und ursprünglich ein Produzent für R&B. Er war total aufgeregt und sagte so was wie: ›Wow! Das war super. Du hast eine tolle Stimme. Guck dir die Leute an, die flippen aus.‹ Und dann kam er zur Sache: Er wollte mein Manager und Produzent werden und mich zum Schlagerstar aufbauen.«

»Aber – ein Karaoke-Club? Was machte er da? Er wollte bestimmt noch was anderes von dir.«

Max rutschte das einfach so raus.

Vicky lachte.

»Cary ist schwul. Nein, er suchte neue Talente, die er zu Stars aufbauen konnte. Und er suchte überall: in Clubs, Kneipen, Karaoke-Bars, auf Schützenfesten.«

»Und dann bist du eingestiegen.«

»Ich wollte in der Zeit nicht singen. Und wenn irgendwann doch mal wieder, dann meine eigenen Songs. Cary meinte: ›Mach das später. Jetzt stehen die Leute total auf Schlager. Jetzt kann man damit viel Geld machen. Und wenn du Erfolg hast, ein Publikum, ein Standing im Show-Biz, dann kannst du singen, was du willst.‹ Er sagte, ich sollte mir das überlegen. Wir könnten sofort starten.«

»Hat dich das überzeugt?«

»Ich stand am nächsten Tag wieder im Imbisswagen auf irgendeinem Marktplatz. Es war kalt, es regnete. Und mittags drängelten die Leute richtig heftig, weil es eine Riesen-Currywurst für einen Euro gab. Die, die vorn standen, rüttelten am Wagen rum. Keine Ahnung, warum. Vielleicht sollte die Bedienung schneller gehen. Der Wagen schwankte steil hin und her. Ich bekam Panik. Ich dachte: ›Was ist, wenn die wirklich den Wagen umkippen?‹ Also sagte ich: ›Alles ausverkauft!‹, und klappte die Luke zu. Und dann fuhren wir auf den Hof zurück.«

Sie stieß die Luft aus und sprach weiter zu der Wand vor ihr.

»Zu Hause explodierte Benno so richtig: ›Stell dich nicht so an! Fahr sofort zurück! Du machst mir das Geschäft kaputt!‹ Er brüllte mich an: ›Wenn du nicht zurückfährst, kannst du vergessen, hier mal Chef zu werden!‹ Ich habe, ehrlich gesagt, kurz darüber nachgedacht. Aber er setzte noch einen obendrauf: ›Du bist so undankbar. Ich hätte dich niemals nach Bad Harzburg zurückholen dürfen.‹ Und dann: ›Ich bereue es immer wieder, dass wir dich adoptiert haben.‹« Vicky nahm einen Schluck Cola. »Wumm! Voll auf die Zwölf. Das war das erste Mal, dass er mir das direkt ins Gesicht sagte. Und das war es für mich. Ich wollte nur noch weg, weg von Benno und seinen *fucking* Imbisswagen.«

Nun blickte sie Max wieder an.

»Dann habe ich Cary angerufen und zugesagt. Und es hat funktioniert. Ich singe auf allen großen Events im Harz, auf Schlager-Partys und Stadtfesten. Ich bringe alles, was die Leute hören wollen: Helene Fischer, alte Sachen aus den 70ern und die Nummern, die Cary mit mir produziert hat. Das kommt supergut an. Und es gibt so viel Gage, dass ich wirklich nie mehr einen Imbisswagen von innen sehen muss.«

»Erst recht nicht, wenn du hier abräumst und einen Plattenvertrag gewinnst. Das bringt viel Geld ...«

»... und ich kann wirklich irgendwann sagen: Ende. Keine Schlager mehr. Ich mach mein eigenes Ding, meine eigenen Songs. Cary hat recht. Und das ist der Plan.«

»Aber eins verstehe ich nicht: Eigentlich musst du hier doch gar nicht mehr teilnehmen. Ich meine: Du erbst 32 Millionen. Damit kannst du machen, was du willst.«

»Die Kontakte und das große Publikum kann ich mir aber davon nicht kaufen. Die bekomme ich jetzt und hier. Aber sonst stimmt das: Ich kann mir eine Band einkaufen, ein Studio einrichten. Bloß dazu muss ich hier erst mal lebend rauskommen.«

Sie stand auf. Max erhob sich ebenfalls.

»Dafür sorgen wir. Dir wird nichts passieren. Versprochen.«

Max meinte es genau so, wie er es sagte.

»Dann bin ich ja beruhigt, Mr. Bond.«

Sie lachte und umarmte Max, der das ein wenig starr erwiderte. »Danke und gute Nacht«, flüsterte Vicky und verschwand in ihrem Zimmer.

»Gute Nacht«, murmelte Max, als die Tür bereits geschlossen war. Er spürte, dass die Erinnerung an ihren warmen, anschmiegsamen Körper ihn wachhalten würde.

19

Sam blinzelte. Er sah vor Müdigkeit nur verschwommen. Jemand saß vor seinem Bett. Sam fuhr hoch und griff hastig zu der kleinen Lampe auf dem Nachttisch. Er war drauf und dran, sie dem Eindringling auf den Schädel zu schmettern, bis er erkannte, wen er vor sich hatte.

»Leo?! Was machst du hier?«

»Du hast nicht geantwortet, als ich geklopft habe. Und die Tür war nicht abgeschlossen. Ich wollte dich nicht erschrecken.«

»Das ist dir super gelungen.«

»'tschuldigung. Du hast übrigens verschlafen. Ich meine: Wir haben alle verschlafen. Es ist schon Mittag.«

»Danke für den Tipp. Ist sonst noch was?«

»Na ja, so, wie es aussieht, kennst du diese Killer-Tussi.«

»Leider ja.«

»Und woher?«

»Darüber möchte ich nicht sprechen.«

»Jetzt sag schon. Ich erzähle es auch keinem weiter.«

»Kann ich mich jetzt anziehen?« Sam zog die Bettdecke bis zum Kinn. Darunter war er bis auf den Slip nackt.

»Okay, okay, ich hab verstanden. Immer wenn es interessant wird ...« Leo erhob sich mit einem Seufzer und ging zur Tür. »Ich wecke die anderen.«

»Fein. Ich gehe gleich mal runter und organisiere ein Frühstück.« Sam sah nebenbei auf seine Armbanduhr: 13:12 Uhr. »Ich meine: das Mittagessen.«

Er zog sich weiße Shorts, ein kurzärmeliges Hemd und Sandalen an. Alles luftig und leicht, um die Hitze, die das Gebäude erobert hatte, ertragen zu können. Er ging auf den Gang, die Treppe hinunter zur Rezeption, die aber nicht besetzt war. Sam wartete eine Minute. Dann erhob sich seine Hand, um auf die Klingel auf dem Tresen zu drücken – und verharrte in der Luft. Sam stutzte. Ganz deutlich zog ihm der Duft von Zitronengras in die Nase. Er ließ Klingel Klingel sein und schaute sich hastig um, sah aber niemanden.

Zitronengras.

Sie war hier.

Sam rannte die Treppe zurück nach oben. Oben auf dem Gang spazierten ihm Vicky, Max und Leo in bester Laune entgegen.

»Oh, da bist du ja schon wieder«, sagte Leo fröhlich. »Was gibt's denn Schönes zum Mittag?«

»Blaue Bohnen, wenn wir nicht sofort abhauen. Die Killer sind hier.«

Das Lächeln fiel allen aus dem Gesicht.

»Wo sind sie?«, wollte Max wissen.

»Unten. Ich habe sie nicht gesehen, aber ... gerochen. Ich habe sie gerochen, also die Frau, die ...«

»Was?« Max verstand kein Wort.

»Oh, ich weiß, was er meint«, sagte Leo und mahnte: »Wir müssen hier ganz schnell verschwinden.«

»Aber runter zum Ausgang können wir nicht mehr«, sagte Sam.

»Dann haben die hier hoffentlich eine Feuerleiter«, überlegte Max. Er rannte los, zum Ende des Ganges, das dem Treppenaufgang gegenüberlag.

Die anderen folgten ihm. Der Gang endete mit einer Glastür, die auf eine kleine vergitterte Plattform außen an der Hauswand führte. Zwei Menschen hatten darauf Platz, wenn sie sich eng aneinanderdrängten. Von der Plattform führte eine Feuerleiter die Hauswand senkrecht hinab. Sie war in gleichmäßigen Abständen von Eisenringen eingefasst, die ihr die Form einer Röhre gaben. Max trat hinaus und schaute nach unten, dann kam er zurück.

»Die Luft ist rein. Du zuerst, Leo. Wir müssen sehen, ob du ... na ja ...«

»Ob ich da durchpasse. Jaja, schon klar«, grummelte Leo und schwang sich von der Plattform zur Leiter.

Er hatte ausreichend Platz und begann, die etwa zwölf Meter, die auf der Leiter vor ihm lagen, hinunterzuklettern. Die anderen folgten ihm. Sam stieg als Letzter hinaus. Er warf noch einen Blick zurück in den Gang – und hörte, wie jemand die Treppe heraufrannte.

»Leute! Beeilt euch! Sie kommen!«

20

Was Max bloß wieder hatte. Das passte doch prima.

Leo nahm Sprosse für Sprosse – und kletterte schneller, als er Sams Warnruf hörte. Er blickte nach unten, damit seine Hände die erhitzten Metallsprossen auch wirklich fanden, und hatte noch drei Meter bis zum letzten Ring, als er aus dem Augenwinkel die schnelle Bewegung eines Menschen wahrnahm. Leos Blick fand unten einen Mann, der geradewegs zur Feuerleiter rannte. Schwarzer Anzug, Sonnenbrille – einer der Killer. Bevor Leo unten ankommen konnte, stand der Mann bereits direkt unter der Feuerleiter. Hoch konnte Leo nicht mehr, da kletterten die anderen auf ihn zu. Außerdem hatte der Typ unter ihm bestimmt eine Waffe. Also ging es nur noch runter.

Leo zögerte. Der Mann schaute durch die Ringe nach oben.

»Hey, Fettarsch. Mach, dass du runterkommst!«

Leo lief der Schweiß in Bächen vom Körper: wegen der Anstrengung, der Hitze – und weil Wut in ihm hochkochte. Erst der sanfte Hinweis von Max auf seinen Körperumfang und dann wieder mal: »Fettarsch.«

»Na los, komm runter.«

Leo schüttelte den Kopf. »Nein, mach ich nicht.«

Bis zum Ende der Ringe hatte Leo noch ungefähr einen Meter. Der Mann blieb unter der Leiter, um ihn im Auge zu behalten. Er griff beim Reden langsam in sein Jackett.

»Pass auf, Fettsack ...«

›Fettsack‹ hallte in Leos Kopf nach. Das war ein Wort zu viel.

»Wenn du nicht sofort ...«

Leo ließ sich fallen. Hundertzehn Kilo stürzten an der Leiter vorbei durch die Ringe. Der Mann wollte wegspringen. Aber Leo traf ihn mit beiden Beinen an der Hüfte und presste ihn mit einem krachenden Geräusch zu Boden. Leo fiel auf den Rücken. Der Mann drehte sich auf den Bauch, um sich wieder hochzustemmen. Er schaffte es bis auf die Knie. Doch in der Zwischenzeit war Vicky da, die als Nächste unten angekommen war. Sie holte rasch mit dem Fuß aus und trat ihm mit voller Wucht von hinten in die Hoden. Der Mann schrie auf und fiel nochmals nach vorn auf den Bauch. Die Hände hielt er zwischen die Beine, als ob das den Schmerz eindämmen könnte.

»Oh, oh. Ganz schlecht für die Familienplanung«, schnaufte Leo, der mit Max' Hilfe wieder auf die Beine kam.

Vicky lief bereits an der Rückseite des Hotels entlang, um zum Hotelparkplatz zu gelangen, wo der Mietwagen stand. Allerdings erwies sich der Gangster als zäh. Er stemmte sich mit den Armen auf die Knie und sah Vicky hinterher. Sam, der neben Leo stand, schaltete sofort und rannte auf den Killer zu. Der entsicherte, immer noch auf den Knien, seine Waffe und war dabei, sie auf Vicky zu richten. Doch Sam war schon bei ihm, holte aus und trat ihm ins Kreuz. Der Stoß schleuderte den Gangster nach vorn. Er landete mit dem Oberkörper auf der entsicherten Waffe und ein dumpfes Ploppen war zu hören. Er erstarrte, sackte auf dem Boden zusammen und blieb regungslos liegen. Eine Blutlache breitete sich unter ihm aus.

»Mann, warum muss ich das immer machen?«, schnaufte Sam aufgeregt. Dann mahnte er mit einem Blick hinauf zur Feuerleiter: »Los, macht schon, zum Auto! Die sind gleich hier unten.«

Sie rannten los. Leo und Sam riskierten noch einen Blick über die Schulter. Die Blonde, die auf einmal einen schwarzen Bob als Frisur trug, und ein weiterer sonnenbebrillter Anzugträger standen oben auf der Plattform der Feuerleiter.

»*Merde*!«, schallte es ihnen hinterher. »Ich mach' euch kalt. Alle! Und Sam zuerst! Hörst du! Sam! *Fils de pute*!«

»Mann, Sinatra«, brummte Leo. »Du musst die echt beeindruckt haben. Das war ja fast ein Heiratsantrag.«

Gleich darauf hatten sie das Auto erreicht.

21

»Ich fahre!«, bestimmte Vicky.

»Was?« Max war offensichtlich nicht einverstanden. »Ich glaube, es wäre besser ...«

»Komm schon. Her mit dem Schlüssel. Ich fahre.«

Max gehorchte und setzte sich neben sie. Leo und Sam zwängten sich auf die Rückbank. Als sie sich angeschnallt hatten, stemmte Vicky den Fuß auf das Gaspedal. Der Wagen schoss auf die Straße und bog nach links in Richtung Palma ab, wo der Flughafen lag. Nach kurzer Fahrt sah Vicky im Rückspiegel einen dunkelblauen Jeep, gesteuert von einem Sonnenbebrillten. Der Wagen holte schnell auf. Die nun Schwarzhaarige saß mit stechendem Blick auf dem Beifahrersitz. Vicky presste die Lippen aufeinander und drückte noch stärker aufs Tempo.

Wie konnte sie die Killer abschütteln? Am besten weiter nah an der Küste entlangfahren. Denn hier waren die Straßen eng und verwinkelt und hatten viele Abzweigungen, die sicher Möglichkeiten boten, die Verfolger abzuschütteln. Das nutzte Vicky aus. Sie gewann Abstand zu dem Jeep, bog scharf nach links ab und fuhr in Serpentinen bergauf. An der Straße reihten sich dicht an dicht Wohnhäuser aneinander, ab und zu unterbrochen durch Cafés, Werkstätten und kleine Supermärkte.

Wie jetzt weiter? Wie konnten sie entkommen?

In gut hundert Metern Entfernung fiel Vicky eine größere Hofeinfahrt auf, die vielleicht zu einer Werkstatt oder einem Restaurant gehörte. Das vergitterte Tor stand offen. Vicky beschleunigte, ging vor der Einfahrt hart in die Bremsen und bog auf das Grundstück ab. Sie hielt dicht neben einem Gebäude, das von der Straße aus nicht gut zu sehen war, und stellte den Motor aus.

»Was machst du? Was willst du hier?«, wollte Max wissen.

»Sie müssten gleich kommen«, flüsterte Vicky und beobachtete gespannt die Straße.

Alle schwiegen und folgten ihrem Blick. Plötzlich schoss der blaue Jeep auf der Straße an der Einfahrt vorbei.

Vickys Gedanken rasten. Was jetzt? Nach links und fliehen oder nach rechts und ... ja, was? Klar, sie hatte Angst. Und natürlich könnten sie weiter fliehen und entkommen. Wenigstens dieses Mal. Aber diese Typen würden immer wieder auf sie losgehen. Dafür bezahlte sie ihr durchgeknallter Onkel ja. Und dann diese Frau! Die würde an ihr dranbleiben. Die war wie ein Killer-Roboter. Sie würde weitermachen, bis sie es geschafft hatte, Vicky eine Kugel zwischen die Augen zu jagen. Es war nur eine Frage der Zeit, bis das passierte.

Vicky fragte sich, ob sie das wollte: wegrennen und darauf warten, dass sie jemand abknallte – wegen dieser *fucking* Erbschaft! Sie hatte nicht darum gebeten, einen stinkreichen Vater zu haben und einen mordlustigen Onkel. Sie wollte doch einfach nur singen, ihre Musik machen und nicht ihre Zeit verplempern und sich vor diesen verdammten Killern wegducken. Aber musste sie das wirklich? Immerhin hatte sie ein Auto unter dem Hintern und die Jungs an ihrer Seite. Sie hatte also wirklich eine Wahl: nach links fahren und fliehen oder nach rechts und sich wehren. Vicky startete den Motor und lenkte den Fiesta nach rechts – dem Jeep hinterher.

»Was machst du? Wir müssen in die andere Richtung«, wunderte sich Max.

»Müssen wir nicht. Wir sollten denen mal so richtig den Arsch versohlen.«

22

»Wie willst du das anstellen?«, fragte Max mehr interessiert als besorgt. Allmählich wuchs sein Vertrauen in Vickys Fähigkeiten.

»Uns wird schon was einfallen«, versicherte Vicky. Dann konzentrierte sie sich auf die Straße und den Jeep, der etwa dreißig Meter vor ihnen auf einer Landstraße fuhr. Der hatte das Tempo gedrosselt. Wahrscheinlich merkten die in diesem Augenblick, dass sie den Fiesta verloren hatten, dachte Max. Er sah aus dem Fenster und suchte nach einer Inspiration, die ihnen bei der Mission ›Arsch-Versohlen‹ helfen könnte.

»Allein kommen wir gegen die nicht an«, überlegte er laut. »Wir brauchen Verbündete.«

»Wie wäre es mit der Polizei?«, meinte Vicky.

»Die glauben uns doch nicht«, erinnerte Leo. »Die brauchen wir nicht anzurufen. Die werden nicht kommen.«

»Wenn die nicht zu uns kommen, dann gehen wir zur denen«, sagte Max. Leo hatte ihn auf eine Idee gebracht. »Leo, sieh bitte mal nach, wo die nächste Polizeistation ist.«

»Geht klar, Chef.«

Schnell hatte Leo online eine Polizeiwache gefunden und beschrieb den Weg.

»Vicky, können wir den Jeep überholen?«, fragte Max.

»Was? Ja, klar. Warum?«

»Pass auf: Du setzt dich davor und fährst denen vor der Nase herum. Aber sie dürfen uns nicht einholen. Du fährst so, wie ich es ansage. Wir brauchen ungefähr noch zehn Minuten. Die musst du durchhalten. Geht das?«

»Ja, okay. Die werden sowieso immer langsamer.«

»Gut. Sam und Leo, seht mal bitte nach, ob ihr hinten irgendwas Großes, Hartes findet, was sich als Wurfgeschoss eignet.«

»Ich hab' hier eine Wasserflasche. Halbvoll«, sagte Sam.

»Das reicht nicht.« Max schaute suchend aus dem Fenster, an dem karge, ausgetrocknete Vegetation vorbeizog.

»Halt bitte an, da vorn bei der Abzweigung«, wies er Vicky plötzlich an. »Lass den Motor laufen.«

Max sprang aus dem Wagen und fand schnell, was er suchte. Die Straße führte an dieser Stelle ein kurzes Stück durch eine hügelige Landschaft. Am Rand türmten sich ab und zu Erdaufschüttungen. Auf denen waren Bäume gewachsen, aber auch Felsen und Geröll lagen darauf herum – eine reichhaltige Auswahl an Steinen in unterschiedlichen Größen. Max nahm sich zwei davon, die das Format eines Backsteines hatten, und stieg zurück in den Wagen. Die ganze Aktion hatte nicht mal eine halbe Minute gedauert.

»Sehr gut! Und jetzt gib Gas, Vicky. Holst du die noch ein?«

»Du kannst Fragen stellen.«

Sie trat das Gaspedal bis zum Bodenblech durch.

23

Sie fuhren weg von der Küste, tiefer ins Hinterland, das reichlich ausgetrocknet war. An der Straße blühte kaum etwas, die Umgebung war eine Steppenlandschaft.

Vicky, Max, Leo und Sam hatten keine Augen dafür. Sie hatten nur den Jeep vor sich fest im Blick. Vicky wartete auf einer geraden Strecke auf eine Lücke im spärlich fließenden Gegenverkehr. Endlich konnte sie in einem Tunnel unter einer Steinbrücke an dem Jeep vorbeiziehen.

Nun drehte Leo sich um. Er suchte durch die Heckscheibe die Blicke der Killerfrau und ihres Begleiters, der am Steuer saß. Leo achtete darauf, dass die beiden ihn gut sahen. Dann zeigte er ihnen grinsend den Mittelfinger. Die Schwarzhaarige gestikulierte wild mit den Händen und schrie offensichtlich den Fahrer an. Wahrscheinlich befahl sie ihm, schneller zu fahren. Und sie stieß dabei, noch wahrscheinlicher, nicht jugendfreie Flüche und Beschimpfungen aus.

Vicky blieb stets ein paar Autolängen vor ihnen. Sie umschiffte vor ihnen her tuckernde Traktoren und Lastwagen so souverän, als hätte sie schon seit Jahrzehnten Fahrgäste als Taxifahrerin auf Mallorca durch die Gegend chauffiert. Nach ein paar Minuten mit 120 Stundenkilometern auf der Landstraße, wo nur Tempo 90 erlaubt war, gelangten sie in ein Industriegebiet. Autohändler, Handwerksbetriebe und Werkstätten für Autos und Yachten zogen an ihnen vorbei. Vicky fuhr langsamer, aber immer noch zu schnell für den Ortsverkehr. Max gab ihr wieder Anweisungen.

»Gleich kommt ein Durchfahrt-verboten-Schild. Das ist eine Einbahnstraße. Du fährst trotzdem rein. Und dann mach noch mal Tempo, bis du zu der Polizeistation kommst. An der hältst du an.«

»Was um Himmels Willen hast du vor?«, wollte Sam wissen.

»Die Polizei für uns interessieren.«

»Und das soll funktionieren?«, fragte Sam skeptisch.

»Entweder es funktioniert ...«

»Oder was?«

»Oder wir gehen ins Gefängnis. Oder werden erschossen.«

Leo sah nach hinten. Der Jeep hatte ungefähr noch vierhundert Meter Abstand, als Vicky in die Einbahnstraße bog und den Fiesta unter einem von Schäfchenwolken betupften, blauen spanischen Himmel die schmale Straße entlangrasen ließ. Zu ihrer Rechten sperrte ein Gitterzaun ein großes Gelände ab, auf dem sich Fahrzeughallen aneinanderreihten. An dessen Ende stand ein Dienstgebäude der Guardia Civil, vor dem Streifenwagen parkten. Vicky bremste und hielt an. Max riss die Tür auf, nahm seine Sonnenbrille und die beiden Steine und sprang aus dem Auto.

»Fahrt einmal um den Block und kommt wieder her.«

Vicky gab Gas. Leo sah noch durch das Heckfenster, wie Max Steine in Richtung der Polizeiwache warf, ein Fenster traf und sich hinter einem parkenden Polizeiwagen versteckte. Dann bog der Fiesta ab und Max war nicht mehr zu sehen.

24

»Macht schon, Leute. Kommt in die Gänge«, murmelte Max beschwörend.

Er kauerte neben dem geparkten Polizeiwagen auf der Straße, damit er nicht von der Wache aus gesehen werden konnte. Schließlich sollte die Aufmerksamkeit der Polizisten ungeteilt dem Jeep zugutekommen, der jetzt angerast kam.

Mit quietschenden Bremsen hielt der Wagen abrupt vor dem Polizeigebäude an. Begrüßt wurde er von einer Horde Polizisten, die gleichzeitig aus der Station stürmten und sofort den Jeep entdeckten. Dessen Fahrer drückte aufs Gas. Der Motor heulte auf, die Reifen drehten durch, und der Wagen fuhr rückwärts die Straße entlang.

Max sprang hinter dem Auto hervor und deutete mit Händen und Füßen auf den Jeep, der im Rückwärtsgang nur langsam von der Stelle kam. Das reichte den Polizisten. Sie ließen Max einfach stehen, sprangen in drei Autos und rasten mit Blaulicht dem Jeep hinterher. Max folgte ihnen ein Stück auf dem Fußweg. Er sah, wie die Blaulichter in der Ferne anhielten. Mehr konnte er nicht erkennen. Einen Augenblick später hielt der Fiesta neben ihm. Vicky ließ die Scheibe runter.

»*Buenos días, señor,* soll ich dich mitnehmen?«

Sie fuhren bis zur nächsten Abzweigung und hielten an. Im Rückspiegel beobachteten sie gebannt, wie die Polizeiwagen nach ein paar Minuten zurückkamen. In deren Mitte rollte der Jeep, den nun ein Polizist fuhr.

»Und wo ist deine Flamme?«, wollte Leo von Sam wissen.

Er bekam die Antwort, als sich die Tür eines der Polizeiautos öffnete und die Schwarzhaarige und ihr Begleiter ausstiegen. Beide trugen Handschellen.

25

»Ihr seid verrückt. Total verrückt. Mann, das hätte so was von schiefgehen können.«

Sam seufzte und nahm einen Schluck Kaffee.

»Trotzdem. Das war echt filmreif.«

Er prostete Vicky und Max zu. Die anderen prosteten zurück. Sie saßen unter einem Sonnenschirm vor einem kleinen Restaurant, das sie auf dem Rückweg zu ihrem Hotel PERLA DE MAR entdeckt hatten.

Vicky blickte müde in ihren Kaffee. Die Pause jetzt brauchte sie, um zu entscheiden, wie es von hier aus weiterging. Eigentlich müsste sie in diesem Moment für das Halbfinale proben. Oder auf dem Weg zum Flughafen sein, um schleunigst zu verschwinden. Aber warum sollte sie das machen?

»Die Typen sitzen hinter Gittern. Die sind wir erst mal los.«

»Wahrscheinlich sogar für immer, wenn die Polizei ihre Waffen findet und rauskriegt, was die schon alles angestellt haben«, vermutete Max.

»Das reicht auf jeden Fall für ein paar Jährchen gesiebte Luft im Knast«, meinte Leo.

»Ja. Und deswegen kann ich genauso gut hierbleiben und weitermachen mit dem Contest«, verkündete Vicky. »Das Problem ist, dass ich heute die Proben im Hotel verpasse. Die haben schon angefangen.«

»Warum probst du nicht einfach hier?«, schlug Leo vor. Das Restaurant hatte erst von einer halben Stunde geöffnet und war wenig besucht. Nur im Außenbereich saßen vereinzelt Gäste an den weißen Tischen.

»Hier draußen?«

»Nein, wir gehen rein und hören dir drinnen zu«, erwiderte Leo. »Da ist nichts los.«

Ein Kellner trat an den Tisch der vier.

»Aber ich habe keine Begleitung«, wandte Vicky ein. »Ich brauche ein Instrument, an dem ich mich orientieren kann. Eine Gitarre oder ein Piano wären gut.«

Der Kellner fragte, ob sie noch Wünsche hätten.

»*No, gracias*«, sagte Max.

Der Mann zögerte. In gebrochenem Deutsch fragte er: »*Perdóneme, señorita,* suchen Sie *un piano*?« Er spielte mit den Fingern in der Luft Klavier.

»Ja.«

»Wir haben Piano hinten in Zimmer.«

Vicky stand auf und folgte ihm mit den anderen. Der Mann führte sie in einen Raum, in dem ein Billardtisch und an der Wand ein Piano standen. Ein paar Sonnenstrahlen, die durch eine halbgeschlossene Jalousie am Fenster hereinkamen, offenbarten eine Staubschicht auf dem Tastaturdeckel. Vicky setzte sich auf einen Stuhl vor dem Klavier. Sie öffnete den Deckel und probierte ein paar Töne, die zu ihrem Erstaunen gut klangen.

»Das ist ausgezeichnet gestimmt«, bestätigte Max. »Darf ich dich begleiten?«

»Du kannst spielen? Ich meine: so richtig nach Noten?«

Max nickte.

»Hey, super. Wo hast du das gelernt?«

»Das erzähle ich dir später. Lass uns anfangen.«

Max bat den Kellner um ein Tuch, mit dem er den Staub von den Tasten wischte. Vicky nannte ihm die Lieder, die sie sich mit Cary ausgesucht hatte.

»Da hast du dir ja was vorgenommen. Alle Achtung. Die Noten bekommen wir im Internet.«

Max nahm sein Handy und nach ein paar Minuten hatte er, was er brauchte. Er las sich kurz in die Akkorde ein und spielte die Melodien im Schnelldurchlauf zur Orientierung vor sich hin.

»Okay, alles klar. Und jetzt zusammen. Bist du bereit?«

Vicky stellte sich neben das Piano und begann zu singen. Leo und Sam hingen vom ersten Ton an gebannt an ihren Lippen. Als sie fertig war, sprangen die beiden von ihren Stühlen und applaudierten wild. Aber sie waren nicht die Einzigen. Draußen vor dem Fenster hatten sich Leute versammelt, Einheimische, Frauen, Männer, Kinder. Auch sie klatschten und pfiffen begeistert. Vicky wollte noch einmal proben und daraufhin ein weiteres Mal. Das Publikum blieb dabei, obwohl es immer das Gleiche hörte. Jedes Mal bekamen Vicky und Max herzlichen Applaus.

»Ich glaube, das reicht mir«, sagte Vicky. »Mehr hätte ich im Hotel auch nicht gesungen.«

»Hol dir was zu trinken und entspann dich«, schlug Max vor. »Ich möchte noch ein bisschen spielen. Wenn hier schon mal ein Klavier rumsteht.«

Seine Finger glitten über die Tasten und brachten ›*Rocketman*‹ und ›*Sorry Seems To Be the Hardest Word*‹ von Elton John hervor.

Vicky sang leise mit und musterte Max neugierig. Woher konnte er das? Jedenfalls hatten sie einen ähnlichen Musikgeschmack. Was es wohl sonst noch bei ihm zu entdecken gab?

»Hey, Max, sehr cool«, lobte Leo. »Ich dachte immer, du bist Sherlock. Und jetzt auch noch Elton John?«

Vicky sah auf die Uhr ihres Handys.

»Oh, Leute. Wir müssen zurück. In drei Stunden beginnt die Show.«

26

Cara schäumte.

Dieser fette, schnurrbärtige Bouffon! Der konnte von Glück reden, dass es ihr gelang, sich zu beherrschen und ihn nicht auf der Stelle zu erwürgen. Die Handschellen störten dabei zwar. Aber geschafft hätte sie es trotzdem. Allerdings war der Dicke, der sie befragte, nicht der einzige Polizist in dem grauen, wenig erleuchteten Verhörzimmer. Zwei seiner Kollegen langweilten sich neben der Tür. Und irgendwelche Wichser standen hinter der verspiegelten Scheibe und glotzten Cara an.

»*Señora*«, sagte der untersetzte Mann, der eine grüne Uniform trug.

»*Señorita*«, verbesserte Cara ihn. Verheiratet war sie nicht und war es auch nie gewesen. Zum Glück für sie – und die Männer.

»*Señorita,* ich frage noch einmal.« Er sprach einigermaßen gut Deutsch. »Warum haben Sie das gemacht?«

»Wir haben gar nichts gemacht. Oder haben Sie gesehen, dass wir was gemacht haben?«

»Wir haben zwei Steine, die geflogen sind in ein Fenster. Das war kein Unfall. Das war ein Anschlag auf die Guardia Civil, ein Anschlag auf die Polizei.« Er sprang auf. Seine Stimme wurde lauter. »Und Sie haben den Anschlag gemacht. Ein Zeuge hat gesehen, wie Sie geflüchtet sind.«

»Wir sind geflüchtet, weil da ein Irrer auf der Straße stand, der mit großen Steinen geworfen hat.«

»Ach ja? Welcher Irre? Wir haben keinen Irren gesehen.«

»Aber da war ein Mann, der ...«

»Das ist der Zeuge. Er hat uns gezeigt, dass Sie das waren. Der Beweis: Sie sind geflüchtet.«

Cara seufzte. »Nein, wir sind vor dem Mann geflüchtet. Der hat die Steine geworfen.«

»Das sah für uns anders aus. Sie sind vor der Polizei ...«

Cara sprang ebenfalls auf. Sie war kurz davor, sich auf den erschrocken zurückweichenden Mann zu stürzen.

»Und warum sollten wir Steine in eine kleine, verfickte Polizeiwache am Rande des Universums werfen? Warum?!«

Die beiden Polizisten von der Tür sprangen zu Cara und drückten sie zurück auf den Stuhl.

»Was haben Sie hier überhaupt gemacht?«, fragte der verhörende Polizist, der sich wieder gefangen hatte.

»Einen Ausflug.«

»Einen Ausflug? Einen Ausflug zu einer Station der Guardia Civil?«

Cara sprang wieder auf. Die beiden Polizisten waren sofort neben ihr.

»Weißt du, was mich deine *fucking* Station interessiert?! *Zéro!* Absolut *zéro*! Und jetzt beweise mir, dass wir die Steine geworfen haben! Du Bastard!«

Der Mann schickte ihr ein böses Grinsen entgegen.

»Das werden wir, *señorita*. Das werden wir.«

Drei Minuten später schloss sich hinter Cara die Tür einer Gefängniszelle.

27

»*Señorita, señores*, Sie müssen aufpassen«, raunte der Hotelbesitzer, der an der Rezeption saß, als Vicky mit den anderen hereinkam. »Ich wurde überfallen.«

»Sind Sie verletzt?«, fragte Vicky.

»*Sí*. Ein bisschen.« Er zeigte auf eine Beule am Hinterkopf, auf die er vorsichtig einen durchsichtigen Plastikbeutel mit Eiswürfeln drückte.

»War die Polizei hier?«, fragte Leo.

»No. Ist nix geklaut. *No policía*. Wenn nix geklaut, *no policía*. Das gibt nur Ärger. Viele Formulare ausfüllen. *No*.«

»Gute Besserung«, wünschte Vicky.

Der Mann nickte und widmete sich wieder dem Eisbeutel. Vicky ging mit ihren Begleitern auf ihre Etage und noch einmal zur Feuerleiter. Unten sahen sie weder den Killer noch irgendeine Spur des Kampfes mit ihm.

»Die müssen den weggeschafft haben, bevor sie uns verfolgt haben«, vermutete Sam.

»Oder sie haben ihn mitgenommen«, meinte Max.

»Brrrr, eine Leiche im Kofferraum.« Sam schüttelte sich.

Leo lachte. »Da wird sich die Polizei aber freuen, wenn sie die Waffen bei deiner Freundin findet und dazu eine Leiche.«

Vicky wollte nicht darüber nachdenken. Sie ging auf ihr Zimmer, damit sie vor dem Halbfinale noch eine Stunde schlafen konnte. Sie legte sich aufs Bett, schloss die Augen und öffnete sie sofort wieder, um die gelb gestrichene Zimmerdecke anzustarren.

Ihre Gedanken hielten sie wach: Würde sie die Show überhaupt schaffen? Heute musste sie voll konzentriert an die Songs gehen. Gut, sie hatte geübt. Bloß würde sie nach der ganzen Aufregung fit genug sein? Und würde die Stimme mitmachen?

Nach ein paar Minuten führte die Müdigkeit sie in den Schlaf und in einen wirren Traum. Sie fuhr mit einem Fiesta durch den Harz, begleitetet von Sam, Leo und Max, der neben ihr saß und

Lieder von Elton John sang. Plötzlich stand sie im Kursaal in Bad Harzburg auf der Bühne. Sie sang, aber über ihre Lippen kam kein Ton. Sie blickte ins Publikum. Dort saß in der ersten Reihe die Schwarzhaarige. Sie trug Vickys goldenen Glitzerdress und eine Sonnenbrille. In der einen Hand hielt sie eine Zigarette, in der anderen eine Pistole. Sie zielte auf Vicky, die verzweifelt versuchte, einen Ton hinauszubekommen. Die Schwarzhaarige drückte in aller Ruhe den Abzug durch.

»Vicky! Aufwachen!«

Sie fuhr hoch. Der Schweiß lief ihr den Rücken hinunter.

»Vicky, Du musst los! Ins Hotel! Zu deinem Auftritt!«

Max stand vor der Tür und klopfte drängend.

Vicky sah auf die Handy-Uhr. 19:31. Sie hatte den Wecker verschlafen.

Um 20 Uhr musste sie auf der Bühne stehen.

In neunundzwanzig Minuten.

28

»Hiiier sind wir wieder! Mit den SCHLAGER ROCKET STARS 2024! Mein Name ist Kai Klusen.«

Der Moderator trug einen seriösen dunkelblauen Anzug mit offenem weißem Hemd. Die Igelfrisur war wie üblich hochgegelt. Er lachte angestrengt in die Kameras.

»Guten Abeeend!«

Als ob Vicky das gehört hätte, wurden ihre Bewegungen hastiger. Sie saß auf dem Beifahrersitz des Fiesta und versuchte mit zirkusreifen Verrenkungen, sich in einen roten Hosenanzug zu zwängen, ihr Bühnenoutfit für ihren ersten Auftritt am Abend. Das auf der Fahrt zum KING RESORT MALLORCA anzuziehen, sollte Zeit sparen.

Sam und Leo schauten währenddessen diskret aus dem Fenster. Max, der fuhr, blickte starr auf die Straße vor sich.

»Fertig«, verkündete Vicky. »Wie lange noch?«

»Acht Minuten«, antwortete Leo von der Rückbank. »Drück drauf, Sherlock!«

Während Max Tempo machte, grinste Kai Klusen in die Kameras und erklärte den Show-Ablauf.

»Heute, liebe Schlagerfans, habt ihr die Wahl. Ihr könnt mitvoten, wenn unsere vier Halbfinalisten gesungen haben.« Klusen lachte falsch und zu laut. »Jaha! Wir haben nur Highlights. Das erste ist die Karaoke-Show: Jeder Finalist muss einen bekannten Schlager als Karaoke-Version singen. Den wählt die Jury spontan aus. – Und hier ist unsere Jury!«

Die stellte Klusen dem Publikum noch einmal vor, als Vicky gerade einem der Security-Männer, die wie Wachtürme vor dem Hoteleingang standen, ihren Hotelausweis zeigte.

»*This is my team*«, erklärte sie vorsichtshalber auf Englisch und deutete auf Max, Leo und Sam. Der Mann nickte gelangweilt. Sie durften passieren und stürmten in dem Moment in das Hotel, als der Moderator erklärte, wie es nach dem Karaoke-Teil weitergehen würde.

»Jedes unserer Schlagertalente wird zwei selbst ausgesuchte internationale Popsongs singen: eine Ballade und einen Dancefloor-Titel. Ob sie das gut machen, sagt uns dann unsere Jury – und ihr da draußen an den Bildschirmen. Ihr könnt nachher für euren Favoriten oder eure Favoritin anrufen. Das ist wie beim Grand Prix.« Er lachte wieder zu laut. »Also, Leute, bleibt dran. Es lohnt sich. Und hier ...«

Vicky warf ihre Tasche achtlos in ihre Garderobe. Dann rannte sie den Gang entlang, der an den Zuschauersitzen vorbei zur Bühne führte.

»... sind unsere Schlager-Rocket-Stars: Pia Palmer, Ina Meister, Inga Sommer und Marcel Lorenzo!«

Moderator Klusen klatschte zusammen mit dem Publikum, das Transparente und Schilder mit Fan-Botschaften schwenkte: »PIA PACKT'S!«, »MARCEL – WE LOVE YOU!«, »INA! UNSER STAR!« Vicky stolperte als Letzte hinter Marcel Lorenzo die Treppe hoch. Das war die falsche Reihenfolge. Doch sie war wenigstens rechtzeitig hier, zwar außer Atem, aber ebenso lächelnd und in die Kameras winkend wie alle anderen.

Ihr war ganz recht, dass sie als Letzte auf die Bühne ging. Für einen Augenblick blieb sie regungslos stehen. Sie spürte den Impuls, sich umzudrehen, die Treppe runterzugehen und zum Strand zu laufen. Nur weg von der Bühne. Aber Vicky riss sich zusammen und stellte sich abwartend hinter die anderen. Ganz anders als Marcel Lorenzo, der vor ihr stand. Der drängelte sich vor und stieß Pia Palmer mit der Schulter zur Seite. Sie stolperte und konnte sich gerade noch fangen.

Wutentbrannt wollte sie sich auf Marcel stürzen, doch Kai Klusen hielt sie mit Mühe und Not zurück. Die Kamera zeigte das nicht. Sie konnte nicht, weil Marcel sich direkt davorgestellt hatte. Im Regieraum des Saales schien das jemanden zu nerven, denn das rote Aufnahme-Licht der Kamera erlosch. Eine andere Kamera übernahm. Klusen führte danach mit jedem den üblichen Moderatoren-Smalltalk.

Dann schickte er bis auf Ina Meister alle von der Bühne. Für sie hatte die Jury den Grand-Prix-Siegertitel ›*Ein bisschen Frieden*‹ von Sängerin Nicole ausgesucht. Ina, Mitte 20, rothaarig, in einem Mini-Wickelkleid, räkelte sich bei der naiven Friedensballade wie eine Go-Go-Tänzerin an der Stange in einem Nachtclub. Ihre hauchende und lechzende Stimme zitterte am Ende bei den langen Tönen, die sie nicht traf. Als sie fertig war, brüllten ihre zahlreichen Anhängerinnen verzückt: »Ina! Ina! Super! Du schaffst es!« Das übrige Publikum schickte ihr einen spärlichen, höflichen Applaus und vereinzelte Buhrufe auf die Bühne. Inas Mundwinkel zeigten nach unten. Beleidigt und trotzig schaute sie auf die Jury. Harald Coppermann verzog das Gesicht, als er sich äußern sollte.

»Chris, mach du das für mich. Ich glaube, ich habe was Falsches gegessen. Vergammeltes Hühnchen oder so was. Genau so hat sich das angehört: wie vergammeltes Hühnchen. Mensch, das kann ja meine Putzfrau besser singen!«

Chris Marcus war gnädiger: »Harry, ich weiß nicht. Am Anfang hat das doch ganz gut geklungen. Aber, okay, der Schluss war Mist.«

Jasmin Schulze meinte: »Ja. Gut. Also toll war das jetzt nicht. Aber ich lieeeebe deinen Rock. Wo hast du den denn gekauft? Das musst du mir unbedingt verraten. Also ...«

»Nee, echt jetzt?!«, unterbrach Tobias Silvester seine Jury-Kollegin. »Das ist einfach nicht dein Lied. Vielleicht wird's ja noch besser.« Er grinste und zwinkerte ihr zu. »Aber wenn du willst, können wir gern mal zusammen üben.«

Vicky bekam das alles nur über einen kleinen Fernseher in ihrer Garderobe mit. Sie ruhte sich aus und versuchte, sich abzulenken, indem sie ab und zu auf spanische Programme umschaltete. Doch sie kam immer wieder auf die per Satellit übertragene Show zurück.

Vickys nächste Konkurrentin war Pia Palmer, auch Mitte 20, lange schwarze Haare, ein offenherziges Dekolleté unter einer weißen Bluse, eine kurze blaue Cargo-Hose und Cowboystiefel. Sie sollte ›*Warum hast du nicht nein gesagt?*‹ singen, ein schlüpfriges Lied, das Roland Kaiser und Maite Kelly im Duett bekannt gemacht hatten. Die Jury fand die Performance passabel, bis auf Harald Coppermann, der meckerte: »Du hast zweimal den Einsatz für den Refrain verpasst. Echt nicht professionell.«

»Inga Sommer, bitte auf die Bühne, Inga Sommer ...«, schallte es plötzlich durch die Garderobe.

Vicky nahm einen Schluck Cola und eilte hinaus. Eine Werbepause verschaffte ihr Zeit, um zu ihrem Auftritt zu kommen. Sie holte tief Luft, strich den roten Hosenanzug glatt und ging die Treppenstufen zur Bühne empor. Über Vicky spannte sich ein funkelnder Sternenhimmel auf, den verirrte einzelne dunkle Wolkenfetzen befleckten. Ein lauer Seewind wehte über die offene Bühne hinweg und vertrieb allmählich die letzte Wärme des Tages. Vicky schaltete das obligatorische Lächeln ein, synchron zum Scheinwerferspot, der sich auf sie richtete. Dass sie Kameras einfingen, war ihr gar nicht richtig bewusst.

Im Grunde war es ihr egal.

Coppermann verkündete Vickys Karaoke-Aufgabe: »Inga, das ist für eine starke Frau wie dich jetzt kein so tolles Lied.«

Er grinste, und Vicky hatte Mühe weiterzulächeln. Coppermann mochte sie offensichtlich nicht. Aber wen mochte dieser Typ schon?

»Du singst ›*Ich will 'nen Cowboy als Mann*‹. Ein Klassiker von Gitte. Ich hoffe, das ist okay für dich, so als moderne, selbstbewusste Frau. Kennst du das Lied überhaupt?«

Vicky grinste zurück. Cary hatte sie gut vorbereitet.

»Wer kennt das nicht? Und es ist völlig okay. Gitte ist ja auch eine starke, selbstbewusste Frau. Ich singe das gern.«

Vicky hatte keine Probleme damit, den Song zu singen. Zum Glück hatte sie ihn früher mal gehört, als Cary stundenlang mit ihr durch die Schlagergeschichte gestreift war. Am Anfang lag sie eine Spur neben dem Gesangseinsatz. Sie fand jedoch schnell zurück in den Rhythmus, als sie beim langgezogenen Refrain ihre Stimme mit Volumen und Kraft erhob.

Die Scheinwerfer und mit ihnen die Kameras schwenkten ab und zu ins Publikum. So konnte Vicky erkennen, wer unten saß. Leo, Sam und Max winkten aus einer der hinteren Sitzreihen. Und ganz vorn saßen die beiden Polizisten, die sie eingeladen hatte. Den Rest des Liedes über sah sie abwechselnd auf den Teleprompter, um den Liedtext zu lesen, zu den Polizisten und zu ihren drei Bodyguards. Als das Lied endete, applaudierten die Zuschauer stürmisch. Keine Buhrufe und Pfiffe nur aus Begeisterung. Dazwischen hörte Vicky Inga-Rufe, die sich sehr nach Leo anhörten.

Die Jury lobte Vickys Performance. Sogar Coppermann erwähnte nur kurz den holprigen Einstieg, um dann zu urteilen: »Ja, war okay. Kann man so machen.«

Vicky kehrte in ihre Garderobe zurück und sah die Show von dort aus im Fernsehen weiter. Als Letzter dieser Runde war

Marcel Lorenzo dran, der einzige Sänger in der Runde. Er war ungefähr in Vickys Alter, ein südländischer, athletischer Typ mit langen schwarzen Locken, im 70er-Jahre-Stil in ein helles Blau gekleidet, mit Schlaghose, offenem Hemd und Goldkette auf der Brust. Marcel sang ›*Griechischer Wein*‹ von Udo Jürgens. Er verhaspelte sich beim Text, verpasste Einsätze und hatte nicht das nötige Stimmvolumen für den Refrain. Entsprechend lautete das Urteil der Jury.

»Du hast das Lied getötet«, sagte Coppermann trocken. »Udo würde sich im Grabe umdrehen.«

»Mann, dazu sage ich lieber nichts«, meinte Chris Marcus mit versteinerter Miene. »Wirklich, am besten gar nichts.«

Und Jasmin erklärte: »Also, ich habe einfach nichts verstanden. Ich habe nicht verstanden, was du gesungen hast. Und die Melodie habe ich auch nicht verstanden.« Dabei hob sie beim ›a‹ von verstanden immer die Stimme, so dass sie sich geradezu beleidigt anhörte.

»Marcel, echt. Vergiss es. Das war völliger Schrott«, urteilte Tobias Silvester.

Der hatte gleich danach einen Auftritt, dem eine Werbepause folgte und dann der Part, auf den sich Vicky am meisten freute: Sie würde endlich die Ballade und die Tanznummer singen, die sie im Hinterzimmer des Restaurants geübt hatte. Keine Schlager, sondern Songs aus dem internationalen Pop-Fundus. Das war für Vicky das Beste daran.

Doch sie brauchte Geduld, denn ihre beiden Konkurrentinnen waren vor ihr an der Reihe. Zuerst performte Ina Meister. Sie begann mit Roxettes ›*It Must Have Been Love*‹, was ihr Lob für ihre Stimme von Jasmin, Chris und Tobias einbrachte. Nur Harald Coppermann maulte: »Oh, was ist? Ist sie schon fertig? Ich habe gerade so gut geschlafen.«

Von Inas Version von ›*Call Me Maybe*‹, dem großen Hit von Carly Rae Jepsen, war er genauso wenig begeistert: »Mensch, du hast den Text nur genuschelt. Ich hab' kein Wort verstanden.« Die anderen aus der Jury fanden die Interpretation okay.

Dann kam Pia Palmer auf die Bühne. Sie holte bei ›*Unbreak My heart*‹ von Toni Braxton alle Energie und Traurigkeit aus ihrer Stimme. Das Publikum taute auf und klatschte begeistert. Jasmin hatte Tränen in den Augen, Chris und Tobias eine halbe und Coppermann keine. Der meinte nur sachlich: »Sauber gesungen. War okay.«

Pias Version von Katy Perrys ›*Hot n Cold*‹, bei der sie ständig von einem Ende der Bühne zum anderen lief, brachte die Zuschauer zum Mitklatschen. Auch die Jury machte mit, bis auf Harald Coppermann. Immerhin tippte der mit seinem Kugelschreiber im Rhythmus auf ein Blatt mit Notizen. Tobias rief: »Geile Performance! Echt, das hat total gegroovt!« Das sahen die anderen auch so, selbst Coppermann, der, ohne die Miene zu verziehen, den Daumen hob und kurz und bündig verkündete: »Das war top.«

Der glücklich strahlenden Pia sollte Vicky folgen, die sich umgezogen hatte. Sie trug ein knöchellanges, eng anliegendes, dunkelblaues Kleid mit einem Beinschlitz an der Seite. Bevor sie zur Bühne ging, eilte sie zum Regieraum, um dem Toningenieur Anweisungen für ihr Playback zu geben. Dann lief sie in den Gang neben dem Zuschauerraum und zur Treppe, die auf die offene Bühne führte.

Als Vicky auf die Bühne trat, kam ihr der auffrischende Seewind wie die Ankündigung für ein unbestimmtes Ereignis vor – oder wie eine Warnung. Dann umfloss Vicky Applaus, als Kai Klusen sie ankündigte. Sie ging ins Scheinwerferlicht der Bühnenmitte, und sofort wollte Coppermann wissen: »Inga, was singst du uns heute?«

Ina Meister und Pia Palmer hatten ihre Titel der Jury genannt, damit die vorab Kommentare dazu abgeben konnte. Aber Vicky verweigerte das.

»Lasst euch einfach überraschen.«

Sie nickte in Richtung Regieraum und schloss die Augen. Das Instrumental-Playback setzte mit einem leisen Klavier ein, das den Rhythmus vorgab. Als Vicky die ersten Worte sang, erkannten viele das Lied. Ein paar Leute klatschten. Einige buhten. Vicky sang unbeirrt weiter. Ihre Stimme hielt sie zurück und sang den ersten Refrain von ›*I Will Always Love You*‹ wie Whitney Houston fast flüsternd. Streicher setzten ein und steigerten die Spannung des Liedes, bis der berühmte Break kam. Alle hielten an dieser Stelle den Atem an, denn die ganze Welt kannte Whitney Houstons Version, in der sie mit aller Kraft ihrer Stimme den Refrain heraussang – und genau das Gleiche gelang Vicky, mit der gleichen strahlenden Energie und der gleichen Klarheit und Stärke in der Stimme. Spontaner Beifall begleitete Vickys Gesang. Niemand wagte zu buhen.

Vicky hatte den Saal im Griff. Ihre Stimme stieg hinauf in den Abendhimmel, hoch bis zu den Sternen, so fühlte es sich für sie an – und für die Zuschauer. Die hielten ihre Begeisterung nicht mehr aus und applaudierten in den Schluss hinein, den Vicky anders als Whitney tiefer aussang. Die Leute pfiffen, gaben Standing-Ovations, trampelten mit den Füßen, Bravo-Rufe ertönten. Die Jury stand ebenfalls auf und applaudierte. Sie hatte keine Chance, sich irgendwie zu äußern – auch nicht, weil Vicky einfach weitermachte. Das war zwar so nicht vorgesehen, aber das störte keinen.

In den Applaus hinein kletterten Streicher die Tonleiter empor. Sie gipfelten in einem 70er-Jahre-Disco-Sound: die ersten Takte von ›*Never Can Say Goodbye*‹, ein Welthit für Gloria Gaynor. Der treibende Groove verwandelte den Saal in eine brodelnde Disco. Der Beleuchter ließ bunte Lichter über die Menschen und die Bühne wandern und blinken. Die Leute tanzten ausgelassen zwischen den Sitzreihen, inklusive der Jury, allerdings ohne Harald Coppermann, der aber wenigstens mitklatschte. Vicky, die wegen des engen Kleides nur die Hüfte im Takt mitschwang, sang ein letztes Mal aus. Ohrenbetäubender Jubel, anhaltender Beifall, die Menschen tobten vor Begeisterung, minutenlang.

Dann senkte sich die Lautstärke. Die Jury kam endlich zu Wort. Harald Coppermann sprach für alle.

»Ich denke, wir sind uns einig: So wie du gesungen hast, das war wirklich beeindruckend gut.«

»Gut?«, ging Jasmin dazwischen. »Nein, supertoll.«

Chris nickte eifrig.

»Es war großartig.«

»Der Hammer. Echt. Total der Hammer«, lobte Tobias.

Vicky verbeugte sich und ging, noch einmal umweht von heftigem Applaus, von der Bühne, glücklich, leicht, beschwingt, für einen kurzen Moment.

Dann wurde die Übertragung für das Geschnatter einer Werbepause unterbrochen, an die sich der Auftritt von Marcel Lorenzo anschloss. Den wollte Harald Coppermann, der zum Sprachrohr der Jury geworden war, offensichtlich schnell hinter sich bringen.

»Fang an. Was singst du überhaupt? Ist auch egal. Ich glaube kaum, dass du nach dem, was wir von Inga gehört haben, noch irgendwas reißen kannst.«

Eine wahre Prophezeiung. Marcel, der weiterhin sein blaues 70er-Jahre-Outfit trug, kam nicht in die Ballade ›*Chasing Cars*‹ von Snow Patrol hinein. Er entwickelte kein Gefühl für die Liebeserklärung, die der Song ausdrückt. Er sang den Text einfach runter, bis Coppermann den Versuch nach zwei Minuten abbrach: »Okay. Danke.« Vereinzelter Applaus aus dem Publikum war zu hören. Die Jury schwieg, bis Coppermann fragte: »Was hast du noch?«

Das Playback legte los mit ›*Macarena*‹ von Los del Rio. Eigentlich eine sichere Nummer für einen Latin-Lover-Typ wie Marcel. Aber der bewegte die Hüfte zu viel, tänzelte ungeschickt. Was sexy aussehen sollte, wirkte wie die Parodie eines Tangotänzers. Immerhin bekam er ein Anstands-Klatschen vom Publikum, jedoch von der Jury nur Rauswerfer-Sprüche.

»Du hättest gestern nicht so viel Party machen sollen«, empfahl Harald Coppermann. »Mann, du bewegst dich, als wärst du jetzt noch breit.«

Jasmin sah Marcel mitleidig an.

»Du hast mir vorher besser gefallen. Und zieh dir bitte nie wieder einen Blaumann an.«

Chris Marcus lachte über den Spruch. Er hatte gleich seinen Auftritt als Show-Act und meinte nur: »Ich schließe mich meinen Vorrednern an.«

»Nee, echt jetzt. An Inga kommst du nicht ran. Nicht mit so 'ner Wackelnummer«, erklärte Tobi Silvester mit einer wegwerfenden Handbewegung.

Marcel zog sich geknickt zurück hinter die Bühne, und Kai Klusen kündigte an, dass die Telefone für das Voting des TV-Publikums freigeschaltet wurden. Vicky und ihre Konkurrenz bekamen jeweils eine eigene Telefonnummer.

»Leute, ruft an und sagt uns: Wer hat mit seinem Gesang euer Herz erobert? Wer soll ins Finale? Ruft an!«

Nach Chris Marcus' routiniertem Oldie-Auftritt als Überbrückung für die Abstimmung gingen die Lichter aus. In die Dunkelheit hinein erstrahlte auf der Bühne der blaue Schein eines riesigen Monitors. Der zeigte eine Graphik aus bunten Balken, je einer für Pia, Ina, Inga und Marcel.

Plötzlich tanzten Scheinwerferlichter durch die Dunkelheit. Dazu raunte Moderator Klusen: »Die Spannung steigt. Gleich werden wir es wissen: Wer zieht ins Finale ein? Wer macht das Rennen? Ihr könnt noch eine Minute anrufen.« Er zählte am Schluss runter: »Vier, drei, zwei, eins – und aus! Die Telefonleitungen sind geschlossen.« Er hob verschwörerisch den Finger. »Aber bevor wir auswerten, wie sich die Zuschauer entschieden haben, fragen wir nach dem Urteil unserer Jury.«

Dafür bat der Moderator die Sängerinnen und Marcel auf die Bühne, die alle ihr Dauerlächeln aufgesetzt hatten. Die Jury wurde in helles Licht getaucht. Jasmin stand auf, um die Punktevergabe zu verlesen.

Vicky lächelte wie die anderen, war aber für einen kurzen Moment nervös. Doch im Grunde hatte sie keine Zweifel und lag damit richtig: Marcel bekam zwei, Ina fünf, Pia sieben und Inga acht Punkte. Applaus und zustimmende Pfiffe wehten durch die Abendluft. Nur aus der Marcel-Fan-Ecke kamen Buhrufe und wütendes Pfeifen. Vicky lächelte nun nicht mehr krampfhaft in die Kameras, sondern ruhig und zufrieden. Denn sie ahnte, wie es weiterging.

Das erzählte Kai Klusen: »Meine Damen und Herren: das Zuschauer-Voting!«

Die Kameras wurden zwischen den Balken, Vicky und ihrer Konkurrenz hin und her geschaltet. Auf ihren Gesichtern war abzulesen, dass sie keine Überraschungen mehr erwarteten, auch wenn das Anwachsen der Balken spannungssteigernd verzögert wurde. Marcels Balken stoppte als Erster, dicht gefolgt von Ina. Pia und Vicky zogen zuerst gleich. Die Balken wuchsen und wuchsen, bis Vicky vorn lag und mit Abstand dort blieb.

Sie hatte das Halbfinale gewonnen.

29

Ein Klopfen an Vickys Zimmertür.

»Hallo? Vicky? Bist du schon wach?«

»Nein! Ich bin nicht wach! Wer ist da?«

Sie zog sich die Bettdecke über den Kopf.

»Hier ist Max.«

»Was ist? Weiß du, wie spät es ist? Acht Uhr sonstwas. Ich will endlich mal ausschlafen.«

»Sorry, das geht nicht. Wir müssen hier raus.«

»Was?!«

Vicky sprang auf und öffnete die Tür.

Ihr war egal, dass die Form ihrer Haare auf einen kürzlich beendeten Kampf mit einem Tiger hindeutete. Und ihr war egal, dass sie nur mit sehr kurzen Schlafshorts und einem T-Shirt und damit ziemlich leicht bekleidet war. Max würde das sicher freuen. Und tatsächlich machte der große Augen, als er sie sah.

»Warum müssen wir raus?« Vicky gähnte. »Will uns schon wieder einer umbringen?«

»Nein. Oder: Vielleicht doch, wenn wir nicht verschwinden. Der Hoteldirektor hat gesagt, wir würden ihm, seiner Familie und seinem Hotel Unglück bringen.«

»Warum? Wir haben ihm doch seine Beule nicht verpasst.«

»Er sagt, seine Mutter ist ein Medium. Sie hat die Geister befragt, und die hätten verkündet, wir würden Unglück bringen.«

»Das ist nicht dein Ernst. Die Geister?«

»Irgendwas mit dem Blut toter Hühner oder so. Ich habe es nicht richtig verstanden.«

»Ich bin auch nicht scharf drauf, das im Detail zu erfahren.«

»Er sagt, wir müssen sofort verschwinden, sonst holt er die Polizei und behauptet, wir hätten ihn verprügelt und ihm die Beule verpasst. Die ist leider noch da. Wir haben keine Wahl.«

»Super. Ich weiß schon, warum ich die meisten Sachen im Koffer gelassen habe. Seitdem ich euch kenne ...«

»Jetzt fang du auch noch an.«

»Schon gut. Und was machen wir jetzt? Ich kann zurück in mein Zimmer. Aber was ist mit euch?«

Vicky fragte im KING RESORT MALLORCA nach, und sie hatten Glück. Tatsächlich waren dort Zimmer frei geworden, weil einige gescheiterte Contest-Teilnehmer mit ihren Familien abgereist waren. Max und Leo teilten sich ein Zimmer, Sam bekam ein einzelnes, gleich daneben. Eine Etage darunter lag Vickys altes Zimmer, das immer noch für sie gebucht war.

Nachdem das geklärt war, konnte Vicky endlich am späten Vormittag mit ihrem Entspannungstag beginnen. Sam und Max sonnten sich neben ihr am Pool. Endlich ein bisschen Ruhe. Einfach nichts tun. Wie im Urlaub. Das gönnte sie sich. Das hatte sie aber auch nötig. Sie musste für das Finale unbedingt Energie tanken, weil sie davon reichlich für die Flucht vor der Killerfrau und für den Halbfinal-Auftritt verbraucht hatte. Aber an ihrer Kraft zehrte noch etwas anderes. Natürlich hatte sie sich gefreut, dass ihr Auftritt so gut angekommen war. Doch die

Freude fühlte sich falsch an. So, als würde sie für etwas gelobt und bejubelt, wofür sie gar nicht gelobt und bejubelt werden wollte.

»Gute Nachrichten, Leute!« Leo unterbrach Vickys Gedankenfluss. Er schlurfte in Shorts, Hawaii-Hemd und breiten Sandalen zu den Liegen der drei Sonnenhungrigen und wedelte mit dem Handy. »Ich habe mal geguckt, was Sams Angebetete so macht.«

Sam legte demonstrativ desinteressiert den Kopf zurück, um weiter sein Zwiegespräch mit der Sonne zu halten. Vicky und Max aber blickten Leo gespannt an.

»Ich hab' mir die Nachrichten der letzten beiden Tage hier von der Insel angesehen und mir übersetzen lassen«, erklärte Leo. »Unsere Killer-Lady sitzt, ihr Kumpel auch. Die haben Waffen bei ihnen gefunden und einen Toten im Kofferraum. Das wird der Typ sein, den Sam hinter dem Hotel erledigt hat. Morgen früh ist der Prozess. Die Medien meinen, dass die beiden hier sehr lange sitzen müssen. Vielleicht lebenslänglich. Also: Die sind wir los.« Er nickte zu Sam hinüber. »Du wirst noch ein paar Tage bis zur Hochzeit warten müssen. Sorry.«

Sam sprang auf und wollte auf Leo losgehen. Der warf Max sein Handy zu und hechtete vollständig bekleidet in den Pool. Sam sprang hinterher, und die beiden versuchten prustend und lachend sich gegenseitig unter Wasser zu drücken.

»Diese Kindsköpfe.« Max grinste und schüttelte den Kopf. Dann sah er Vicky nachdenklich an. »Die Killer sind keine Gefahr mehr. Das ist doch jetzt eine gute Gelegenheit, dass deine Eltern Dr. Robert wegen der Erbschaft ...«

»Schon erledigt. Ich habe Juliane, also meine Mutter, angerufen und angekündigt, dass euer Chef mit ihr sprechen will. Und dem habe ich gestern Julianes Handynummer gegeben. Er hat sie bestimmt schon längst angerufen.«

Damit war das Thema für Vicky erst mal erledigt. Sie beschäftigte sich lieber damit, sich mit nichts zu beschäftigen und ausschließlich zu faulenzen, genau wie ihre drei Begleiter.

Am späten Nachmittag rief Tobias Silvester an. Er wollte Vicky auf die allabendliche Tanzparty im Hotelfoyer einladen. Sie sagte mit der Begründung ab, dass sie lieber früh zu Bett gehen wollte, um am Finaltag ausgeruht zu sein. Eine Ausrede, denn sie hatte vor, abends einen Strandspaziergang mit Max zu machen, den sie darum gebeten hatte. Sam und Leo waren nicht dabei. Sam wollte noch einmal sein Glück im Casino probieren, mit Leo als Aufpasser. Die Sonne war schon fast hinter dem Horizont verschwunden. Ihr Licht war aber noch so hell, dass es Vicky und Max den Weg über das kurze Strandstück des Hotels zeigte, das von Klippen umgrenzt war. Sie gingen nah an das Wasser heran und ließen ihre nackten Füße von den Wellen umspülen. Ein paar Spaziergänger, einzeln oder als Paar, kamen ihnen als freundlich grüßende Schattenrisse entgegen.

»Ich darf gar nicht an morgen denken. Das ist ein komisches Gefühl«, sagte Vicky.

»Ich glaube nicht, dass du dir Sorgen machen musst. Wenn du auch nur annähernd so singst wie gestern, hast du das Finale in der Tasche.«

Max krempelte sich die Hosenbeine nach oben.

»Ja, aber das will ich mir nicht vorstellen.«

»Dass du gewinnst?«

»Das ist okay, also, wenn ich es schaffe. Aber was ist danach?«

»Danach bist du berühmt, landest Hits in den Charts, bekommst eine Fernseh-Show und wirst stinkreich. Das hört sich doch gut an.«

»Ja. Schon. Und auch wieder nicht. Ich kann das nicht genau erklären. Vielleicht, weil ich dann Inga Sommer bin.«

»Aber die bist du doch jetzt schon.«

»Was bin ich?«, fragte sie scharf zurück.

»Ich meine: Du trittst als Inga Sommer auf.«

»Ja. Aber vielleicht wird es irgendwann so sein, dass ich nur noch Inga Sommer bin. Als gestern alle applaudiert haben, wen haben die denn gemeint?«

»Oh, ich verstehe.«

Sie seufzte.

»Ist auch egal. Vielleicht sollte ich mich doch noch ein bisschen ablenken und mit Tobi tanzen gehen und nicht gleich ins Bett.«

»Tobi?«

»Tobias Silvester, der Typ aus der Jury, der mich in Berlin im Hotel angemacht hat.«

»Ach der. Ob das so eine gute Idee ist.«

Vicky lachte. »Eifersüchtig?«

»Was? Ich ... nein. Ich glaube ... nein. Ich meine: als Contest-Teilnehmerin mit einem Jurymitglied tanzen gehen ... Also ... genau.«

Sonst stotterte Max nicht so. Vicky fand seine Hilflosigkeit und offensichtliche Eifersucht anziehend. Er interessierte sich für sie – und das nicht nur wegen des Auftrages. Sie spürte, wie sehr ihr das gefiel. Und wenn er jetzt ihre Hand nehmen würde ... aber sollten sie sich ausgerechnet heute Abend näherkommen? So kurz vor dem Finale? Max beantwortete die Frage für sie beide, indem er dem Gespräch eine andere Richtung gab.

»Habe ich das richtig verstanden, dass du auch Songs geschrieben hast?«

»Deine Ohren funktionieren wirklich gut.«

»Würdest du mir mal einen vorsingen?«

»Ich weiß nicht. Ich kann dir was zeigen. Ich habe einige dabei, als Noten. Aber das sind alte Sachen. Ich habe bestimmt zwei Jahre nichts mehr geschrieben. Ich hatte wegen der vielen Auftritte absolut keine Zeit dafür.«

Er nickte und sah ihr fest und klar und kein bisschen verunsichert oder schüchtern in die Augen.

»Ich glaube, ich verstehe allmählich.«

Jetzt war sie verunsichert.

»Was verstehst du?«

»Was hältst du von einem kleinen Privatkonzert heute Abend?«

30

»Hier. Du hast es so gewollt.«

Vicky legte die Notenblätter ihrer selbstkomponierten Songs auf das Klavier, an dem Max saß. Es stand in einer kleinen Lounge neben dem Eingang zum Casino. Ab und zu spielte dort ein Barpianist zur unauffälligen Unterhaltung der Gäste, die auf dem Weg ins Casino waren oder sich, weil sie viel Geld gewonnen oder verloren hatten, stilvoll betrinken wollten. Sam, der sich immer noch mit Leo im Casino der Anziehungskraft der Jetons, der Roulette-Kugel und der Black-Jack-Karten hingab, hatte die Lounge und das Klavier darin entdeckt und Max davon berichtet.

»Meinst du, wir stören die Leute?«, fragte Vicky.

Max sah sich um. Zwei Männer und eine Frau saßen am schneeweißen Tresen der Bar, ein junges Paar turtelte an einem Tisch. Sonst war niemand in der Lounge, die mit ihrer zurückhaltenden, schummrigen Beleuchtung eine stilvolle Nachtclub-Atmosphäre ausstrahlte.

»Ich glaube, hier hat keiner etwas dagegen.«

»Okay. Warte ...« Vicky durchsuchte ihre Notizen. »Probier mal das hier.«

Sie gab Max ein Blatt mit den Noten und dem Text eines Songs. Max öffnete den glänzenden Tastaturdeckel des gepflegt wirkenden Klaviers. Er versuchte ein paar Läufe und hörte zufrieden, dass die Saiten ausgezeichnet gestimmt waren. Dann spielte er Vickys Noten und kam schnell in den Rhythmus des Liedes, einer Midtempo-Nummer.

»So ungefähr?«

»Du spielst das super. Und jetzt verrate mir endlich mal, woher du das kannst.«

Max grinste und zählte auf: »Becker, Luhrkopf, Joschka, Mohrmann, Riviera ...«

»Nein!? Wirklich? Die kennst du alle? Bei Riviera und Professor Luhrkopf habe ich studiert. Dann warst du auch ...«

»Genau. Ich habe in Hannover den *Master of Music* gemacht, als Komponist und Pianist. Aber ich habe ein Jahr früher angefangen als du.«

»Schade. Ich meine: Wenn wir uns schon damals über den Weg gelaufen wären ...«

Statt den Satz zu beenden, schenkte sie Max ein Lächeln, das ihn schwindelig machte. Er wollte nichts sagen, sich nicht rühren. Er könnte sie ewig ansehen.

»Lass uns anfangen«, sagte Vicky.

Sie legte los und schnippte einen 4/4-Takt mit den Fingern. Max stieg mit der linken Hand darauf ein. Die rechte spielte die Melodie, der er einige Tongirlanden als Verzierung zufügte. Vicky lächelte, ihr gefiel das offenbar. Sie sang den englischen Text mit klarer, kräftiger Stimme. Als Max den Schlussakkord spielte, applaudierten die Gäste und der Barkeeper begeistert.

»Bravo! Das war super! Da capo!«

»Hörst du? Sie wollen noch mehr«, sagte Max lachend.

»Das können sie haben.«

Vicky suchte wieder zwei englische Stücke aus, diesmal rockige, schnellere, aber melodiöse Nummern. Max musste die Tasten flink bearbeiten und kam sich vor wie ein Boogie-Woogie-Pianist nachts in einer Keller-Bar in Chicago. Vicky zeigte sich als echte Rock-Shouterin und brachte einen rauchigen Drive in ihre Stimme. Die Bargäste vergaßen ihre Drinks, ihre Gespräche, ihre Probleme und das, was sie an diesem Abend vorhatten. Gebannt lauschten sie Vicky, die voller Leidenschaft den Raum mit ihrer Stimme füllte, der Max ein klangvolles, groovendes Fundament gab. Wieder begeisterter Beifall und die Forderung nach einer Zugabe.

»Ja, okay, ist ja gut.« Vicky wandte sich an das Publikum: »Das ist aber der letzte Song. Ich muss meine Stimme für morgen schonen.«

Sie reichte Max die Noten. Eine Ballade. Er probierte die Melodie, machte sich mit den Akkorden vertraut und spielte das Intro. Vicky begann zu singen:

›They wonder, why I raise my voice.
They wonder: ›How could she just dare?‹
But I don't have another choice,
this really is my feeling bare.

My confession is just to sing.
And I let music ring.

Come hear my songs.
They set me free.
what you hear, what you see,
yes, this is me.‹

Vicky sang mit einem souligen Unterton. Sie hob kraftvoll die Stimme und breitete deren volles Volumen bis zur letzten Note aus. Die Augen hatte sie geschlossen. Die Leute in der Bar waren still. Einige hatten Tränen in den Augen. Dann applaudierten sie plötzlich stürmisch los. »Bravo!«, »Wunderbar!«, »Zugabe!«

Vicky öffnete die Augen und lächelte Max glücklich an.

»Du hast toll gespielt«, sagte sie und strahlte. »Danke dafür.«

Sie beugte sich zu Max hinunter, gab ihm einen Kuss auf die Wange und legte sanft ihre Hand auf seinen Rücken. Der Kuss überraschte Max und brachte ihn dazu, schnell vom Klavier aufzustehen. Er hatte das Gefühl, ein warmer Fluss würde sich in ihm ausbreiten. Er blickte Vicky in die Augen.

»Wie wundervoll du gesungen hast. Wie – bewegend. Ich hatte wirklich das Gefühl: Das bist du.«

»Zugabe!«, forderte ein Mann von der Theke nochmals. Der Barkeeper stimmte mit ein, doch Vicky winkte ab.

»Nein, wirklich. Das geht nicht mehr. Aber euch allen vielen Dank.«

Die Leute applaudierten noch einmal und widmeten sich wieder ihren Drinks und Gesprächen. Vicky und Max sahen sich an. Sie kam näher, und in Max' Bauch schien ein Bienenschwarm geschlossen loszufliegen.

Er flüchtete sich in Worte.

»Wollen wir hier noch ...«, sie legte ihre Hände auf seine Schultern, »... etwas trinken?«

Ihre Münder bewegten sich aufeinander zu. Sie schlossen beide die Augen. Max umfasste ihre Hüfte. Er glaubte schon, den Kuss zu spüren, und fühlte, wie warme, elektrische Ströme durch seinen Körper flossen – aber die versiegten augenblicklich, als Leos Stimme dazwischen tönte.

»Hey, da seid ihr ja!«

Vicky und Max gingen einen Schritt auseinander und wandten sich den beiden Glücksspielern zu.

»Ihr werdet es nicht glauben: Sam hat über 400 Euro gewonnen.« Leo klopfte auf seine braune Shoulderbag, die sich über seine linke Brustpartie spannte. »Die sind hier. Warm, trocken und sicher.«

»Ich habe ihm das Geld zur Aufbewahrung gegeben«, erklärte Sam.

»Warum?«, fragte Max.

»Weil ... ich manchmal nicht aufhören kann.« Sam schloss kurz die Augen. Das Geständnis fiel ihm schwer. »Ich habe schon genug Schulden. Ich darf es einfach nicht wieder verspielen. Und unser allerliebster Bodyguard hier wird mir davon garantiert nichts geben, wenn ein Casino in der Nähe ist, auch wenn ich noch so sehr bettele.«

»Natürlich nicht«, bestätigte Leo. »Irgendjemand muss dir mal klarmachen, was Sache ist. Sonst kommst du da nie raus.«

Leo klopfte nochmals auf die Tasche, in der Münzen und Jetons klimperten und Geldscheine raschelten.

»Was ist mit dem Hoteltresor?«, fragte Vicky. »Die haben hier bestimmt einen.«

»Ich traue den Typen hier nicht«, raunte Leo. »Dann trage ich das Geld lieber ständig bei mir. Und wenn das einer klauen will, gibt's was auf die Kauleiste.«

Sam lachte, aber Vicky und Max schwiegen. Leo sah die beiden an. Ein Lächeln setzte sich in seinen Bart.

»Oh, ich hoffe, wir haben euch jetzt nicht gestört. Oder?«

31

Am nächsten Morgen wartete Vicky in einem Sessel im Foyer darauf, dass man sie zur ersten Probe für das Finale am Abend in den Event-Saal rufen würde. Lange würde das nicht mehr dauern. Daher war jetzt angesagt, ihre drei Songs durchzugehen, den Text, die Melodie, die Einsätze. Aber das war für Vicky in diesem Moment wie ein ferner Planet. Denn sie hatte sich Dr. Roberts Nachricht noch einmal angesehen und die Fotokopien der hinterlassenen Dokumente von Joachim Frankenhauser und des Briefes ihrer Mutter genau gelesen. Was für ein Arsch ihr Vater gewesen war! Freigekauft hatte er sich und ihre Mutter auch noch erpresst.

Ihre Mutter. Antje. Vicky hatte ihren Namen. Antje mit einem A wie auf dem verwaschenen Blatt aus Vickys Babykorb. Besser als nichts. Antje und Joachim. Ihre Eltern, ihre richtigen Eltern, hatten Namen.

Aber war das alles wirklich kein Fake, um ... ja, was? Warum sollte dieser Dr. Robert ihr was vormachen? Und Max, Leo und Sam? Sie sah keinen Grund. Erst recht nicht nach dem Kampf gegen die Killer. Die Jungs versuchten tatsächlich, ihr das Leben zu retten. Das fühlte sich sehr, sehr echt an.

Okay. Und jetzt? Wie ging es weiter? Am besten erst mal auf die Bühne, singen, den Contest zu Ende bringen – und versuchen, nicht zu sterben. Eine lebendige Millionärin zu sein war schließlich nicht das Schlechteste, was einem passieren konnte.

Also jetzt die Probe, ihre drei Songs.

Es ging nicht. Denn plötzlich sprang Vicky die Erinnerung an den letzten Abend wieder ins Bewusstsein. Und an Max. Vicky hatte die Nacht nicht mit ihm verbracht, obwohl sie nichts dagegen gehabt hätte.

Ihre Vernunft hatte die Hormone gezähmt. Lieber schlafen, Kräfte sammeln und die Konzentration für den Auftritt bewahren, als sich durch Sex und romantische Gefühle ablenken lassen. Die würden aufblühen, wenn sie sich öffnete und Max nah an sich heranließ. Aber es war gerade kein guter Zeitpunkt dafür.

Endlich gelang es Vicky, den Text und die Noten ihrer drei Lieder zumindest zu überfliegen. Cary hatte alle Nummern komponiert und produziert. Sie passten gut hierher, weil sie genauso klangen wie hunderte anderer Discofox-Schlager mit ihren ewig gleichen Beats und Melodien. Diesen Sound zu kopieren beherrschte Cary. Und auch die Texte. Die bastelte er sich aus den üblichen Schlager-Phrasen zusammen, was er leicht fand, obwohl er kein Muttersprachler war.

Vicky war froh, dass er das übernommen hatte. Sie selbst hätte nur gelähmt vor Abscheu vor dem Computer gesessen und nicht einen einzigen dieser Discofox-Schlager schreiben können. So war sie nur die Sängerin. Zum Glück. Und wieder flogen ihre Gedanken zurück zu dem Abend mit Max. Er und die Lounge-Gäste waren das erste Publikum für die Songs, die sie vor ein paar Jahren geschrieben hatte. Wenn sie diese Lieder nun sang, spürte sie: Jeder Ton durchströmte sie, ihr Herz schlug im Rhythmus des Liedes, sie fühlte die Vibration ihrer Stimme. Und sie war in diesem Moment eins mit jedem Wort, das sie sang. Denn jede Zeile, jede Melodie hatte ihren Ursprung in ihren Gefühlen und Gedanken.

Max hatte das am Abend zuvor verstanden und über ›*My Songs*‹ gesagt: »Das bist du.« Allein dafür hatte er einen Kuss verdient. Vickys Gedanken hielten an ihren Liedern fest und stießen auf einen pulsierenden Wunsch: Wie gern würde sie sich wieder ans Keyboard setzen und neue Melodien und Texte finden. Ideen für Lieder prasselten ständig auf sie ein. So, wie gestern am Pool. Wie hatte Leo die Frau in Schwarz genannt? Killerlady. Mit der hatte er Sam wieder mal aufgezogen. Wahrscheinlich hatte Sam sich auf ein Techtelmechtel mit der Schwarzhaarigen eingelassen, ganz klar war das Vicky nicht. Aber beim Gedanken daran fiel ihr eine Liedzeile ein: ›*The killerlady of your heart*‹. Und dazu blühte in ihrem Kopf eine Melodie auf.

Sie müsste ein Lied daraus machen.

Jetzt. Auf der Stelle.

»Inga Sommer, bitte zur Probe!«

Vicky seufzte und erhob sich aus dem Sessel.

32

»Jaaa! Da sind wir wieder! Herzlich willkommen zum großen Finale der SCHLAGER ROCKET STARS 2024!«

Moderator Kai Klusen trug diesmal einen schwarzen, mit unzähligen Sternen bestückten blinkenden und blitzenden Anzug. Er breitete die Arme aus und lachte in die Kameras. Das Saalpublikum klatschte und trampelte artig.

»Heute seht ihr alle hier im Saal und die Millionen Zuschauer zu Hause vor den Bildschirmen live die große Entscheidung. Wer wird der ›*Schlager Rocket Star 2024*‹?« Wieder Beifall. »Und hier ist unsere Jury!«

Jasmin Schulze winkte lächelnd, Tobias Silvester auch, Chris Marcus grinste und hob lustlos die Hand. Harald Coppermann nickte kurz mit schiefem Lächeln widerwillig in die Kamera.

Vicky bekam das alles über den Fernseher in ihrer Garderobe aus dem Augenwinkel mit. Sie war ein wenig hektisch dabei, sich für den Auftritt zurechtzumachen.

»Inga Sommer, bitte auf die Bühne!«

Vicky blickte ein letztes Mal in den Spiegel und war zufrieden. Der Lippenstift ließ ihre Lippen in einem dezenten Rubinrot erblühen, das sich harmonisch in den leicht gebräunten Teint einfügte. Und der eng anliegende goldene Glitzerdress betonte ihre schlanke Figur und ihre weiblichen Rundungen sehr sexy. Dazu knipste sie ihr Bühnenlächeln an, das ihr betörend gelang – Vicky war bereit für die Show.

»Ihr könnt heute wieder für eure Favoritin nach dem letzten Lied anrufen«, erklärte Moderator Klusen. »Und hier sind die beiden Finalistinnen. Hier sind Pia Palmer und Inga Sommer!«

Die Kamera schwenkte auf den Bühnenhintergrund. Der bestand aus einer Skyline mit Schattenumrissen von Hochhäusern einer Großstadt à la New York und darüber bunt blinkenden Sternen. In der Mitte der Skyline leuchteten Scheinwerfer aus einem Halbbogen, durch den Pia und Vicky winkend auf die Bühne liefen.

Auch Pia hatte sich überlegt: *Sex sells*. Sie trug einen kurzen Minirock, Cowboystiefel und ein Lederhemd mit langen Fransen und kurzen Ärmeln, alles in Schwarz. Der totale Kontrast zu Vickys strahlender Erscheinung.

Das Publikum applaudierte bei dem Anblick. Anzügliche Pfiffe hallten in den sich vor der untergehenden Sonne verdunkelnden Abendhimmel. Am Horizont tauchte weit entfernt eine Wolkenwand auf. Doch über der Bühne war der Himmel klar und von funkelnden Sternen übersät.

»Ihr seid bestimmt ganz schön aufgeregt.«

Kai Klusen machte Smalltalk und versuchte, in seine Stimme einen ruhigen Ton zu bringen, um den Sängerinnen die Nervosität zu nehmen. Vicky hatte das Lampenfieber vor Auftritten schon unzählige Male erlebt und spürte es daher kaum noch. Nur ein bisschen Herzklopfen und ein leichtes Ziehen im Bauch, was schnell verschwand, sobald sie sang. Sie brachte dann ihre Performance über die Bühne und erledigte ihren Job als Schlagersängerin. Genauso fühlte es sich sonst an.

Aber heute war es anders. Vicky hatte das Gefühl, am falschen Ort zu sein. Sie würde gleich zum Wettsingen um den Sieg bei einem großen Schlager-Contest antreten. Und das erschien ihr wie ein Rendezvous mit einem Mann, bei dem ihr im Grunde klar war, dass sie sich nicht mit ihm treffen wollte, weil sie ihn nicht wirklich leiden konnte und wusste: Das war sie nicht, die große Liebe.

»Danke Pia, danke Inga. Dann geht bitte zurück hinter die Bühne und macht euch bereit für den ersten Auftritt.«

Die beiden verschwanden durch den blendend ausgeleuchteten Bühnenzugang und warteten hinter der Skyline. Pia, die auf Vicky immer ein bisschen schüchtern wirkte, sprach sie mit einem nervös zuckenden Lächeln an.

»Mensch, Inga, ich bin total aufgeregt.«

»Ja, das kenne ich, das bin ich auch«, sagte Vicky und legte ihre Hand auf Pias Arm. »Du packst das schon. Viel Glück.«

Pia schluckte, ihre Augen füllten sich mit ein paar Tränen. Aber sie hatte keine Zeit dafür, dem nachzugeben. Sie nickte nur, holte tief Luft und schaffte das unabdingbare Lächeln und den Gang hinaus auf die Bühne.

»Und jetzt wird es spannend! Wir starten mit der bezaubernden Pia Palmer! Pia, komm zu uns«, tönte die Stimme des Moderators.

Pia holte tief Luft und schaffte das unabdingbare Lächeln und den Gang auf die Bühne. Kai Klusen ließ sie darüber berichten, wie sie zum Schlager gekommen war. Pia erzählte, dass ihr Freund sie für den Contest angemeldet hatte, weil sie beim Abwaschen immer Schlager aus dem Radio mitsang und er das super fand. Dann performte sie *›Der Cowboy meiner Träume‹*, einen rührseligen Western-Schlager. Der brachte ihr lautstarken Beifall und viel Lob der Jury. Sogar Coppermann meinte: »Bei dem Titel habe ich erst gedacht: Wenn du das auf einem Pferd singst, wirft es dich sofort ab. Aber nein, jetzt glaube ich, dass du weiterreiten kannst. Es war okay.«

Freudestrahlend lief Pia zurück hinter die Bühne und hielt Vicky zwei hochgestreckte Daumen entgegen. Vicky freute sich für Pia, lenkte dann aber ihre Konzentration auf ihren eigenen Auftritt.

»Leute, aufgepasst! Hier kommt sie: unsere zweite Finalistin. Hier kommt Inga Sommer!«, rief Kai Klusen, und das Publikum klatschte begeistert, als Vicky zu dem Moderator auf die Bühne ging.

»Inga, wir sind alle gespannt zu hören, wie du zum Schlager gekommen bist.«

Vicky antwortete in einem Tonfall, als würde sie aus einer Steuererklärung vorlesen: »Mein Produzent Cary James brachte mich darauf. Er hat mich beim Karaoke-Singen entdeckt und schreibt seitdem Schlager für mich.«

Dann – keine weitere Erklärung. Vicky schwieg beharrlich, obwohl Kai Klusen ihr so eindringlich in die Augen sah, als könnte er ihr allein durch diesen herausfordernden Blick die Worte aus dem Mund ziehen. Aber Vicky wollte jetzt nur noch singen und das alles hier schnell hinter sich bringen. Der Moderator erkannte offenbar, dass er nicht mehr aus ihr herausbekam.

»Okay, interessant. Danke Inga.« Er wandte sich zum Publikum: »Ladys und Gentlemen! Und jetzt einen donnernden Applaus für Inga Sommer!«

Der kam, so dass Vicky einen Augenblick hatte, um sich zu konzentrieren. Sie versuchte, sich an den Text zu erinnern, was erst mühsam war. Aber schließlich holte sie die Wörter von ›*Kein Stopp für die Liebe*‹ aus dem Gedächtnis, einer Tanznummer von Cary, die das Publikum zum Mitklatschen brachte. Vicky traf die Töne und tanzte sacht im Rhythmus. Dabei lächelte sie so verführerisch, als wäre sie selbst die Frau aus dem Liedtext, die ihren Liebsten aufforderte, mit ihr durchzubrennen.

Die Zuschauer nahmen ihr das ab und klatschten wild. Die Jury war ebenfalls zufrieden, auch wenn Coppermann merkte, dass etwas nicht stimmte: »Hm. Du bist nicht ganz bei der Sache gewesen. Aber dafür hast du gut gesungen.«

Vicky verschwand mit ernstem Gesicht hinter der Bühne.

»Hey, das war echt gut«, lobte Pia sie. »Geht es dir gut? Du siehst nicht so begeistert aus.«

»Nee, danke, alles klar. Ich brauch nur mal einen Schluck zu trinken.«

Vicky hatte zwanzig Minuten Zeit bis zum nächsten Auftritt. Bis dahin wurden eine lange Werbepause gezeigt und DIE KNACKIGEN KULMBACHER traten auf, ein auf jugendlich und cool getrimmtes männliches Gesangs-Quintett. Das sang zweimal volkstümlichen Schlager-Pop, der den Saal komplett zum Mitschunkeln brachte. Die Kulmbacher hakten sich auf der Bühne unter, kletterten auf Boxen und rannten ins Publikum, um Hände zu schütteln. Bei Vicky kamen die fünf nicht an. Sie lag auf der Couch in der Garderobe und schaute immer wieder auf den TV-Schirm, um mitzubekommen, wann es für sie weiterging. Die KNACKIGEN KULMBACHER schaltete sie weg. Ihr Urteil: Die spanische Werbung war interessanter. Plötzlich wurde Vickys Handy lebendig. Eine Nachricht von Max.

›*Dr. Robert hat deine Mutter erreicht. Sie sind in vier Tagen zurück. Dann werden sie mit ihm die Erbschaftsangelegenheiten erledigen. Für jetzt viel Erfolg. Auch von Leo und Sam. Du singst super.*‹

Vicky schrieb zurück: ›*Danke. Muss gleich wieder raus. Gestern Abend war es sehr schön. Lass uns das fortsetzen.*‹

Sie lächelte, als sie sich vorstellte, wie er lang nachdachte und nicht genau wusste, was er antworten sollte.

›*Ja. Sehr gern*‹, schrieb er nach einer Minute.

Vicky schaltete zurück auf einen deutschen Privatsender, der den Contest live übertrug. Noch fünf Minuten. Diesmal würde sie als Erste einen Cover-Song aus dem Schlagerbereich singen: ›*Wach in der Nacht*‹, ein Discofox-Sommerhit, der zwei Jahre zuvor im Radio rauf und runter gelaufen war. Cary hatte sich überlegt, dass der gut passen würde, weil alle die Melodie noch im Ohr hatten. Das Stück klang mit seiner Dance-Club-Produktion zwar verteufelt nach Helene Fischer. Aber das konnte bei einem Schlager-Contest nicht schaden. Vicky ging den Text im Kopf noch einmal durch, als sie auf dem Weg zur Bühne war.

»Und hier ist die hinreißende Inga Sommer mit einem Superhit: ›*Wach in der Naaacht*‹!«

Der stürmische Applaus ließ Vicky das Lächeln ein wenig leichter fallen. Das Intro setzte ein, doch sie merkte, dass sie bei diesem Song noch weniger als beim ersten bei der Sache war. In Gedanken ermahnte sie sich scharf: »Los jetzt: Konzentration!« Gerade noch rechtzeitig erinnerte sie sich an den Text und schaffte den Einsatz des Gesangs exakt auf den Punkt. Das Publikum klatschte rhythmisch mit, als die Drums einsetzten.

Dann kam der Refrain:

Du bist mein Glück, hörst du mich nicht?
Du bringst mich aus dem Gleichgewicht.
Wohin du gehst, ich geh mit dir,
Nimm meine Hand und flieh mit mir.
Und jetzt lieg ich wach in der Nacht.
Warum hast du mich angelacht?‹

Was sang sie da? Wach liegen in der Nacht? Plötzlich rannten ihre Gedanken fort zu einem ihrer eigenen Lieder, in dem es auch darum ging, dass sie sich nachts nach einem Geliebten sehnte. Aber das war ein Phantom, ein nicht real existierender Mann. Sie hatte auf Englisch geschrieben:

What is the colour of your mind?
Why is the universe so blind,
not to tell me, where you are?
I want your breath here and not far.
When we will meet some misty day,
it is not sure, if you will stay.
Touch me cautious, shy and kind.
What is the colour of your mind?‹

Das Lied hatte sie getröstet, wenn eine ziellose Liebessehnsucht in ihr ausgebrochen war. Aber es hatte sie auch ermahnt, Vorsicht und Behutsamkeit einzufordern, bevor sie sich in die Leidenschaft fallen ließ. Ein Song wie eine gute Freundin und zugleich ein musikalischer Spiegel.

Vicky riss sich davon los.

Konzentration! Lächeln! Jetzt der Refrain!

›Wohin du gehst, ich geh mit dir‹

In wie vielen hunderten Schlagern klang das genau so?

›Nimm meine Hand und flieh mit mir‹

Nichts davon, kein Wort daraus, kein dumpfer Tanz-Beat, keiner der ewig gleichen Akkorde entsprach ihr und ihrem Gefühl für Musik. Nichts davon war sie.

Nichts daran war Vicky.

Das war nicht ihr Lied. Das waren alles nicht ihre Lieder.

›*Und jetzt lieg ich wach in der Nacht*‹

Vicky hörte auf zu singen. Mitten im Refrain. Das Instrumental-Playback lief noch ein paar Takte, bis Vicky ins Mikro rief: »Mach das Playback aus. Ich singe nicht weiter.«

Der Toningenieur gehorchte. Für einen Moment herrschte Stille auf der Bühne und davor. Das Publikum, die Jury, der Regisseur und selbst der flinke Kai Klusen brauchten einen Augenblick, um zu verstehen, was in diesem Augenblick passierte. Einige Zuschauer begannen zu buhen, bis der Moderator eingriff.

»Oh, ich glaube, unserer Inga geht es nicht so gut. Wir ...«

»Doch, Mann, mir geht es gut. Es geht mir sogar sehr gut.«

»Na, dann starten wir dein Lied einfach noch mal.«

»Nein. Das machen wir nicht. Ich singe nicht weiter.«

Der Regisseur winkte mit aufgerissenen Augen zur Regiekabine und rief so laut in sein Mikro, dass alle es hörten: »Werbung! Los, schnell Werbung einblenden! Scheiße. Macht Werbung! Mann!« Kai Klusen bekam das über sein Headset mit und kündigte an: »Wir gönnen uns und Inga eine kleine Erholungspause. Wir sind gleich wieder für euch da.«

Das Publikum wurde zum ungeduldigen Tier. Die Zuschauer buhten laut, pfiffen empört und schrien nach vorn: »Weitermachen! Sauerei! Warum sind wir hergekommen? Sing weiter! Loser!« Ein paar durch die Kontrollen geschmuggelte Trinkbecher, die teilweise noch gefüllt waren, flogen auf die Bühne.

Der Wind frischte auf.

Kai Klusen, dem das Lachen aus dem Gesicht gefallen war, und der aufgebrachte Regisseur redeten auf Vicky ein. »Was ist los? Du kannst doch nicht einfach aufhören! Ist dir schlecht? Nein?« Sie schütteten die Fragen über ihr aus, ohne ihr die Chance für eine Antwort zu geben.

Doch dann schritt Harald Coppermann energisch auf die Bühne.

»Mensch, Leute, verzieht euch mal. Lasst uns eine Sekunde allein. Verstanden?«

Als die beiden abgezogen waren, reichte er Vicky einen Becher mit Wasser, den sie schweigend nahm. Coppermann hob den Kopf, um zu sehen, ob jemand in ihrer Nähe war.

»Okay, irgendetwas hat dich aus der Bahn geworfen. Aber was es auch ist, ich werde dir jetzt etwas sagen, was du dir genau überlegen solltest.« Er deutete auf Vickys Headset-Mikrophon. »Gib mir das bitte mal.«

Sie überreichte es ihm, und er warf es einem Kabelträger entgegen, der es verdutzt auffing.

»Pass auf, Inga. Wenn du weitermachst, gewinnst du das Ding hier. Weißt du, was ich meine?«

»Ich glaube ja«, sagte Vicky ruhig, obwohl ihr Herz trommelte, als würde sich der Drummer einer Heavy-Metal-Band in ihrem Brustkorb austoben.

»Ich meine: Du hast jetzt schon gewonnen.« Wieder sah er sich nach unerwünschten Zuhörern um. »Du bist die Siegerin. Wir haben das schon längst entschieden.«

»Was? Aber das Voting! Die Zuschauer müssen doch noch abstimmen.«

Coppermann lachte auf. »Das machen die sowieso nur für die Telefongesellschaft, die die Anrufgebühren kassiert. Das können die sich sparen.« Er sah Vicky eindringlich an. »Weil du gewonnen hast. Ich weiß das todsicher. Du musst jetzt nur weitersingen. Verstehst du?«

Vicky starrte ihn an. Ihr Lächeln fühlte sich kalt an. Ihr Herzschlag beruhigte sich.

»Ich verstehe.«

Sie nickte langsam. Coppermann grinste.

»Gut. Sehr gut.« Er rief einer Assistentin zu: »Besorgt ihr ein neues Mikro. Aber zackig! Es geht weiter!«

Die Werbung wurde gestoppt. Kai Klusen lachte wieder in die Kamera, und Harald Coppermann ging zufrieden zu seinem Jury-Sessel zurück.

Der Wind frischte erneut auf.

Vicky genoss die starke Brise, die ihr Abkühlung und Klarheit verschaffte.

»Daaa sind wir wieder beim großen Finale des SCHLAGER ROCKET STARS 2024! Auch Inga ist wieder am Start. Ihr war gerade ein wenig schwindelig wegen der Aufregung. Aber jetzt geht es weiter. Inga singt den Superhit ...«

»Kai? Einen Moment. Ich will noch etwas sagen.«

Mit nervös flatternden Augenlidern blickte der Moderator sie an.

»Na, klar. Äh, aber dann ...«

»Nein. Nichts ›aber dann‹. Es bleibt dabei: Ich singe nicht weiter. Das hier ist nicht meine Sache. Ich bin hier falsch. Das habe ich heute Abend erkannt. Es tut mir leid, aber es geht nicht.«

Entgeistert starrte Klusen sie an. Ein Raunen ging durch das Publikum. Vicky sprach schnell in rauem Ton weiter.

»Ach ja. Das solltet ihr noch wissen: Das ganze Voting, die Entscheidung der Jury – das ist alles abgesprochen. Die Siegerin steht längst fest.«

Harald Coppermann sprang aus seinem Sitz und rannte zur Bühne.

»Und wisst ihr, wer mir das gerade eben gesagt hat?«

Coppermann hatte Vicky erreicht. Er streckte die Hand nach ihrem Headset-Mikro aus.

Vicky grinste ihn an und sagte: »Wenn man vom Teufel spricht ... Harald Coppermann hat mir das verraten.« Sie schlug seine Hand weg, riss sich das Headset-Mikro vom Kopf und knallte es ihm an die Brust. »Das schenke ich dir.«

In diesem Augenblick erhellte der erste Blitz die Bühne. Ein krachendes, brüllendes Donnern kündigte das Gewitter an, das vom Meer herübergezogen war und dessen schwarze Wolken sich über der Strandbühne auftürmten.

33

Max staunte über das Schauspiel, das ihm das Show-Publikum bot. Erst sprangen ungefähr dreißig der etwa dreihundert Zuschauer nach Vickys Worten wutschnaubend auf und drängten nach vorn zur Jury.

Max vermutete, dass dazu frustrierte Familienangehörige oder Freunde von rausgeworfenen Teilnehmern gehörten. Und extra eingeladene deutsche Touristen, Schlagerfans, die sich um ihre Erwartung betrogen fühlten, dass im Schlagerkosmos die Welt noch in Ordnung war, dass der Trip aus dem Alltag, den der Schlager bedeutete, ihnen nur gute Laune verschaffen würde – ohne böse Überraschungen, wie Vicky sie ihnen soeben bereitet hatte oder besser: Harald Coppermann.

Das Publikum glaubte offenbar, dass der Sprung Coppermanns auf die Bühne und sein Griff zu Vickys Mikro ein Schuldeingeständnis waren. Denn die Krawall-Willigkeit steigerte sich mit jedem Schritt der Wutentbrannten in Richtung der roten Jury-Sessel. Die erhitzte Stimmung stand kurz vor einer Explosion. Immer mehr Zuschauer ließen sich mitreißen, und nach ein paar Minuten war die Hälfte des Publikums in Bewegung. Einige nahmen auf dem Weg nach vorn bereits die Bestuhlung auseinander.

Harald Coppermann erkannte augenblicklich, dass er das Ziel der entfesselten Meute war. Er floh durch den nicht mehr strahlenden Torbogen hinter die Bühne. Doch auch der Rest der Jury rettete sich. Tobias Silvester sprang aus seinem Sessel und rannte an der Bühne vorbei zum Strand. Jasmin nahm den alten Schlager-Recken Chris schnell bei der Hand, als das Publikum hinter ihnen auszurasten begann. Sie zog ihn aus der Jury-Ecke weg, raus aus den Scheinwerfer-Spots, am Rand der Bühne entlang auf eine abgedunkelte Seite des Zuschauerraumes. Dort beachtete sie niemand mehr.

Nur Max bemerkte, wie sie flohen, weil er es sich mit Sam und Leo abseits von den anderen Zuschauenden in demselben

Schattenbereich des Raumes gemütlich gemacht hatte. Als Jasmin und Chris sie sahen, rannten sie erschrocken weg. Sie dachten wahrscheinlich, dass sich die drei ebenfalls in juryfressende Monster verwandeln würden.

Aber die Monster kümmerten sich nicht um sie. Die drei machten sich vielmehr um Vicky Sorgen. Denn die Sängerin ging seelenruhig von der Bühne. Ihr schien egal zu sein, dass über ihr der Himmel mit trommelfellerschütterndem Donner alle zur Verfügung stehenden Blitze und jeden in den Wolken gespeicherten Liter Wasser zur Erde schickte und hinter ihr eine wildgewordene Meute auf die Bühne zustürmte. Max, Leo und Sam rannten Vicky hinterher, um sie vor den entfesselten Zuschauern zu schützen. Aber Vicky beschloss nun doch, ihre Schritte zu beschleunigen. Rasch schlüpfte sie durch einen Seitenausgang in den Garderobengang und verschwand aus der Szenerie.

Vor der Bühne versuchten die beiden Polizisten, die Vicky eingeladen hatte, mit Dienstmarken und Trillerpfeifen für Ordnung zu sorgen. Mit erhobener Hand stellten sie sich der Meute entgegen. Doch die wutbenebelten Zuschauer rannten sie einfach um. Techniker schoben Kameras, Mikrophonständer und Scheinwerfer in Windeseile beiseite, um sie vor dem Publikum und auch den Regenschauern zu schützen, die auf den halb geöffneten Saal herunterstürzten. Dessen Wände und die Decke schoben sich zu langsam wieder zusammen, als dass sie die Menschen vor dem plötzlich in voller Kraft niedergehenden Gewitter abschirmen konnten. Doch das Unwetter bremste den Ansturm der Zuschauer. Die kehrten um und rannten zum Hotel zurück, um ins Trockene zu kommen.

Max, Leo und Sam schafften das ebenfalls. Sie spurteten kurz über die dunkle Bühne und gingen in den Seiteneingang, in den Vicky verschwunden war. Im dahinter liegenden Garderobengang brannten die Lichter noch. Max lief los, was ihn seine kalte und nasse Kleidung vergessen ließ. Er holte Vicky rasch ein.

»Hey, warte!«

Sie drehte sich um und strahlte ihn an. Sie war durchnässt, ihr Make-up war zerlaufen, die Haare trieften und erinnerten an zu lang gekochte Spaghetti. Auf ihrem Gesicht war schwer zu erkennen, was da glänzte: Tränen oder Regentropfen. Max tippte auf den Regen, denn Vicky lächelte ihn merkwürdig entspannt an. Ein paar Sekunden später holten Leo und Sam auf.

»Tolle Show, Vicky, das muss man dir wirklich lassen«, lobte Sam.

»Ja ... echt ... puh, der Knaller«, brachte Leo schnaufend hervor.

»Lasst uns auf die Zimmer gehen und trockene Klamotten anziehen. Dann reden wir darüber«, schlug Max vor.

Er legte Vicky seine Segeljacke, die innen halbwegs trocken war, über die Schultern. Sie verabredeten, dass die Männer Vicky nach einer halben Stunde von ihrem Zimmer abholen würden, um sich einen Platz zum Reden zu suchen. Dann duschten sich alle den kalten Meeresregen von der Haut und schlüpften in trockene Kleidung. Als sich Max, Leo und Sam vor Vickys Tür versammelt hatten, trat die Sängerin aus ihrem Zimmer und zeigte durch ihr Outfit, dass sie offensichtlich in Feierlaune war. Sie trug eine kurze schwarze Lederjacke, darunter ein rotes Top mit Stehkragen, knallenge Jeans und schmale schwarze Stiefeletten. Ihre Haare hatte sie zur Löwenmähne hochfrisiert.

Max musste bei dem Anblick tief Luft holen.

»Was ist?« Vicky lachte ihn an, als sie seine Reaktion sah. »Kommt rein, Jungs.« Einer nach dem anderen trat ins Zimmer. »Ehrlich gesagt ist mir nicht nach Reden. Lasst uns lieber richtig Party machen!«

Sie wollte hinter Leo die Tür schließen – als die plötzlich mit einem dumpfen Knall aufgestoßen wurde.

»Eine Party? *Fantastique*. Da bin ich gern dabei.«

Die Schwarzhaarige stand in der Tür und zielte mit einer Pistole zwischen Vickys Augen.

34

Die Tür prallte gegen Leos Arm und ließ ihn mit dem Rücken gegen die Wand stolpern. Nach dem Aufprall schwang die Tür nicht zurück, sondern blieb wenige Zentimeter vor Leos Nase stehen. Dadurch konnte er nicht sehen, sondern nur hören, was geschah und wer sprach. Er blieb stehen und hielt den Atem an.

Wo kam die Killer-Queen auf einmal her?

Eine weitere Person trat ins Zimmer. Wahrscheinlich einer der Gangster mit den Sonnenbrillen.

»Na, habt ihr mich vermisst?«, hörte Leo die Frau fragen. »Du bist doch bestimmt vor Sehnsucht vergangen, *mon amour*.«

Natürlich war Sam gemeint. Der antwortete: »Es hält sich in Grenzen.«

Die beiden Eindringlinge hatten noch nicht registriert, dass einer fehlte. Dazu war die Situation wohl zu frisch, überlegte Leo. Für ihn bedeutete das: schnell handeln, das Überraschungsmoment ausnutzen. Aber er hatte keine Waffe, und nichts lag in Griffweite, was er für einen Angriff benutzen konnte. Da blieben nur die Tür, die gute alte Dampfwalzenmethode und die Hoffnung, die beiden ungebetenen Gäste gut zu treffen.

Max half ihm, ohne das zu wissen, als er mit einer Frage für eine Ablenkung sorgte: »Wie sind Sie aus dem Gefängnis gekommen? In den Nachrichten hieß es doch, Sie würden für Jahre eingesperrt werden.«

»Was erzählst du da, *crétin*? Jahre? *Mon Dieu*! Die beiden Nächte in diesem Loch haben mir ...«

›Operation Dampfwalze‹ – so hatte Leo seine Aktion getauft, – unterbrach die Killer-Frau. Er sprengte die Tür mit einem Stoß seiner Hände fast aus den Angeln. Ein Treffer, denn sie schlug mit einem dumpfen Knall auf einen Menschenkörper. Leo sprang hinterher, bereit, den beiden Gangstern, die seine Freunde bedrohten, an die Gurgel zu gehen. Er ließ sich allerdings einige Sekunden zu lang von dem Anblick der am Boden liegenden schwarz gekleideten mordlüsternen Frau ablenken. Als er sich auf ihren Begleiter stürzen wollte, sah Leo ihn erst nicht, weil der sich rasch hingekniet hatte. Die Pistole in dessen Hand zielte auf Leo und ploppte zweimal. Eine Kugel traf Leo in die Herzgegend, die andere in den Arm. Er stöhnte leise auf und sackte zu Boden.

35

»Leo!«

Vicky, Max und Sam schrien gleichzeitig auf. Alle drei hatten den Impuls, zu ihm zu stürzen. Aber der smokingtragende Begleiter der Schwarzhaarigen schnauzte sie an.

»Stehen bleiben! Sonst knall ich euch auch noch ab!«

Er zielte von einem Gesicht zum nächsten und verharrte bei Vicky. Sie gehorchten und starrten fassungslos auf Leo.

Tränen stiegen in Vicky auf, ihre Lippen zitterten, als sie ihn so reglos daliegen sah. Er hatte die Augen geschlossen. Sein Hawaiihemd war blutverschmiert. Sie konnte ihm nicht mehr helfen.

Die Schwarzhaarige stand auf und richtete ebenfalls ihre Waffe auf Vicky. Kaum in der Lage, ihre Wut zu zügeln, zischte sie ihren Begleiter an.

»*Merde*! Du Idiot! Warum hast du ihn erschossen? Was machen wir jetzt mit ihm? Sie sollten alle lebend in das Auto. Hast du das verstanden? Lebend. *Merde*!«

»Aber ich dachte ... weil er ...«

»Sei still! *Crétin*! Sag: Wer hat dich ausgebildet? Die Putzfrau? Man kann auch in den Arm schießen oder ... ach, egal.«

Der Smoking-Träger schwieg betreten.

»Jetzt still. Ich muss nachdenken«, sagte sie und schwenkte die Pistole von einem Gesicht ihrer Gefangenen zum nächsten.

Vicky fiel auf, dass die Schwarzhaarige zwar Kälte und Härte ausstrahlte. Sie hatte in der Stimme, in ihrem Blick, aber zugleich etwas Müdes, Trauriges, das sich ab und zu Bahn brach, wenn sie mal keine Beschimpfungen oder Morddrohungen losfeuerte. Doch jetzt war sie hochkonzentriert und ließ Vicky, Max und Sam keine Sekunde mehr aus den Augen.

»Ich nehme die drei in unserem Wagen mit. Der Dicke passt da nicht mit rein. Den schaffst du weg. Bring ihn ins Auto unserer Freunde hier und komm mir nach. Du weißt: zu dem Turm. Da begraben wir ihn. Wenn die Polizei die Leichen findet, wird einer mehr oder weniger nicht auffallen. Die werden ihn sowieso nicht entdecken, wenn er unter der Erde ist.«

Vicky verstand, was sie vorhatte: irgendwo bei einem Turm treffen, Leo begraben und den Rest umbringen. Ein Schauder lief ihr über den Rücken.

»Aber wie soll ich den Fettsack hier rausbekommen? Der wiegt doch bestimmt …«

»Lass dir was einfallen. Hol dir einen Kofferwagen oder einen Wäschewagen von den Putzfrauen. Was weiß ich. Du hast ihn erschossen – du schaffst ihn weg.«

Der Smoking-Träger nickte ergeben und mit Denkfalten auf der Stirn.

»*Mes amies*, und wir machen jetzt einen kleinen historischen Ausflug.«

36

Es gab nichts zu sagen.

Schweigend saßen Max, Vicky und Sam in einem riesigen SUV, den die Schwarzhaarige steuerte. Sie hatte jeden einzeln mit Handschellen an die Türgriffe gefesselt. Max teilte sich mit Sam die Rückbank. Ab und zu schaute er nach vorn zu Vicky. Sie sah wortlos aus dem Fenster.

Max blickte ebenfalls hinaus. Das Gewitter war weiter über die Insel gezogen. Es hatte glänzende regennasse Straßen hinterlassen, auf denen der SUV am Hafen der mallorquinischen Hauptstadt Palma entlangfuhr. Max entdeckte einen Polizeiwagen und zwei Streife laufende Polizisten. Doch die waren nach ein paar Sekunden aus seinem Blickfeld verschwunden – unerreichbar für einen Hilferuf.

»Wenn einer Blödsinn macht, knalle ich ihn ab. Eine Leiche mehr zum Vergraben, das ist jetzt auch egal«, verkündete ihre Fahrerin.

Also keine Chance, hier irgendetwas zu versuchen. Wie sollte das auch gehen im fahrenden Auto? Und bei dem Tempo. Aber es musste einen Weg geben. Max wollte sich nicht einfach so abschießen lassen. Das waren sie Leo schuldig. Ihm wäre bestimmt etwas eingefallen. Sie beide hätten einen Plan entwickelt, denn sie hatten sich bereits zu einem gut eingespielten Team entwickelt, trotz der kurzen Zeit, in der sie sich kannten. Max hatte schon nach diesen paar Tagen gewusst, dass er sich tausendprozentig auf Leo verlassen konnte. Klar, dessen Mitteilungsdrang war manchmal anstrengend gewesen. Aber seine unerschütterliche Fröhlichkeit hatte Max oft angesteckt. Leo war ihm immer sympathischer geworden, auch wenn Max viel zu wenig von ihm wusste.

Doch Leo würde nichts mehr über sich erzählen können. Die Gangster hatten seine Stimme, ihn, Leo, einfach ausgelöscht. Und sie waren dabei, das genauso mit Sam zu tun – und mit Vicky.

Nein! Das durfte nicht sein.

Max schloss die Augen.

Das würde er nicht zulassen.

Der Gedanke hallte in Max' Kopf wie ein tiefer, hart angeschlagener Akkord, der die Trauer um Leo wegstieß und dem Verstand den Vortritt ließ. Doch den konnte Max nicht richtig füttern. Er hatte zu wenige Informationen, dafür aber Fragen und Vermutungen: Was hatten die beiden mit ihnen vor? Erschießen? Im Meer versenken? Oder sie von dem Turm stürzen, von dem die Schwarzhaarige gesprochen hatte? Machten die beiden das allein, oder kamen noch andere Gangster dazu? Max' Gedanken surrten durcheinander wie ein verrückt gewordener Hornissenschwarm. Darüber nachzudenken war zu diesem Zeitpunkt sinnlos. Ihm blieb nichts weiter übrig, als abzuwarten.

Wie es den anderen wohl ging?

Sein Blick ging hinüber zu Vicky.

37

Vicky schluchzte nicht mehr. Ihr Kopf wurde allmählich wieder klar, als sie die vergangene Stunde noch einmal vor ihrem inneren Auge wie einen Film abspielen ließ.

Nach dem Schuss auf Leo hatte die Schwarzhaarige, mit der Hand an der Pistole in der Handtasche, Vicky, Max und Sam aus dem Hotel getrieben und in ihren Wagen verfrachtet.

Als Vicky dann auf dem Beifahrersitz im SUV saß, holte sie der Schrecken über den Mord an Leo ein – das Bewusstsein, dass sie nie wieder seine Scherze hören und sein verschmitztes, fröhliches Lächeln sehen würde. Ihre Tränen zeigten ihr, dass sie Leo sehr mochte. Erst ließ sie ihnen freien Lauf. Aber nach und nach verzogen sich die Trauerschwaden in ihrem Kopf.

Vicky registrierte, dass sie am östlichen Rand von Palma entlangfuhren. Links neben ihnen die Stadt, rechter Hand Palmen, die Küste, das Meer. Sie hatte keine Ahnung, wohin sie fahren würden. Nur eines war ihr klar: Sie sollten dort sterben.

38

Sam schüttelte immer noch ab und zu fassungslos den Kopf.

Tot. Leo war tot.

Sam hatte sich gerade an ihn gewöhnt, seine Neckereien, seine Witzchen. Leo war ein wirklich dufter Typ gewesen. Manchmal nervig, aber herzensgut.

Tot.

Wegen dieser Schlampe und ihrem Helfer. Und vielleicht auch Lover?

Sam presste die Lippen zusammen.

Das war er ebenfalls gewesen. Wie hatte er sich nur auf sie einlassen können? Aber woher hätte er wissen sollen, wer ihn da zum Quickie einlud? So etwas passierte ihm nicht besonders oft – genau genommen, niemals. Er hatte immer um die Frauen werben müssen, sie umgarnen, Komplimente machen, zum Essen ausführen, das volle Programm, bevor sie mit ihm Sex hatten.

Und nun saß seine Mini-Affäre vor ihm auf dem Fahrersitz, trommelte den Rhythmus eines unhörbaren Liedes mit den Daumen auf das Lenkrad und fuhr sie geradewegs in die Hölle.

Shit. Wenn er nur irgendwie aus diesen verdammten Handschellen kommen könnte. Dann würde er ihr zeigen, wie er jetzt über sie dachte. Sie hatte ihm nicht mal ihren Namen gesagt. Sie wollte nur mit ihm vögeln. Okay, das war toll. Aber das zählte nicht mehr. Jetzt ging es um Leo – sie sollte dafür bezahlen. Und es ging um Vicky, Max und ihn selbst.

Es ging um Leben und Tod.

39

Wie schwach sie alle waren. Gelähmt vor Angst. Unfähig zu denken und zu handeln.

Cara seufzte.

Wenigstens hatte die Sängerin aufgehört zu heulen.

Cara blickte in den Rückspiegel, wie schon ein paar Mal, nachdem sie Palma hinter sich gelassen hatten. Sie hoffte, Georg zu entdecken. Der würde schon kommen. Und dann könnten sie diesen Mist endlich beenden. Zum Glück mussten sie laut Navi nur noch fünf Kilometer fahren. Fünf Kilometer einer elendig langweiligen, ermüdenden Landstraße, auf der die

Scheinwerfer nur den Asphalt vor dem Wagen erhellten. Links und rechts zogen die Landschaft beherrschende Büsche und Sträucher als wiederkehrende schwarze Schatten im Licht des Vollmondes vorbei. Autos kamen ihnen kaum entgegen.

Caras schickte während der schweigsamen Fahrt ihre Gedanken wieder einmal voraus, in die Zukunft, zu dem Tag, an dem sie alles hinter sich lassen würde. Und dann: eintauchen in Ruhe, Langsamkeit, Sicherheit. Endlich. Wie nichts auf der Welt wünschte sie sich das.

Cara spürte bei dem Gedanken wie so oft in letzter Zeit eine Müdigkeit, die wenig mit den Anstrengungen der vergangenen Tage zu tun hatte. Eine Erschöpfung, die tief in sie hineinreichte, seit zwei Jahren schon, seitdem sie bei einem Auftrag ihre alten falschen Pässe und Ausweise vernichtet hatte.

Damals musste Cara sich einmal mehr für einen Job eine Tarnidentität zulegen. Eine neue Lebensgeschichte, ein neues Aussehen, neue gefälschte Ausweispapiere. Von denen hatte sie ein paar alte in der Schublade herumliegen. Ungünstig, wenn die Polizei sie im Visier hatte und das Hotelzimmer durchsuchte. Deshalb wollte Cara an diesem Tag ausmisten. Das hätte sie schon längst machen sollen. Ein Griff in die Schublade, die Papiere in eine kleine Kupferschale, die sie für diesen Fall dabeihatte, anzünden, die verkohlten Reste in der Toilette runterspülen und fertig.

Doch dann hielt Cara die Papiere in der Hand. Sie ging sie durch, erinnerte sich an die Leben, die sie sich ausgedacht hatte. Ihr wurde schwindelig. Denn sie fragte sich, wo in diesen Gedankengebäuden sie selbst war: Cara.

Wenn das überhaupt ihr richtiger Name war. Cara hatten die Pflegekräfte sie im Kinderheim genannt. Wie sie da hineingekommen war, wusste Cara nicht. Das hatte ihr die Leitung des Heims nie verraten. Nur einmal hatte sie einer der brutalen Pfleger als »kleine russische Schlampe« bezeichnet. Sonst wusste sie nichts darüber, woher sie kam. Ihre Eltern kannte sie nicht. Sie hatte keine Familie, keine Verwandtschaft.

Und so blieb es. Sie holte sich Männer ins Bett, aber keinen Ehemann, keinen Partner an ihre Seite. Und sie gründete erst recht keine Familie. Denn sie musste ja ständig aufpassen und weiterziehen, um nicht entdeckt und gefasst zu werden.

Doch dieses ruhelose Weiterziehen war nur eine Flucht vor sich selbst. Das wusste Cara in dem Moment, in dem sie die alten Papiere in der Hand hielt. Aus ihnen stiegen die Fragen empor, vor denen sie geflüchtet war: Wer war ihre Mutter, wer ihr Vater? Welche Herkunft hatten sie ihr mitgegeben? Und letztlich: Wer war sie wirklich?

Mechanisch hatte sie die Ausweise und Pässe verbrannt. Aber ihre Fragen waren nicht in Flammen aufgegangen. Sie wurden selbst zu einem unruhigen Feuer in ihr. Cara wollte herausfinden, wer sie war, ihre Flucht beenden und sich dann mit einem süßen Leben auf einer Trauminsel belohnen.

Aber davor musste dieser verfluchte letzte Auftrag ihr das nötige restliche Geld für den Ausstieg einbringen. Nur noch diese *fucking* Sängerin und ihre schlappschwänzigen Freunde erledigen.

Cara blickte in den Rückspiegel. Sie bemerkte das einsame Lichterpaar eines Autos. Das konnte Georg sein.

»Wohin fahren wir?«, fragte der gelockte Dunkelhaarige vom Rücksitz.

Cara gab keine Antwort. So wenige Informationen wie möglich preisgeben. Mehr zu wissen als der Feind oder das Opfer war immer von Vorteil. Aber eigentlich war das jetzt egal, weil die drei sowieso nur ein One-Way-Ticket hatten.

Cara hätte ihnen also erzählen können, dass sie zum geschichtsträchtigen ›*Torre de Vigilància del Cap Blanc*‹ fuhren. Der zehn Meter hohe Turm war 1579 auf einer Klippe der Landspitze Cap Blanc zur Verteidigung der Stadt Llucmajor gegen die Überfälle durch osmanische Türken gebaut worden, die Mallorca damals massiv bedroht hatten. Die Steilküste, an der der verlassene Wehrturm stand, ging neunzig Meter in die Tiefe – und unten warteten jede Menge hohe Felsen.

Damit konnte man arbeiten.

Doch darüber sagte Cara kein Wort. Überhaupt schwieg sie, während sie den Wagen auf einer Landstraße durch die Einsamkeit des küstennahen Graslandes fuhr, das mit kleinen Bäumen, Büschen und Sträuchern bestückt war. Der Bewuchs wurde üppiger, je näher sie der Küste kamen.

Sie steuerten erst direkt auf den Far des Cap blanc zu, den intakten Leuchtturm der Bucht von Palma am Cap Blanc. Doch ein paar hundert Meter davor lenkte Cara den Wagen weg von der befestigten Straße, die zum Leuchtturm führte, hinunter auf einen breiten Feldweg. Dabei mähte sie kurzerhand ein wackeliges Eisengitter, das den Zugang versperrte, aus der Bahn. Dann stellte sie die Scheinwerfer aus, um den SUV für Blicke aus der Ferne und vom nahen Leuchtturm unsichtbar zu machen.

Cara seufzte müde.

Hoffentlich dachte Georg daran, das Licht seines Wagens auszuschalten. Er war zwar gut im Bett, aber sie hatte den Eindruck, sein Gehirn konnte nur die Synapsen miteinander verbinden, die es ihm ermöglichten, jemanden zu erschießen, zu verprügeln oder eine Erektion zu bekommen, und nichts darüber hinaus.

Im Rückspiegel sah sie wieder das einsame Scheinwerferpaar. Gut, Georg war also immerhin auch in der Lage, Wegbeschreibungen zu folgen. Dann konnte sie ja doch schon alles vorbereiten. Sie fuhr den Wagen durch einen Drahtzaun, der kaum ein Geräusch machte, als der SUV ihn zerdrückte. Dann hielt sie auf einem kleinen Plateau, oben auf einer Klippe des Cap Blanc. An dessen Rand tauchte der Mond den alten Wehrturm in ein kaltes Licht.

Cara stieg aus und sah sich um. Der Ort war perfekt. Kein Mensch war weit und breit zu sehen. Sie ging um den runden Turm herum an den Rand des Plateaus. Dort ging es tief hinab, fast hundert Meter, wie es das Internet verraten hatte. Cara nickte zufrieden. Die drei würden nicht überleben, wenn der

Wagen hinunterstürzte und auf den Felsen unten zerschellte. Den Fetten würden sie danach irgendwo in der freien Natur ein paar Kilometer entfernt vergraben. Und dann: Auftrag erledigt, ein Tag am Pool, ein bisschen Sex und abkassieren für den Ausstieg auf ihre Trauminsel.

Cara lief zurück zum SUV und holte eine Flasche aus dem Kofferraum, die sie in ihren Gürtel steckte. Dann befreite sie die drei Entführten von den Handschellen und scheuchte sie mit der Pistole zum Turm.

Dort standen sie in einer Reihe vor Cara, als würden sie auf ein Erschießungskommando warten. Sie ließ ihren Blick über die Gesichter wandern, die sie im hellen Licht des Mondes und der glitzernden Sterne genau erkennen konnte. Sam, der die Arme vor der Brust verschränkt hielt, schoss ihr Blitze aus den Augen entgegen. Die Sängerin ballte ständig ihre Hände zu Fäusten und öffnete sie wieder. Ihre Augen waren groß und starrten auf Cara. Angst war darin zu lesen. Der hübsche Dunkelhaarige dagegen musterte Cara ruhig und konzentriert. Er runzelte dabei die Stirn und rieb langsam die Hände, als würde er angestrengt über etwas nachdenken.

Dass alle drei nun keine Handschellen mehr trugen, war für Cara nur logisch. Denn was wäre das für ein merkwürdiger Unfall, bei dem die unglücklich von der Klippe Gestürzten alle gefesselt waren? Nur eines fehlte noch, damit der Absturz plausibel wurde: Alkohol im Blut.

»Hey, du! Fang auf!«

Cara nickte dem gelockten Dunkelhaarigen zu. Sie zog die mit einem Korken verschlossene Flasche aus dem Gürtel und warf sie ihm zu.

»Die trinkt ihr jetzt aus. Jeder ein paar Schluck, bis die Flasche leer ist.«

Der Wodka in der Flasche war ein hochprozentiger Tropfen. Und wenn man später die Leichen aus dem Wagen bergen und untersuchen würde, wäre die Trunkenheit des Fahrers ohne Zweifel der Grund, warum der das Auto über den Rand der

Klippe gesteuert haben würde. Der Dunkelhaarige zog den Korken aus dem Flaschenhals – und zögerte. Er blickte Cara direkt in die Augen und sagte mit leicht zitternder Stimme: »Hören Sie. Lassen Sie uns eine andere Lösung finden. Wir können uns bestimmt einigen. Wenn es um Geld ...«

Cara feuerte ein paar Zentimeter vor den Füßen des Gelockten eine Kugel in den sandigen Boden. Er zuckte zurück und verschüttete ein bisschen Wodka.

»Nein!«, schrie die Sängerin auf.

Cara blitzte den Dunkelhaarigen an. »Still! Kein Wort mehr!« Sie hob die Waffe und zielte zwischen seine Augen. »Ich kann dich sofort erschießen, wenn dir das lieber ist. Dann begraben wir dich nachher neben deinem fetten Freund.«

Nun beeilte sich der Gelockte, aus der Flasche zu trinken.

»Und jetzt unser Star hier«, befahl Cara.

Die Sängerin hatte von ihrem Aufschrei noch den Mund halb geöffnet. Ihre Augen waren aufgerissen und wanderten von Cara zu dem Dunkelhaarigen und zurück. Sie nahm die Flasche und trank, ohne zu zögern. Cara winkte mit der Waffe zu Sam hinüber, aus dessen Gesicht jede Wut verschwunden war. Auch seine Augen waren weit geöffnet. Seine Hand zitterte, als er die Flasche nahm und an den Mund setzte.

Dann machte der Wodka langsam weiter die Runde.

›Gut, es geht voran‹, dachte Cara. Allerdings ... *Merde*, jetzt musste sie die Kugel im Sand suchen und verschwinden lassen, um zu verhindern, dass die Polizei sie später finden würde.

Cara seufzte. Wann war das alles hier endlich vorbei?

Sie zündete sich eine Zigarette an – und warf sie gleich wieder fluchend weg, weil die Lichtkegel eines Autos über das Plateau streiften. Das Motorengeräusch des Wagens wurde lauter. Endlich. Georg hatte tatsächlich den Weg gefunden.

Sie drehte sich zu ihm um und winkte, damit er gleich zu ihr herüberfuhr. Sie erkannte den Fiesta, der auf sie zukam. Aber Georg machte keine Anstalten langsamer zu fahren. Im Gegenteil – er beschleunigte und schoss direkt auf sie zu. Cara hechtete zur Seite. Sie fiel in ein Gebüsch und rutschte ein Stück den dahinterliegenden Abhang hinunter, der in die Tiefe führte, zu den Felsen, zum Meer. Cara krallte ihre Finger in den Boden, um nicht noch mehr abzurutschen. Einen Meter von ihr entfernt wehte nur der Küstenwind, und es ging geradewegs nach unten zu den vom Meer umschäumten Klippen.

40

»Los, Leute! Einsteigen!«, rief Leo. Er konnte ja verstehen, dass sie geschockt waren, ihn lebendig zu sehen. »Mann, beeilt euch. Steigt endlich ein!«

Aber er hatte die Killer-Lady mit dem Auto nicht erwischt. Die war verdammt schnell. Und sie war bewaffnet. Also nichts wie weg hier. Max und Sam setzten sich auf die Rückbank. Vicky nahm vorn neben Leo Platz. Der drückte aufs Gas – und das keine Sekunde zu früh, denn im Rückspiegel sah er im Mondlicht den Schatten der Killer-Queen, die Schüsse abfeuerte. Drei Treffer schlugen große Löcher in die Heckscheibe.

Sam schrie auf.

»Ah! Shit!«

»Was ist?«, fragte Leo besorgt. »Bist du verletzt?«

»Ja. Nein. Nicht richtig.«

»Ja, was denn nun?«

»Die hat mich an der Schulter erwischt, aber eigentlich ... Sie hat mein Jackett ruiniert! Wisst ihr, was das gekostet hat?«

Leo antwortete nicht. Er konzentrierte sich darauf, den Rückweg nach Palma zu finden. Immer auf der Autobahn Ma-6014 entlang, damit sie rasch in die Stadt kommen würden, unter Menschen und hoffentlich Polizisten. Das würde ihre Lebensversicherung gegen diese mordlustige Tussi sein – die ihnen wieder auf der Spur war, denn im Rückspiegel entdeckte Leo, wie zwei Scheinwerfer einsam aus der Dunkelheit erschienen und schnell näherkamen.

41

»Ich bin so froh, dass du noch lebst.« Vicky lachte, legte Leo die Hand auf die Schulter und streichelte darüber. Sie konnte jetzt wieder klar sehen, fühlen und denken. Der Nebel, den der Wodka um ihre Sinne gelegt hatte, war durch den Schock, Leo wiederzusehen, völlig verschwunden. »Aber warum lebst du noch? Wir haben doch gesehen, wie dieser Typ auf dich geschossen hat. Und geblutet hast du auch.«

»Das erzähle ich euch später, wenn wir das hier überleben sollten.« Er deutete auf den Rückspiegel. In dem rasten zwei Lichter auf den Fiesta zu, die aussahen wie wütend zu Schlitzen zusammengezogene riesige Monsteraugen.

Vickys Handy klingelte. Sie staunte, dass es nicht aus ihrer Jacke gefallen war. Ohne zu überlegen, ging sie ran. Eine fremde männliche Stimme meldete sich.

»Guten Abend. Inga Sommer? NACHTKURIER, Hamburg. Wir haben Ihren tollen Auftritt gesehen. Wir würden Sie gern für ein Interview gewinnen, damit Sie Ihre Sicht der Dinge, also, was da wirklich los war, bei der Show ...«

»Jetzt nicht. Woher haben Sie überhaupt meine Nummer?«

Ein Stoß von der Stärke einer Nashornattacke erschütterte das Auto. Der Fiesta schlingerte, aber Leo konnte ihn wieder auf die Spur bringen. Ein paar Schüsse schlugen klirrend in das Blech der Karosserie, sie verletzten jedoch niemanden.

»Frau Sommer? Sind Sie noch da? Was ist das für ein Lärm?«

»Ach, nichts weiter. Man versucht nur gerade, mich zu erschießen und über den Haufen zu fahren!«

»Was?« Der Anrufer lachte. »Okay, aber Scherz beiseite. Was denken Sie: Können wir das Interview machen?«

»Mann! Nein! Kann ich jetzt einfach mal hier in Ruhe sterben?!«

Sie legte auf. Der Anblick des SUV füllte nun die gesamte Heckscheibe aus. Ein weiterer Ruck. Das Auto zitterte jetzt ununterbrochen, weil der SUV sich permanent an die Stoßstange des kleineren Wagens drängte. Er schob den Fiesta, über den Leo allmählich die Kontrolle verlor.

»Oh, Shit, die will echt kuscheln«, stellte Vicky fest.

»Sam, mach was!«, rief Leo, der am Lenkrad herumdrehte.

»Warum ich?«

»Sie ist deine Freundin!«

42

»Sie schießt nicht mehr«, stellte Max fest. »Vielleicht ist ihr die Munition ausgegangen.«

»Wir haben auch eine Waffe«, erklärte Leo. »Ich hab' dem Typen, der auf mich geschossen hat, die Pistole abgenommen. Die ist mir aber vorhin hier im Auto runtergefallen. Sie muss irgendwo unter den Sitzen liegen.«

Max und Sam bückten sich gleichzeitig, um zu suchen. Sie hätten sich beinahe das Genick gebrochen, weil der Wagen plötzlich durch einen heftigen Stoß ins Schleudern geriet. Dann rammte der SUV wieder das Heck und schob den Fiesta mit aufheulendem Motor weiter. Max streckte den Kopf nach oben.

»Was ist los?«, fragte er Leo, der verkrampft das Lenkrad umklammerte.

»Haltet euch fest!«, rief Leo. »Die drängt uns ab! Wir sind nicht mehr auf der Straße! Mann, was hat die vor?!«

Max ahnte es. Er hatte vom Turm aus zum Meer geblickt und im Mondlicht gesehen, dass sie sich an einer langen Steilküste mit mächtigen Klippen befanden. An ihrem Fuß ragten hohe Felsen aus dem Meerwasser. Sie mussten immer noch in diesem Areal sein, denn weit waren sie nicht gefahren. Max war auf einmal klar, was die Schwarzhaarige vorhatte. Sein Magen verkrampfte sich.

»Du musst bremsen!«, rief er, als ob Leo nicht schon längst auf dem Bremspedal stand. »Sie will uns die Klippe runterkicken!«

Der SUV hatte den Fiesta aus einer Kurve von der Straße gedrängt. Der kleine Wagen stemmte sich zwar dem Angreifer entgegen, seine Bremskraft war jedoch hoffnungslos unterlegen. Der Fiesta rutschte stetig weiter auf den Rand eines Plateaus zu – das Dach einer Klippe, wie Max vermutete. Noch etwa fünfzehn Meter, und sie hatten den Rand erreicht. Und dann: im freien Fall in die Tiefe, wo die Felsen der Steilküste auf sie warteten.

43

»Ich habe die Pistole!«, verkündete Sam erfreut und stieß sich den Kopf, als er ihn wieder nach oben hob.

»Dann benutz sie, Sinatra!«, schrie Leo.

Und Sam gehorchte. Zum Glück hatte er Erfahrungen mit Waffen. Zu Hause hatte er in der Schublade für Notfälle eine Glock 27 liegen, mit der er ab und zu in der Berliner Wuhlheide schießen übte. Zu seiner Verteidigung hatte Sam diese Fähigkeit noch nie benötigt – bis zu diesem Moment im schwankenden, röhrenden Fiesta.

Erst einmal brauchte er freie Sicht. Deshalb stieß Sam mit dem Ellenbogen die Reste der Heckscheibe aus dem Rahmen. Er fluchte wegen seines Jacketts, das dabei weiter zerriss. Dann legte er die bereits entsicherte Waffe an. Er zielte auf die Windschutzscheibe des SUV in der Höhe der Fahrerseite, wo er seinen One-Hour-Stand vermutete. Sehen konnte er die Dame nicht, weil das Glas verspiegelt war. Sam drückte ab und landete zwei Treffer in der Scheibe. Die blieben aber ohne Wirkung – denn der SUV fuhr weiter. Immerhin stellte der sich nach dem ersten Schuss rasch ein wenig quer, wahrscheinlich, um weitere Treffer zu erschweren. Doch dann rammte er den Fiesta erneut aus einem anderen Winkel. Der harte Stoß schlug Sam die Pistole aus der Hand.

44

Sie bewegten sich viel zu schnell auf den Rand des Plateaus zu, obwohl Leo verzweifelt mit voller Kraft auf die Bremse trat.

Noch sieben oder acht Meter, schätzte Max. Seine Augen flogen auf der Suche nach einem Ausweg in alle Richtungen. Er wog Wahrscheinlichkeiten ab, berechnete Entfernungen, Zeiten. Aber eigentlich war es ganz einfach. Blieben sie im Wagen, würden sie von der Klippe gestoßen werden und mit zerschmetterten Körpern auf den Felsen unten sterben. Also ...

»Springt! Raus aus dem Wagen! Los! Raus, raus, raus!«

Vicky reagierte sofort. Sie stieß ihre Tür auf und hechtete hinaus.

»Ich bleibe! Einer muss bremsen!«, schrie Leo. »Los, haut ab! Raus hier!«

Eisern stand er auf der Bremse, um den Sturz in die Tiefe zu verzögern und den anderen die Möglichkeit zu geben, sich noch zu retten. Sam sah sich verzweifelt um.

»Wie sollen wir hier rauskommen?«

Eine berechtigte Frage, weil der Wagen hinten keine Türen hatte. Aber eine Heckscheibe hatte er auch nicht mehr.

Max packte Sam am Arm und rief: »Da raus!« Er deutete mit dem Daumen hinter sich. »Los, komm!« Max kletterte auf die Sitzfläche, und Sam machte es ihm nach. Der Fiesta war am Rand des Plateaus angekommen. Sie hatten nur Sekunden.

»Spring! Sam! Spring!«, schrie Max.

45

Vicky war hart auf dem steinernen und sandigen Boden gelandet. Sie stützte sich auf, blickte zu den beiden Wagen hinüber, drehte dann aber den Kopf zur Seite und schloss die Augen. Sie wollte nicht zusehen, wie Max, Sam und Leo abstürzten, denn im nächsten Moment würde der Fiesta die

Klippe hinunterstürzen. Doch sofort öffnete sie die Augen wieder, weil sie wissen wollte, was geschah. Gebannt sah sie zum Rand des Plateaus und erkannte einen Schatten, der aus dem Rahmen der Heckscheibe sprang.

Das musste Sam gewesen sein. Er hatte auf dieser Seite gesessen. Aber was war mit Max und Leo?

Vicky kam wieder auf die Beine, während der Fiesta über den Klippenrand kippte. Der SUV folgte ihm ein Stück und gab ihm einen letzten Stoß. Dabei rollten die Räder eine Spur zu weit und schoben sich ebenfalls über den Rand des Plateaus. Viel fehlte nicht mehr, und auch der SUV würde hinunterkippen.

Der Gedanke brachte Vickys Beine in Bewegung. In wenigen Sekunden hatte sie die gut fünf Meter, die sie vom SUV trennten, hinter sich gelassen. Sie legte die Hände auf das Heck des Wagens und stemmte sich mit aller Kraft dagegen. Aber der kippte nur leicht nach vorn. Die Vorderräder schwebten zwar in der Luft, doch die Hinterräder standen auf dem Boden. Allerdings griffen die Reifen auf dem sandigen Boden nicht richtig und wurden durch das Hin- und Herwippen auf dem Rand des Plateaus immer wieder in die Luft gehoben, wo sie sich wirkungslos drehten. Der Wagen kam nicht voran. Doch Vicky konnte noch so sehr drücken und schieben, der SUV bewegte sich nicht. Dann tauchten plötzlich links neben ihr zwei weitere Hände auf und drückten gegen das Wagenheck.

»Noch mal Glück gehabt«, sagte Max und lächelte sie an.

»Das kann man wohl sagen.«

Auch Sam war auf einmal neben Vicky.

Wo war Leo?

Vicky hatte keine Zeit, darüber nachzudenken. Sie musste sich auf den vollen Einsatz ihrer Kraft konzentrieren – denn die Schwarzhaarige hatte durch die Stöße auf das Heck offenbar bemerkt, was Vicky, Sam und Max vorhatten, und beschleunigte nun im Rückwärtsgang mit Vollgas. Die drei konnten sich jetzt nur noch gegen den Schub der Räder stemmen, jedes Mal, wenn die wieder auf den Boden trafen. Aber sie schoben den SUV keinen Zentimeter nach vorn.

Doch als die Hinterräder beim nächsten Wippen in der Luft hingen, während Vicky mit Sam und Max gegen den Wagen drückte, knallte plötzlich ein Fuß neben ihr gegen das Heck. Dabei schrie jemand: »Hiiijaaa!«, was sich wohl nach Karate anhören sollte, und dann: »Autsch!« Leo, der gegen den Wagen gesprungen war, fiel auf den Rücken und hielt sich den Fuß.

Gleichzeitig kippte der SUV mit laut aufheulendem Motor und sich rasend drehenden Hinterrädern nach vorn. Vicky schlug ihre Hände auf das Metall. Sie stemmte ihre Beine fest in den Boden und drückte, bis sie vor Anstrengung Sterne sah. Die Männer machten es ihr nach.

Der SUV stellte sich auf und überschritt den Kipppunkt. Er rutschte über den Plateaurand und verschwand aus Vickys Blickfeld. Dann war das knallende, knirschende Geräusch zu hören, das entsteht, wenn Metall auf Stein trifft.

46

Der Blick auf das Meer war phantastisch. Cara sah gerade noch den vollen Mond, der sich in der Ferne in den Wellen spiegelte. Das strahlende Licht der Sterne schien dazu einzuladen, die Hand auszustrecken und sie zu berühren. Doch auf einmal kippte der Himmel einfach weg – genau in dem Augenblick, in dem Cara die Tür aufstoßen wollte, um aus dem SUV zu springen. Der Wagen stürzte der Schwärze des Meeres entgegen.

47

Vicky, Max, Sam und Leo gingen an den Rand des Plateaus und blickten hinab. Unten auf den Wellen sahen sie ein paar unförmige, große und kleine schwarze Flecken, die schon ein Stück weit ins offene Meer getrieben waren. Sie konnten bloß vermuten, dass dies Teile der Autos waren. Das Mondlicht strahlte zwar hell, es konnte aber auf diese Entfernung keine klaren Konturen ausleuchten. Vicky schätzte, dass es bestimmt achtzig Meter nach unten ging. Zu weit, um genau zu erkennen, was unten im Wasser schwamm.

»*Adiós, señorita*«, sagte Leo und salutierte. »Die sind wir los.«

»Absolut«, stimmte Sam zu. »Und was machen wir jetzt? Die Polizei rufen?«

»Ich will nur noch ins Hotel«, sagte Vicky.

»Lieber nicht die Polizei«, meinte Max. »Denn was finden die hier? Drei Männer und eine Frau im Ausgeh-Look. Sie stellen fest, dass wir alle Alkohol im Blut haben. Also werden sie denken: Die haben hier Party gemacht und irgendwelchen Blödsinn mit den Autos. Und dann kommt auch noch eine Leiche dazu, wenn sie unsere Freundin im Meer finden. Am Ende landen wir wegen Fahrlässigkeit, Sachbeschädigung und vielleicht sogar Mord im Gefängnis. Und selbst, wenn wir der Polizei irgendwie erklären könnten, was passiert ist – wie sollen die die ganze Geschichte von hier aus in Deutschland überprüfen? Die würden bloß denken: Das sind betrunkene Spinner.«

»Puh, ja. Stimmt, Sherlock hat recht«, bestätigte Leo. »Außerdem behalten die uns bestimmt ein paar Tage hier.«

»Oder länger, wenn wir ins Gefängnis wandern«, überlegte Max.

»Wir sind uns also einig«, sagte Vicky. »Dann können wir ja gehen.« Sie hatte keine Lust mehr, noch länger im kälter werdenden Wind zu stehen. Sie war müde, brauchte eine heiße Dusche und ein Bett. Kurzerhand drehte sie sich um und machte sich auf, zurück zur Straße zu gehen. Dabei ließ sie sich über das Handy orten. Dann suchte sie ein Taxiunternehmen in Palma.

»Was machst du? Wohin willst du?«, fragte Max, der ihr mit den anderen hinterherlief.

»Hier.« Sie gab ihm ihr Handy. »Du kannst doch Spanisch. Ruf diese Nummer an. Das ist ein Taxi-Dienst. Die sollen uns hier abholen und ins Hotel bringen.«

Vicky setzte sich mit den anderen auf einen großen Stein am Straßenrand, während Max das Taxi bestellte.

»In ein paar Minuten kommt ein Taxi«, sagte er schließlich.

»Und was machen wir bis dahin?«, fragte Vicky. Sie spürte die Kälte und ihre Müdigkeit immer stärker.

Sam schlug vor: »Leo, du könntest uns endlich mal erklären, wie du die Schüsse im Hotel überlebt hast.«

»Gut, dann erzählt euch Onkel Leo eine feine Gute-Nacht-Geschichte. Ich weiß noch, dass dieser Typ vor mir gekniet und auf mich geschossen hat. Danach hatte ich einen Filmriss. Ich war ohnmächtig und habe komische Sachen geträumt. Dann bin ich aufgewacht und war noch ziemlich fertig. Trotzdem habe ich mitbekommen, wie der Typ mit seiner Chefin telefoniert hat. Er musste wiederholen, wo er hinfahren sollte, wie ein Kleinkind. Der Hellste ist der nicht gewesen. Aber so konnte ich hören, wo ihr seid. Dann habe ich einen Hustenanfall bekommen. Ich hab' mich aufgesetzt und vor mich hingeröchelt.«

Leo lachte auf und schüttelte den Kopf bei der Erinnerung.

»Der Typ hat einen riesigen Schreck bekommen und geschrien. Aber, klar, stellt euch mal vor: Ihr habt gerade einen erschossen und auf einen dieser großen Kofferwagen gewuchtet, sozusagen als Leichenwagen. Ihr habt den Toten mit einem Laken abgedeckt, damit ihn keiner entdeckt. Und dann stellt ihr euch gemütlich ans Fenster, um eine zu rauchen.« Er riss theatralisch die Augen auf und hob die Hände. »Plötzlich fängt die Leiche an zu röcheln und springt auf. Das habe ich gemacht, weil ich ihm ein paar verpassen wollte. Das ging aber nicht. Ich war noch zu wackelig auf den Beinen und nicht besonders schnell. Ich brauchte aber gar nichts groß mit ihm anzustellen. Denn als ich auf ihn zugetorkelt bin und wieder husten musste, hat er sich vor Angst fast in die Hosen gemacht. Er hat mich angestarrt, als wäre ich ein leibhaftiger Zombie. Dabei ist er rückwärts gestolpert, auf dem Balkon gelandet – und über das Geländer gestürzt.«

»Und?«, fragte Sam.

»Mausetot. Unter dem Balkon sind Felsen. Auf denen hat er es sich gemütlich gemacht.«

»Und dann bist du uns hinterhergefahren«, sagte Max.

»Genau. Der Typ hatte die Autoschlüssel und seine Pistole auf das Bett gelegt. Sehr nett von ihm.«

»Du hast immer noch nicht gesagt, warum du den Jesus gemacht hast und nach den Schüssen auferstanden bist.«

»Wegen dir, Sam, weil ich dein ganzes Geld vor dir retten musste, damit du nicht alles verspielst.« Leo patschte auf seine Shoulderbag, die er unter dem blutverkrusteten Hawaiihemd trug. »Hier ist dein Geld drinnen. Zum Glück sind das nicht nur Scheine. Das sind auch Münzen und Jetons. Und die haben den Schuss abgelenkt. Der hat mir zwar wahrscheinlich eine Rippe kaputt gemacht und auf jeden Fall die Shoulderbag. Aber das Herz hat er nicht getroffen. Eine Kugel hat mir einen Streifschuss an der Brust verpasst. Die andere ist in den Oberarm gegangen und wieder raus.«

»Wow. Das nenne ich gut angelegtes Geld«, sagte Sam. »Ist von den Scheinen und den Jetons etwas heil geblieben?«

»Ja, fast alles.«

»Leo, behalt das Geld. Alles. Ich schenke es dir.«

»Mann, das ist echt großzügig.« Leo legte Sam die Hand auf die Schulter. »Aber ich glaube, du kannst das besser gebrauchen.«

Ein lautes Hupen ließ alle zusammenzucken. Der Taxifahrer hatte sie gefunden.

48

Am nächsten Morgen meldete Max den Ford Fiesta erst bei der Polizei und dann bei der Autovermietung als gestohlen, was beides mit viel Papierkrieg verbunden war. Vicky, Sam und Leo warteten im Foyer des KING RESORT MALLORCA auf Max und auf ihren Shuttle-Bus zum Flughafen. Sie beobachteten müde das Treiben der abreisenden Hotelgäste, TV-Teams und der Contest-Crew. Einige von ihnen standen bereits vor dem Hotel, die meisten aber warteten im Foyer auf den Flughafen-Transfer.

Vicky blickte auf ihr Handy. Noch eine Stunde. Hoffentlich schaffte Max das. Den Flieger wollten sie alle nicht verpassen. Andererseits war sie noch erschöpft und ganz froh, dass sie in diesem Moment einfach nur vor sich hindösen konnte.

Doch dann baute sich jemand im dunkelblauen Businessanzug und mit einer zu großen Sonnenbrille auf der Nase vor Vickys Sessel auf: Harald Coppermann.

Sofort schoss er los: »Das wird dich teuer zu stehen kommen, Inga Sommer!« Er hob seine Stimme weiter an. »Wie bist du nur auf die Idee gekommen, uns Betrug zu unterstellen? Was für ein Unsinn! Das gibt eine saftige Klage wegen Verleumdung!«

Hinter ihm stand Pia Palmer, die nach Inga Sommers Abgang zur Contest-Siegerin erklärt worden war. Sie trug knappe rote Hot-Pants, eine zusammengeknotete Bluse mit offenherzigem Bikini-Oberteil – und hatte die Haare blond gefärbt. Pia schaute betreten zu Boden.

»Ja? Wirklich? Eine Klage?« Vicky stand auf und sah Coppermann direkt in die Augen. Der wich einen Schritt zurück. »Aber was wollt ihr machen? Meine Aussage steht gegen deine. Und ich habe da etwas läuten hören, dass die Medien schon an der Sache dran sind. Leo, wie heißt dieses Magazin, das die Geschichte mit der Korruption im Kanzleramt aufgedeckt hat?«

»Meinst du FAKT?« Leo sah nur kurz auf und blätterte weiter in einem spanischen Boulevardmagazin.

»Ja, genau.« Vicky blickte Coppermann wieder in die Augen. »Die haben mir ein Interview angeboten. Ich glaube, ich kann denen weiterhelfen. Ach ja, und ein paar ziemlich große Tageszeitungen wollen mit mir sprechen. Da bin ich doch dabei.« Jetzt wurde auch ihre Stimme lauter. »Und dann berichte ich denen noch mal, was du mir gesagt hast: dass das alles ein riesiger Fake war.«

Coppermann fiel dazu erst nichts mehr ein.

Nach ein paar Sekunden fing er sich aber und knurrte: »Wir sehen uns vor Gericht. Und wir werden ...«

»Hey, Leute«, unterbrach ihn Sam, der Coppermann keines Blickes würdigte. »Wollen wir zum kalten Buffet gehen? Das ist noch aufgebaut. Wir könnten was für die Reise mitnehmen. Das Essen an Bord ist immer grottig. Was meint ihr?«

»Gute Idee«, sagte Vicky.

»Ich bin dabei«, bestätigte Leo.

Sie standen auf.

»Ist noch was?«, fragte Vicky Coppermann, wartete die Antwort aber nicht ab. »Dann einen guten Flug.« Sie sah zu Pia und legte in ihre Stimme einen sanften Ton. »Und dir viel Glück. Pass auf dich auf.«

Bevor Pia antworten konnte, zog Coppermann sie mit sich.

»Los, komm. Der Shuttlebus ist da.«

Entschuldigend hob Pia die Schultern und ließ sich von dem Produzenten wegführen. Die beiden gingen an Max vorbei, der in diesem Augenblick in den Eingang stürmte und auf Vicky und die anderen zulief.

»Alles okay«, berichtete er außer Atem. »Der Wagen gilt jetzt offiziell als gestohlen. Wie viel Zeit haben wir noch?«

»Für einen Imbiss reicht es«, verkündete Leo, und sie machten sich auf den Weg zum Speisesaal.

Als sie den durch eine große Schwingtür betreten hatten, kamen ihnen der Casting-Chef Hermann Rolfs und Tobias Silvester entgegen. Rolfs zog die Augenbrauen zusammen, als er Vicky entdeckte.

»Inga, ich bin wirklich enttäuscht von Ihnen. Es lief doch so gut. Sie hätten gewonnen. Und auf einmal sagen Sie solche Sachen. Sie haben dadurch den Sieg und eine ganz, ganz große Karriere – Ihre Karriere – einfach weggeworfen.«

»Genau, Inga. Echt«, bestätigte Tobias und versuchte, finster zu gucken. »Das war total uncool. Und du ...«

»Weißt du, was uncool ist?«, unterbrach Vicky ihn. »So einen Betrug durchzuziehen und die Kandidaten und das Publikum zu belügen.« Dann blickte sie dem Casting-Leiter flammend in die Augen. »Und gewonnen, Herr Rolfs, gewonnen habe ich trotzdem.«

Vicky ließ sie stehen und ging zum kalten Buffet.

49

Der Flieger landete am frühen Nachmittag unter einem strahlend blauen Himmel auf dem Berliner Flughafen.

Vicky atmete auf. Endlich zurück. Lebendig und unverletzt. Vielleicht würde sich ja jetzt wenigstens ein paar Tage so etwas wie Normalität einstellen, eine ruhige Zeit nach all der Aufregung. Dann könnte es weitergehen mit ihr als Millionenerbin. Aber wahrscheinlich würden sich die Medien noch an diesem Tag auf sie stürzen, damit sie ihre Whistleblower-Story aus der Schlagerszene bekamen.

Obwohl Vicky den Flug fast vollständig verschlafen hatte, ging sie immer noch müde mit den anderen zur Gepäckausgabe. Plötzlich blubberten die Bässe von Chaka Kahns ›*Ain't Nobody*‹ als Anrufsignal auf Vickys Handy los.

Dr. Robert.

»Liebe Frau Schneider, ich hoffe, Sie hatten eine angenehme Rückreise. Ich komme gleich zur Sache. Herr Holmes hat mich bereits über die Ereignisse informiert. Ich möchte Ihnen vorschlagen, dass wir die Angelegenheit persönlich besprechen.«

»Kein Problem. Aber ich möchte erst mal nach Hause, ein paar Tage ausruhen.«

»Das kann ich gut nachvollziehen. Aber wie wäre es, auf dem Weg dorthin einen kleinen Abstecher nach Hannover in meine Kanzlei zu machen? Das liegt doch quasi auf dem Weg in den Harz. Es dauert auch nicht lang.«

»Worüber wollen wir reden? Über die Erbschaft? Ich denke, Sie sprechen erst noch mit meinen Eltern?«

»In vier Tagen. Allerdings ist das, was wir besprechen sollten, viel dringender.«

»Warum? Die Killer-Tussi ist doch jetzt Fischfutter.«

»Ja. Aber wenn wir davon ausgehen, dass Ihr Onkel der Auftraggeber ist, was sehr wahrscheinlich ist, wird er weiter versuchen, an das Erbe zu kommen, weil er das Geld dringend benötigt. Ich habe eine Idee dazu. Aber die kann ich Ihnen nur persönlich sagen.«

Vicky seufzte. Müde sagte sie: »Meinen Sie wirklich?«

»Um es auf den Punkt zu bringen: Sie schweben weiterhin in Gefahr. Es ist nicht vorbei.«

Teil III

1

Ein paar Sonnenstrahlen stahlen sich durch die Jalousien des Büros und beschienen Hugo Frankenhausers Laptop. Er kauerte an seinem Glasschreibtisch und sah sich mit versteinerter Miene die aktuellen Nachrichten eines TV-Boulevardmagazins an. Das berichtete von Inga Sommers Ankunft, der Zweitplatzierten der SCHLAGER ROCKET STARS 2024 – der Verräterin, die mit ihrer Behauptung, die Contest-Macher hätten geschummelt, die TV-Welt in Aufruhr gebracht hatte.

Ach herrje, was für ein Skandal. Verstehen konnte Hugo das nicht wirklich. Als ob so etwas schon jemals seriös über die Bühne gegangen wäre. Doch das interessierte ihn null. Aber dass seine Nichte gerade quietschvergnügt durch den Flughafen in Berlin spazierte, das regte ihn auf. Er goss sich einen weiteren Ouzo ein und strich mit den Händen erst seinen Haarkranz glatt und dann über sein Gesicht, als ob er so die Fernsehbilder einfach wegwischen könnte. Aber sie blieben und machten ihm klar: Er musste handeln. Schnell. Sonst war das Erbe endgültig weg.

Hugo seufzte. Cara hatte versagt. Das zeigten ihm die Aufnahmen seiner Nichte überdeutlich. Wie nett sie lachte, wie fröhlich sie in die Kamera winkte.

Wie lebendig. Das würde sich bald ändern.

2

»Einen Moment, ich bin gleich bei Ihnen.«

Dr. Robert wandte Vicky, Max, Leo und Sam den Rücken zu. Er war noch damit beschäftigt, einem großen Pfennigbaum einen Schluck aus der Gießkanne zu gönnen. Vicky entspannte sich in der Sekunde, in der sie das Büro betrat. Das alles hier schien ihr wie eine freundliche, schützende Umarmung: die warme Holzvertäfelung, die vielen Pflanzen, die Abdunkelung durch die Jalousien, die die aufdringlichen Strahlen der späten Nachmittagssonne am Eindringen hinderten. Keine Spur von Hast, Hektik, Schreien, Motorenlärm, Schüssen, drohenden Zeigefingern, erhobenen Fäusten. Und dann Dr. Roberts Erscheinung: ganz gentlemanlike, mit sanftem Lächeln, silbernen Haaren, einem altmodischen beigen Anzug. Vicky beschloss spontan nach der Hetzjagd und dem Stress der vergangenen Tage, dass sie hier in diesem Büro leben wollte. Doch als der Anwalt das Gespräch begann, holte alles sie wieder ein.

»Frau Schneider, wie schön, Sie endlich persönlich kennen zu lernen. Als Erstes mein Kompliment: Sie haben hinreißend gesungen.«

»Vielen Dank. Sorry, dass ich Ihnen nicht geglaubt habe.«

»Das verstehe ich. Aber jetzt verständigen wir uns ja. Und wie es aussieht, nehmen die Dinge einen guten Abschluss.« Er nickte Max zu. »Herr Holmes, das war gute Arbeit, wenn auch bisweilen ein wenig teuer.« Dr. Robert wandte sich an Leo und Sam: »Aber wenn wir zwei so kompetente Kräfte wie Sie beide gewinnen konnten, soll mir das das Geld wert sein.«

Sie tranken Eistee und naschten Gebäck, während Dr. Robert seine Idee erklärte.

»Wir haben noch drei Tage, Frau Schneider. Dann sind Ihre Eltern wieder da, und wir können uns endlich mit den Dokumenten aus dem Kinderheim beschäftigen. Danach gehen wir so schnell wie möglich an die Öffentlichkeit.« Sein Blick wurde düster. »Allerdings hat Ihr Onkel Hugo Frankenhauser somit auch noch einige Tage die Gelegenheit, Sie aus dem Weg zu räumen, um an die Erbschaft zu kommen. Nach dem, was er bisher unternommen hat, wird er weitermachen.«

»War er das denn?«, wollte Vicky wissen.

»Ich denke, die Polizei wird bald Beweise dafür finden, dass er der Auftraggeber der Killer war. Man hat, wie ich aus internen Kreisen erfahren habe, bereits eine Verbindung von dem

Wagen, der Herrn Holmes und Herrn Waldhaus auf dem Golfplatz verfolgt hat, zu Frankenhauser gefunden. Auch die Leichen der Straßengang in Berlin sind entdeckt worden. Und noch etwas.«

Er holte tief Luft und sah Vicky ernst an.

»Ihr Vater wird obduziert, da der Verdacht besteht, dass doch eine Fremdeinwirkung zu seinem Tod geführt haben könnte. Denn Ihr Vater war nach Zeugenaussagen ein hervorragender Schwimmer. Es ist sehr merkwürdig, dass er in einem ruhigen Gewässer wie dem Maschsee ertrunken ist.«

Obwohl Dr. Robert es nicht direkt aussprach, war für Vicky klar: Er war davon überzeugt, dass ihr Onkel für den Tod ihres Vaters verantwortlich war.

»Bis die Ermittlungen abgeschlossen sind, dauert es eben noch eine Weile. Und bis dahin, Frau Schneider, hat Ihr Onkel Sie im Visier.«

»Was schlagen Sie vor?«

»Sie tauchen unter, bis alles geklärt ist und bis ich die Nachricht an die Medien gegeben habe, dass Sie die Erbin von Joachim Frankenhauser sind. Ich kenne einen ehemaligen Offizier der Bundeswehr, Oberst Steilwinkel. Ein hochdekorierter Mann, der sich einen Luftschutzbunker neben sein Haus in einem Dorf ein paar Kilometer nördlich von Hannover gebaut hat. Er würde Sie, Frau Schneider, und die anwesenden Herren als Personenschützer ein paar Tage aufnehmen. Er hat mir den Bunker mal gezeigt, und ich kann Ihnen sagen: Da kommt keiner rein, dort sind Sie absolut sicher.«

Vicky nahm ihr Handy und recherchierte im Internet nach dem Oberst. Sie fand mehrere Artikel über ihn und auch über seinen Bunker in der Regionalpresse.

»Meine Herren, ich möchte Sie bitten, zum Schutz von Frau Schneider mitzugehen, auch Sie, Herr Martin. Deshalb hatte ich Sie darum gebeten, mit hierherzukommen.«

Sam nickte ernst.

»Natürlich. Selbstverständlich.«

Dr. Robert blickte in die Runde.

»Ich kann Ihnen nur dazu raten, sich umgehend zu Oberst Steilwinkel aufzumachen. Wirklich unverzüglich, ohne Umwege, also keine Fahrt zu einem von Ihnen nach Hause, Herr Holmes und Herr Waldhaus, um irgendwelche Sachen zu holen. Da könnte schon wieder jemand auf Sie lauern. Außerdem wird Oberst Steilwinkel Sie mit allem versorgen.«

Dr. Robert gab Max eine Karte mit der Adresse.

»Sind Sie einverstanden?«

»Was bleibt mir anderes übrig?« Vicky zuckte mit den Schultern. »Ein paar Tage ertrage ich die Jungs noch.«

»Ich gebe Ihnen sofort Bescheid, sobald ich die Unterlagen von Ihren Eltern erhalten habe. Ich werde daraufhin umgehend die Presse informieren, und Sie können sich wieder in der Öffentlichkeit sehen lassen.«

Dr. Robert schüttelte zum Abschied allen die Hand.

»Ach ja, gehen Sie am besten durch unseren Nebeneingang raus. Der führt ein Stück weiter unten auf die Straße.«

Er beschrieb den Weg.

»Dr. Robert, was ist mit Ihnen?«, fragte Max. »Was passiert, wenn Sie hier Besuch von Frankenhausers Leuten bekommen?«

»In diesem Fall wird unsere liebe Frau Brücken ganz schnell die Polizei ...«

»Wenn hier einer Ärger macht, ist sie gar nicht mehr so lieb, die Frau Brücken«, unterbrach ihn die Sekretärin, die an ihrem Schreibtisch saß. Schwungvoll zog sie eine Schublade auf, langte tief hinein und holte eine Pistole heraus. »Für den Fall habe ich das hier: Das ist eine Beretta 8040 Cougar F.«

»Oh, Frau Brücken. Erschrecken Sie mich doch nicht so«, entfuhr es Dr. Robert. »Ich hoffe, sie ist nicht geladen.«

»Na, aber sicher ist sie das. Sonst kann ich uns ja gleich mit Ihrer Blumenspritze verteidigen.«

»Woher haben Sie denn das Ding?«, fragte Dr. Robert erstaunt.

Frau Brücken grinste. »Gefunden, würde ich sagen.«

»Ich denke, es ist besser, Sie legen sie wieder zurück.«

»Ja, später. Wenn ich sie hier schon liegen habe, ist das eine gute Gelegenheit, sie zu ölen. Das ist überfällig.«

Max lachte.

»Ich merke schon: Um Sie beide muss ich mir keine Sorgen machen.«

Sie verabschiedeten sich und gingen ins Treppenhaus, was Vicky nicht merkte. Sie bekam genauso wenig die Geräusche aus dem Kampfsport-Studio mit und auch nicht, wie sie auf dem Weg zum Nebeneingang auf den Parkplatz gingen. Vicky war noch völlig in dem Gespräch mit Dr. Robert versunken.

»Vicky? Ist alles okay?«, fragte Max.

»Nicht wirklich. Hast du das gehört? Mein Vater wird obduziert, weil ihn vielleicht jemand umgebracht hat. Und, klar, dass das auch mein Onkel gewesen sein könnte.«

»Das ist zwar nicht bewiesen. Aber du hast ja erlebt, wozu er fähig ist. Ich würde ihm das zutrauen.«

»Ja, wenn er wirklich diese Killer losgeschickt hat.«

Vicky hatte die leise Hoffnung, dass das nicht so war. Denn Hugo Frankenhauser als ihr Onkel war das, was von der Familie, aus der sie stammte, übriggeblieben war. Und es wäre schön, wenn dieser Mensch jemand wäre, den sie mögen konnte, weil er positiv in der Welt wirkte, jemand, zu dem sie eine gute Verbindung aufbauen konnte.

Mit ihrem Vater war das ja nicht mehr möglich. Aber wäre es möglich gewesen? Wären sie miteinander ausgekommen? Was für ein Mensch war er gewesen? Was hatte ihn ausgemacht?

Zum Glück hatte ihr Dr. Robert mit den Unterlagen ein Bild ihres Vaters geschickt. Ein gutaussehender Mann, auf dem Foto ungefähr Anfang 50, charmant, gewinnend lächelnd, ein selbstbewusster, kluger Blick aus blauen Augen, die von grauen Strähnen durchzogenen braunen Haare streng zurückgekämmt, so dass die Geheimratsecken gut zu sehen waren. Ein charismatischer Typ. Einer, den die Frauen anhimmelten.

Wie Vickys Mutter Antje.

Wenigstens von ihr wusste Vicky durch den Brief ein paar Dinge. Sie hatte verantwortungsbewusst gehandelt. Sie war diesen schäbigen Deal eingegangen, um ihre Tochter und sich zu retten. Aber hätte sie Joachim Frankenhauser danach nicht zur Verantwortung ziehen müssen, damit er sich um seine Tochter kümmert, Deal hin oder her?

Und was wäre passiert, wenn ihr das gelungen wäre? Wie hätte er auf seine Tochter reagiert? Wie hätte er darauf reagiert, wenn er mitbekommen hätte, wie sie die Welt der Musik entdeckt hatte? Das wäre ja auf jeden Fall passiert. Das steckte in Vicky, in ihrem Wesen. Vielleicht in ihren Genen? War ihr Vater musikalisch gewesen? So wie Joachim Frankenhauser auf dem Foto aussah, hatte er bestimmt einen Sinn für Kultur gehabt, für Kunst, für Musik. Vielleicht hätte er Vicky auf ein teures Konservatorium geschickt, auf die JUILLIARD SCHOOL in New York zum Beispiel, wo sie Musik studiert hätte. Vielleicht hätte er sich ihre Songs angehört, sie mit ihr gesungen, wäre zu ihren Konzerten gekommen und hätte sie dabei stolz und liebevoll angesehen und sie angefeuert, immer weiterzumachen. Sie würde es nie erfahren. Weil ihr Onkel ihn umgebracht hatte, wahrscheinlich – nein: sehr wahrscheinlich sogar.

Vicky atmete tief durch, und ihr Bewusstsein registrierte wieder, wo sie war. Max lief neben ihr und begleitete sie und ihre Gedanken schweigend. Er spürte wohl, dass sie das jetzt brauchte. Dafür mochte sie ihn umso mehr.

Ihr Handy klingelte. Dr. Robert. Verwundert nahm sie den Anruf an.

»Frau Schneider, kommen Sie bitte alle sofort wieder zu mir rauf! Es ist sehr, sehr dringend.«

Drei Minuten später standen sie erneut im Vorzimmer der Kanzlei. Sie blickten auf den Laptop von Frau Brücken.

»Wir hatten hier öfter mit Einbrüchen zu tun. Es ist eben nicht die beste Gegend. Deshalb haben wir zwei Kameras installiert: eine vorn zur Straße und eine für den Hofbereich. Die sind so gut wie unsichtbar. Und jetzt gucken Sie mal.«

Sie klapperte kurz auf der Tastatur herum. Auf dem Monitor öffnete sich eine Sequenz einer Überwachungskamera. Zu sehen war in der Hofeinfahrt ein Mann in einem weißen Arbeitsanzug mit der Aufschrift ›BLUMEN FÜR HANNOVER‹ auf der Brust und auf einer weißen Kopfbedeckung, die einer Kochmütze ähnelte. Er trug einen großen Blumenstrauß in der Hand.

»Sehen Sie ganz genau hin«, sagte Frau Brücken.

Sie fror die Ansicht als Standbild ein und zoomte auf den Blumenstrauß. Den hielt eine Hand. Die andere steckte zwischen den Blumen, der Handrücken war noch zu erkennen. Auf gleicher Höhe mit der Hand befand sich ein paar Zentimeter weiter ein länglicher, metallisch glänzender Stab, der unschwer als der Schalldämpferaufsatz einer Pistole zu identifizieren war.

Frau Brücken ließ die Sequenz weiterlaufen, und die Pistole war für eine Sekunde ganz zu erkennen. Sie schaltete auf die andere Kamera. Die zeigte einen großen weißen Transporter, ebenfalls mit der Aufschrift ›BLUMEN FÜR HANNOVER‹, der vor dem Eingang parkte. Der Mann, der in der Hofeinfahrt gewartet hatte, stieg in die Fahrerkabine.

»Das war erst vor wenigen Minuten. Die warten auf Sie«, erklärte Dr. Robert. »Ihr Onkel verliert wirklich keine Zeit.«

»Mein Onkel«, wiederholte Vicky.

»Kann man sehen, wie viele Personen vorn sitzen?«, wollte Max wissen.

»Nein, aber das Nummernschild ist gut zu erkennen«, antwortete Frau Brücken und zoomte das Bild heran.

Vicky atmete tief ein. Veranstaltete das alles wirklich ihr Onkel? Warum? Sie war seine Nichte, sie waren blutsverwandt! Sie ballte kurz die Fäuste.

Dann nahm sie die Pistole, die auf dem Schreibtisch darauf wartete, eingeölt zu werden.

»Ist die geladen?«, fragte Vicky.

»Was? Jaja, das ist sie«, antwortete die Sekretärin und konzentrierte sich wieder auf den Monitor. »Hier können Sie das Nummernschild sehen.«

»Vielleicht können wir mit dem Kennzeichen etwas anfangen«, überlegte Max.

Vicky untersuchte die Beretta. Sie fand einen kleinen Hebel am Abzug, den sie umlegte. Ein roter Punkt zeigte sich.

»Immer schön vorsichtig«, mahnte Frau Brücken, als sie das mitbekam. »Sie haben gerade die Waffe entsichert.«

»Frau Brücken?«, fragte Dr. Robert dazwischen. »Seien Sie doch so gut und sehen in unserer Datenbank nach, ob dieses Kennzeichen bekannt ist.«

»Was? Ja, sofort.«

Vicky sah kurz aus dem Fenster auf den Hof. Sie nickte kaum merklich, so, als hätte sie sich selbst eine Frage beantwortet. Dann lief sie los zur Ausgangstür – mit der Pistole in der Hand.

3

»Vicky, bleib stehen! Das ist zu gefährlich!«

Sie hörte nicht auf die Rufe von Max, Sam und Leo, die hinter ihr herliefen. Vicky rannte weiter über den Hof, um zu dem Nebeneingang zu gelangen, von dem Dr. Robert gesprochen hatte. Sie fand die offene Eingangstür des Nachbargebäudes und lief durch den Hausflur, der zur Straße führte. Etwa zehn Meter unterhalb des Haupteinganges zum Hof der Kanzlei kam Vicky heraus. Von dort blickte sie auf die Rückseite des an der Straße parkenden Blumen-Transporters.

Vicky lief los, tief atmend und mit jedem Schritt entschlossener. Dann war sie vorn an der Fahrerkabine des Transporters. Sie schlug mit der Faust gegen die Tür und zielte dem verdutzten Fahrer mit der Pistole durch die Scheibe ins Gesicht.

»Hände hoch, ihr Wichser!«, schrie sie hinein. Die beiden Männer gehorchten. »Los, aussteigen! Hier auf der Fahrerseite! Und schön langsam!«

Sie hieb mit der flachen Hand wieder auf die Tür und öffnete sie mit einem Ruck. Dann ging sie einen Schritt zurück und zielte weiter auf das Gesicht des Fahrers, behielt aber auch den Beifahrer im Auge. Die beiden stiegen aus und hoben die Hände, ohne dass Vicky das sagen musste.

»Ich hab' die Pistolen!«

Sams Stimme ertönte plötzlich aus der Fahrerkabine.

»Sam, sieh nach, ob hinten noch einer im Wagen hockt!«, rief Max, der mit Leo zu Vicky lief. Sam lugte durch das kleine Fenster in der Trennwand zur Ladefläche.

»Nein, keiner da. Alles okay.«

Vicky nahm die Pistole in beide Hände und zielte abwechselnd von einem der Männer zum anderen.

»Ihr Dreckskerle! Los, wer hat euch hierhergeschickt?«

Keine Antwort.

Die Männer guckten zwar ängstlich, sie brachten aber keinen Ton heraus. Vicky zielte einen Meter vor ihren Füßen auf den Asphalt und drückte mit zusammengekniffenen Augen ab. Der Knall der Pistole hallte in den Ohren dröhnend nach. Vicky öffnete die Augen. Über ihre Hände lief ein Zittern. Ihr Herzschlag galoppierte. Sie sah, dass die Kugel näher bei den Männern eingeschlagen war, als sie das vorgehabt hatte.

Noch etwas taub auf dem Trommelfell, fragte sie ein zweites Mal: »Wer ist euer Auftraggeber? Antwortet! Oder ich schieße euch die Eier ab!«

Applaus ertönte. Vicky blickte überrascht auf. Auf der Straße hatten sich einige offenbar durch den Schuss angelockte Kampfsportler versammelt. Sie sahen Vicky vergnügt zu. Einer der Blumen-Männer hustete und murmelte Unverständliches.

»Was hast du gesagt? Ich verstehe nicht.« Vicky zielte zwischen seine Beine. »Lauter!«

»Hugo Frankenhauser iste unsere Auftraggeber.«

Der Mann hatte einen südländischen Akzent.

»Na bitte, geht doch. Aber deine Eier sind noch nicht sicher. Was solltet ihr mit mir machen?«

»Wir solltene diche und die drei Männer zu Altwarmbüchener See fahren und machen betrunkene und geben Drogen.

Dann wir legen Flaschen in Auto wie bei Party. Dann wir schieben Auto in See und ...«

Er zögerte. Vicky hob die Waffe einen Zentimeter.

»Weiter.«

»Und alle ertrinken.«

Ein Raunen ging durch die Zuschauer, die alles mit angehört hatten.

»Wo finde ich Hugo Frankenhauser? Wo ist er jetzt?«

»Am Mozartplatz 6.«

»Dr. Robert hat die Polizei gerufen«, verkündete Max. »Die ist gleich hier.«

»Dann muss ich los«, sagte Vicky. »Ich hab' was zu erledigen.« Sie wandte sich an die Sportler, die immer noch interessiert zusahen. »Hey, Jungs, könnt ihr auf die Wichser hier aufpassen, bis die Polizei kommt?«

»Geht klar, wir kümmern uns um die Typen«, versprach ein Zwei-Meter-Hüne mit sehr kurzen blonden Haaren grinsend.

»Danke, Jungs. Dafür gebe ich euch später einen aus.«

Wieder Beifall und Pfiffe. Dann packten ein paar Sportler die Blumen-Männer und drehten ihnen die Arme auf den Rücken. Die Killer hatten keine Chance, sich zu wehren, geschweige denn, zu fliehen.

Vicky lief zu ihrem Polo, den sie in der Nähe der Zufahrt zum Hof geparkt hatte. Sie stieg ein, legte Frau Brückens Waffe ins Handschuhfach und gab die Adresse ›Am Mozartplatz 6‹ in ihr Handy-Navi ein. Auf einmal klopfte Max an das Fenster, das Vicky widerwillig einen Spalt hinunterließ.

»Vicky, ich glaube nicht, dass das, was du jetzt vorhast, eine gute Idee ist. Frankenhauser wird ...«

»Max, entweder gehst du zur Seite, oder du steigst ein.«

»Vicky, okay. Du willst zu deinem Onkel. Aber hör mir bitte erst zu. Ich habe eine Idee.«

4

»Wie lange brauchen die denn noch?«, fragte Vicky mit gepresster Stimme.

Leo, der neben ihr vor dem Blumenwagen stand, zuckte nur mit den Schultern. So lang konnte das doch nicht dauern.

»Oh, Mist!«, rief Vicky plötzlich und hob die Beretta, die sie in der Hand hielt.

Leo duckte sich instinktiv.

»Hey, was ist los?«

Dann sah auch er die beiden Blumen-Killer in ihren weißen Anzügen aus der Hofeinfahrt kommen. Doch Vicky ließ die Waffe wieder sinken. Sie schüttelte den Kopf.

»Mann, ich dachte schon ...«

Leo lachte erleichtert. Sie hatten nicht die Killer, sondern Max und Sam vor sich. Die beiden hatten sich die Anzüge der Gangster übergestreift und die Mützen aufgesetzt.

»Und? Geht das so? Wie sehen wir aus?«, fragte Sam.

»Wie Pizzabäcker«, meinte Leo.

»Ah, jetzt ist klar, was du vorhast«, sagte Vicky. »Okay, das könnte funktionieren. Vielleicht fällt mein Onkel darauf rein.«

Max zögerte.

»Das könnte sein. Dafür müssten wir euch aber ... na ja.«

»Was denn?«, fragte Vicky. »Nun macht schon.«

»Na gut. Aber ich habe dich gewarnt.«

Fünf Minuten später fuhr der Blumentransporter auf der Ringstraße entlang. Max, der den Wagen lenkte, sah durch das Trennwandfenster nach hinten in den Laderaum. Dort saßen Vicky und Leo auf dem Boden, beide locker gefesselt mit zwei Kampfanzug-Gürteln, aus denen sie spielend herauskommen konnten. Festhalten konnten sie sich nirgendwo, und sie versuchten, in den Kurven nicht umzukippen. Zum Glück fuhr Max behutsam, was schwierig war, weil der ruppige Berufsverkehr auf der Ringstraße an diesem frühen Abend immer noch nicht abgeebbt war.

Leo war hier schon oft langgefahren. Er wusste, dass an dieser Stelle, kurz vor dem Mozartplatz, fast zu jeder Tageszeit eine dichte, lärmende Blechlawine über den Asphalt rollte, weil die Straße sehr lebendig war. Links und rechts reihten sich Handyläden, Waschsalons, Discounter, Praxen, Büro- und Wohnhäuser und vieles mehr aneinander. Genau der richtige Standort für günstige Schnellrestaurants wie Frankenhausers TASTY-Filialen. Eine davon stand am Mozartplatz. Doch sie war nicht ihr Ziel, sondern ein Gebäude schräg gegenüber. Max fand in der Nähe überraschend schnell einen Parkplatz. Vicky und Leo wurden rasch aus ihrem Gefängnis befreit. Dabei hatte Leo einige Mühe, aufzustehen und aus dem Transporter zu klettern. Sam half ihm.

»Alles okay mit dir?«

»Ja, es geht schon«, schnaufte Leo.

Aber das stimmte nicht wirklich.

5

Leo gefiel Sam gar nicht. Er wirkte zwar vergnügt wie immer, aber er war ungewöhnlich blass für jemanden, der gerade drei Tage die mallorquinische Sonne genossen hatte. Sam beschloss, ihn am nächsten Tag zu einem Arzt zu bringen. Der Streifschuss und der Durchschuss hatten zwar eher glimpfliche Wunden bei Leo hinterlassen. Doch auch die mussten erst einmal verheilen. Leo brauchte aber Ruhe dafür – und keine Kamikaze-Aktionen wie diese hier.

›Kamikaze‹, dachte Sam. Das war ziemlich sicher. Denn Frankenhauser war bestimmt nicht allein in seinem Bau. Er hatte sicherlich noch genügend Leute, die er loshetzen konnte, falls er zu früh erkannte, was los war. Aber immerhin trugen Max und Leo Pistolen: die Beretta von Frau Brücken und eine Pistole der Killer. Die Waffe des zweiten Blumen-Mannes war für die Polizei in der Kanzlei geblieben, als Beweis. Mit Pistolen konnte die

Polizei sowieso besser umgehen als sie alle zusammen. Überhaupt war das hier eine Angelegenheit für die Polizei. Das wurde Sam immer deutlicher bewusst.

Aber klar war ebenfalls, dass man darüber mit Vicky gerade absolut nicht diskutieren konnte. Sie hatte nur ein Ziel:

Hugo Frankenhauser.

6

Ohne Probleme gelangten Max, Vicky, Sam und Leo in das Gebäude und fuhren mit dem Fahrstuhl bis in die sechste Etage. Die bestand, wie das gesamte Gebäude, aus einer bunten Ansammlung von Arztpraxen, Heilpraktikern, Import/Export- und anderen Firmen. Ein normaler Geschäftskomplex mit einem Waschsalon und einem kleinen Schnellimbiss, dem Mini TASTY. Über all dem thronte Hugo Frankenhauser in der gesamten siebten Etage.

Die erreichte man mit einem separaten Fahrstuhl, über dem auf einem goldenen Schild GASTRO-COMPANY FRANKENHAUSER eingestanzt war. Neben der Tür war ein Scanner installiert, durch den man eine Chip-Karte ziehen musste. Und die hatten sie nicht. Allerdings stand eine Säule mit einer Sprechanlage neben der Fahrstuhltür. Max ahnte, dass irgendwo eine Überwachungskamera lief. Er zog sich die Mütze tief ins Gesicht und senkte den Kopf. Sam machte es ihm nach. Leo deutete mit dem Kinn hinüber zur Sprechanlage, und Max nickte. Das war der einzige Weg, um in den Aufzug zu kommen.

Max drückte auf einen rot leuchtenden Kommunikationsknopf, der augenblicklich auf Grün umsprang.

»Ja? Was ist?«, raunzte eine Stimme.

Max antwortete mit dem südländischen Akzent, den er bei einem der Blumen-Killer gehört hatte.

»Sag dem, eh, Cheffe: Wire haben sie und ...«

Ein Klicken unterbrach ihn.

Der Knopf sprang auf Rot, dann erneut auf Grün.

»Der Boss fragt, warum ihr sie mitgebracht habt. Der Auftrag war doch klar.«

»Sage ihm, die Frau wille ihm was wegen Erbschaft oder so sagen. Iche weiße nicht. Das wille sie ihm nur persönliche sagen. Sie meint, das iste sehre wichtig für ihn.«

Der Kommunikationsknopf schaltete auf Rot. Die Sprechanlage schwieg. Aber die Türen des Aufzugs öffneten sich. Max und Sam richteten ihre Waffen auf Vicky und Leo, bevor sie in die Kabine gingen.

»Los, rein da. Unde keine Bewegung«, zischte Max laut für die Überwachungskamera. In der Kabine flüsterte er kaum hörbar: »Was machen wir, wenn wir oben sind?«

»Hochnehmen«, sagte Vicky leise. »Einfach überrumpeln – auf mein Zeichen.«

»Und das wäre?«, fragte Max.

»Ich sag' was Nettes zu meinem Onkel.«

Im nächsten Moment hielt der Aufzug. Die Türen glitten schnaufend zur Seite. Zuerst betraten Vicky und Leo als Gefangene den abgedunkelten Raum, dicht gefolgt von Max und Sam, die ihre Pistolen im Anschlag hatten. Empfangen wurden sie von zwei Anzugträgern, diesmal ohne Sonnenbrillen. Auch sie hielten Pistolen in den Händen und zielten auf die Ankömmlinge. Hinter ihnen lümmelte sich hinter einem gläsernen Schreibtisch auf einem breiten Bürosessel, der wie ein Thron wirkte, ein Mann. Er war stämmig, nicht besonders groß geraten und hatte einen hellbraunen Haarkranz. Gekleidet war er in ein weißes Oberhemd, eine graue Businesshose und blaue Segelschuhe. Missmutig starrte er sie an.

Frankenhauser.

7

»Ist okay, Jungs«, schnarrte Frankenhauser, und seine Leute ließen die Waffen sinken. »Na los, kommt her.«

Sein Herz pumpte mit jedem Schritt der vier Besucher schneller. »Was zur Hölle soll das? Warum habt ihr die hergebracht? Warum leben die überhaupt noch? Mann!«

Frankenhauser wollte eigentlich nicht mit seiner Nichte sprechen. Denn wenn er sich klar machte, dass sie die Tochter seines Bruders war – dann konnte er auf die Idee kommen, sie einfach über den Haufen zu schießen. Sie war eine Schönheit, sie konnte toll singen, sie hatte es ins Fernsehen auf die Showbühne geschafft – auch sie war Joachim gut gelungen.

Hugo hatte es selbst nie geschafft, ein Kind in die Welt zu setzen. Er hätte gern einen Jungen gehabt. Mit Ludmilla hatte er es oft probiert, sie war seine erste Wahl für die Mutter eines Nachkommen gewesen. Aber es hatte nicht funktioniert, weil sich herausgestellt hatte, dass er unfruchtbar war. Nun hatte er die ganze Zeit geglaubt, dass Joachim auch keine Kinder hatte. Wenigstens das hatte er seinem kleinen Bruder nicht vorausgehabt. Aber jetzt sah das anders aus. Joachim hatte ihm durch die schiere Existenz einer Tochter doch noch einen Schlag in die Magengrube versetzt. So, als würde er aus dem Grab heraus rufen: »Du bist auch beim Kindermachen ein Versager!«

Aber die Tatsache, dass Hugo eine Nichte hatte, war für ihn auf der anderen Seite eine späte Genugtuung. Denn diese Tochter, aus einer Affäre entstanden, war der Beweis dafür, dass Joachim ganz und gar nicht der gönnerhafte Immobilien-Mogul mit lupenreiner Weste war, für den ihn alle Welt gehalten hatte. Ihre bloße Existenz stieß ihn vom Sockel.

Allerdings war seine Nichte gleichzeitig auch sein größtes Problem, weil sie zwischen ihm und Joachims Geld stand. Klar: War sie erst mal beseitigt, konnte er mit dem Erbe sein dickes Konto-Minus ausgleichen, das ihn fast in den Bankrott getrieben hatte.

Er würde mit dem Geld die TASTYS sanieren und sich einen Urlaub leisten. Und ein paar Edelnutten.

»Okay, ihr Komiker, noch mal: Warum habt ihr die alle angeschleppt? Und wo sind die anderen beiden Typen?«

»Noche im Wagen. Äh ... ohnmächtig. Wir mussten ihnen eine verpassene. Sie haben, eh, Stresse gemacht.«

»Jaja, gut.« Frankenhauser hörte gar nicht richtig zu und sah auch nicht richtig hin. Nur flüchtig registrierte er, dass er sich nicht an den Mann mit dem fremdländischen Akzent erinnern konnte. Dafür nahm er seine Nichte ganz genau ins Visier.

»Dann treffen wir uns ja doch noch, Vicky.« Er versuchte, seinen Bruder in ihr zu erkennen. »Was willst du? Was willst du so Wichtiges sagen?«

»Sag mir ...« Sie zögerte. »Hast du meinen Vater ermordet?«

8

Die Frage hatte das Gewicht des Mount Everest. Als sie draußen war, pumpte Vickys Herzschlag rauschend in ihren Ohren.

Wieder wurde ihr bewusst, dass sie nie die Gelegenheit bekommen würde, ihren Vater kennen zu lernen, mit ihm zu reden, ihn zu umarmen. Auch wenn er das nicht wirklich verdient hatte. Aber vielleicht hätte er Vicky als seine Tochter doch geliebt und sie hätten sich irgendwie zusammenraufen können. Nun war das nicht mehr möglich. Und die Vorstellung, dass sein Bruder ihr diese Chance genommen hatte, versetzte sie in bebende Wut. Ihr Onkel: ein Mörder, der jetzt auch noch drauf und dran war, ihre Freunde und sie selbst zu beseitigen. Vicky lockerte ihre Fesseln, bereit, im richtigen Moment auf Hugo Frankenhauser loszustürmen.

»Vicky, was meinst du, soll ich dir darauf antworten, vor all diesen Menschen?«, erklärte der und grinste hämisch. »Ich sage nur: Ich war zu dem Zeitpunkt geschäftlich verreist.« Er setzte eine mitleidige Miene auf. »Ein wirklich bedauerlicher Unfall.«

Dann erkaltete seine Stimme. »Ist das alles, was du mir sagen willst? Oder kommt da noch was?«

Er griff zu einer Zigarre, die im Aschenbecher vor sich hin glomm, und paffte gelangweilt daran herum.

»Ich will dir nur sagen ...« Sie holte tief Luft und schrie heraus: »Du bist ein verdammter Dreckskerl!«

Das Signal.

Hatten Max und Sam es verstanden? Sie hatten.

Beide schwenkten ihre Pistolen augenblicklich weg von Vicky und Leo und richteten sie auf die beiden Anzugträger. Doch die reagierten genauso schlagartig. Noch in dem Moment, als sich die Läufe der Pistolen von Max und Sam auf sie zu bewegten, rissen sie blitzschnell ihre Waffen hoch. Nun standen sich die vier Schützen gegenüber, bewegungslos, Auge in Auge aufeinander zielend.

Frankenhauser lachte auf.

»Echt beeindruckend. Und was wollt ihr jetzt machen, ihr Helden? Meine Jungs sind Spezialisten. Die können euch die Nasenspitzen wegschießen. Ihr habt keine Chance.«

»Ich wäre vorsichtig«, sagte Max. »Diese Frau, die Sie auf uns gehetzt haben, war ja auch so ein Superprofi. Und jetzt schwimmt sie auf dem Meeresgrund vor Mallorca. Ich wäre wirklich ganz vorsichtig.«

»Ah, ich hab's mir schon gedacht«, stellte Frankenhauser ungerührt fest. »Deshalb habe ich nichts mehr von ihr gehört. Okay. Dann werden eben meine Jungs euch gleich jetzt erledigen.«

Er beugte sich nach vorn, um seine nun erloschene Zigarre mit einem Feuerzeug neu anzuzünden. Sie fiel ihm vor Schreck fast aus dem Mund, als er plötzlich neben sich eine vertraute Stimme hörte:

»Gar nichts werden sie, die *crétins*. Das ist meine Aufgabe.«

Die Schwarzhaarige trat neben Frankenhausers Sessel aus dem Dunkel des Raumes.

9

»Cara? Wie geht das denn?« Frankenhauser schüttelte den Kopf. »Die haben mir doch gerade gesagt, dass du ...«

»Still! Keine Namen. Merk dir das endlich.«

Cara verdrehte die Augen. Warum konnte Frankenhauser sich nicht eine der einfachsten Regeln in diesem Metier merken: Namen nicht nennen oder, wenn es sein musste, falsche?

»Und nein: Ich bin nicht tot.«

Aber verletzt. Sie hatte einiges einstecken müssen: Prellungen, Abschürfungen und Blutergüsse. Zum Glück aber nicht die Kugeln, die ihr Wäschekammer-Lover Sam auf sie abgefeuert hatte. Die waren danebengegangen.

»Wie ist das möglich?«, fragte die Sängerin, die Hugo mit ›Vicky‹ angeredet hatte. »Wir haben doch gesehen, dass der Wagen die Klippe runtergestürzt ist.«

»Ich habe Glück gehabt. Das reicht.«

Cara wollte nichts erklären. Sie wollte das nicht noch mal durchleben. Dennoch sah sie wieder vor sich, wie sie im SUV durch die Luft flog. Wie der Wagen auf einen Vorsprung prallte, kurz gestoppt wurde und sich die Tür durch den Aufprall öffnete. Wie sie raussprang, gerade, als der Wagen kippte und auf die Felsen im Meer hinunterstürzte. Wie sie sich verzweifelt, den Tod vor Augen, in den Felsen festkrallte und hochkletterte. Dann hatte sie ein Autofahrer mitgenommen. Und am nächsten Tag war sie nach Deutschland zurückgekehrt und hatte sich bei Hugo eingeschlichen. Denn ihr war klar gewesen: Vicky und ihre Freunde würden bei ihm auftauchen.

Cara fing sich wieder. Sie wollte das alles hier nur noch schnell beenden. Denn seitdem sie so stark wie nie zuvor diese Todesangst vor nicht mal vierundzwanzig Stunden gespürt hatte, fühlte sie ihre lebenslange Sehnsucht nach Stille, nach Stehenbleiben, nach Durchatmen in jedem Moment. Sie wollte nur noch raus hier. Also konzentrierte sie sich und trat neben Frankenhausers Schreibtisch.

»Wie bist du hier reingekommen?«, wollte Frankenhauser wissen. Er lehnte sich in seinem Sessel zurück und blickte Cara mit einer Mischung aus Misstrauen und Angst an.

»Du weißt doch: Ich komme überall hinein. Aber jetzt zum Geschäft.« Cara behielt die vier Männer im Auge, die gegenseitig aufeinander zielten. »Ich halte mein Wort: Ich erledige den Auftrag. Aber ich will mein Geld jetzt und hier – und in bar.«

»Okay, wie du willst.«

Frankenhauser stand auf, und Caras Sinne stellten sich scharf. Frankenhauser ging zu einem Tresor, der neben dem Schreibtisch hinter einem Bild versteckt war. Cara wusste, dass er immer Geld darin liegen hatte. Er gab eine Zahlenkombination in das Code-Schloss ein und griff in das Innere.

»So viel Bares habe ich nicht hier. Aber einen Teil kannst du schon haben. Lass mich mal sehen.« Er wollte in den Tresor greifen, als plötzlich die ersten Takte von ›*Ain't Nobody*‹ durch den Raum schallten. Frankenhauser drehte sich wütend um.

»Zum Teufel, was soll das?«

»Oh, Mann«, flüsterte Vicky und schaute ungläubig auf ihr Handy. »Oh, Mann!«

Frankenhauser zischte sie ungeduldig an: »Was ist denn?«

»Dr. Robert hat mir geschrieben und eine Sprachnachricht geschickt.«

»Ja, und? Was geht mich das an?«, schnaubte Frankenhauser.

»Eine Menge. Hör einfach zu.«

Vicky stellte den Lautsprecher an und spielte die Nachricht ab. Eine unbekannte Stimme sagte: ›*Liebe Frau Schneider, mich rief soeben ein Anwaltskollege an, weil ich ja für die Nachlassverwaltung von Joachim Frankenhauser zuständig bin. Er teilte mir mit, dass diese Antje, mit der Frankenhauser eine Affäre hatte, bei ihm einen Brief deponiert hat. Der sollte nach dem Tod von Joachim Frankenhauser geöffnet und an ihre Tochter weitergeleitet werden. In dem Brief sind alle Daten genannt: der Name der Tochter, deren Geburtsdatum und das Kinderheim, in dem die Mutter wegen ihrer unheil-*

baren Krebserkrankung ihre Tochter abgegeben hatte. Um es kurz zu machen: Es ist nicht Ihr Name. Sie sind nicht die Erbin. Joachim Frankenhauser ist nicht Ihr Vater.‹

Vicky schossen Tränen in die Augen.

»Verdammt!« Frankenhauser warf die Zigarre zu Boden. Er schüttelte den Kopf. »Cara ... egal. Sie muss verschwinden! Die müssen alle verschwinden! Die wissen zu viel. Und wenn du das erledigt hast, dann suchst du meine wirkliche Nichte. Die muss auch weg. Die muss ...«

»*Non*!« Cara stoppte seinen Satz. Während sie sprach, ließ sie wachsam ihre Blicke von einem zum anderen wandern. »*Non. Excuse-moi*, Hugo, ich mache das nicht weiter.«

»Was soll das heißen: *Non*. Du machst nicht weiter? Das geht nicht!«

Frankenhausers Stimme wurde immer lauter, in verzweifelter Wut riss er die Augen auf. Cara beobachtete ihn genau. Er wandte sich zum Tresor und kramte darin herum. Überraschend flink drehte er sich wieder um, eine Pistole in der Hand.

»Du wirst weitermachen, sonst ...«

Cara war schneller. Sie hatte geahnt, dass das passieren würde und ihre Waffe blitzschnell gezogen. Sie hatte genug von Frankenhauser, genug davon, sich von ihm etwas sagen zu lassen. Und genug von den Aufträgen, die sie wie eine Feder über der heißen Luft eines Vulkans tanzen ließen, immer in Gefahr, hinabzufallen und zu verbrennen.

Zwei Kugeln verließen den schallgedämpften Lauf ihrer Waffe und fanden ihren Weg in Frankenhausers Brust. Seine Hand um den Pistolengriff verkrampfte. Die Stimme versagte ihm. Dann sackte er zusammen. Die Anzugträger waren offenbar verwirrt und zögerten. Sollten sie weiter auf die beiden falschen Blumen-Fahrer in Weiß zielen oder sich Cara widmen? Sie entschlossen sich zu Letzterem, allerdings einen Sekundenbruchteil zu langsam. Einem gelang es noch, einen Schuss loszuschicken, der Cara in den linken Arm traf. Aber er empfing dafür, wie sein Kollege, zwei Kugeln in die Stirn.

Der Einschuss brannte heiß, doch Cara riss sich zusammen, denn da waren ja noch die beiden Blumen-Männer mit ihren Pistolen. Sie ließ ihre Waffenhand oben und zielte auf sie. Die beiden hatten sich zu ihr herumgedreht. Aber sie machten keine Anstalten zu schießen. Im Gegenteil: Sie ließen die Waffen sinken.

»Fallen lassen!«, rief Cara ihnen zu.

Die Pistolen landeten polternd auf dem Boden, und die beiden Männer hoben die Hände.

»Brav, sehr brav.« Cara nickte Vicky und ihrem dicken Begleiter zu. »'rüber zu den anderen.«

Die Sängerin weinte und schluchzte leise. Der Typ mit den schwarzen Locken ging zu ihr und nahm sie in den Arm. Die anderen beiden stellten sich dazu und umarmten sie. Es kümmerte sie alle nicht, dass gerade eine Pistole auf sie gerichtet war. Cara stand bewegungslos und schweigend da und betrachtete die sich umarmenden Freunde.

Gut, dass diese Vicky wenigstens diese drei Begleiter hatte, dachte sie. Denn ihr war klar, warum die Sängerin so sehr weinte. Natürlich war es unschön, von einem Moment auf den anderen keine Millionenerbin mehr zu sein. Aber was Vicky noch stärker bewegen musste, war, dass sie bestimmt gehofft hatte, ihren wahren Vater gefunden zu haben – und dann verlor sie ihn gleich zweimal. Das erste Mal, als Joachim Frankenhauser ertrunken war, den Vicky für ihren Vater gehalten hatte. Und das zweite Mal eben gerade, durch die Nachricht, dass er gar nicht ihr leiblicher Vater war. Den kannte die Sängerin nicht. Vicky fehlte dieser Teil ihrer Herkunft – eine Wurzel zum Festhalten, wenn Gefühle der Ohnmacht, Verwirrung, Ungewissheit einen erstarren ließen und ...

Halt.

Cara schüttelte kurz den Kopf und stoppte ihren Gedankenfluss. Über wen dachte sie gerade nach? Über Vicky oder sich selbst?

»*Merde*! Hör bitte auf zu heulen.«

Cara stiegen selbst Tränen in die Augen. Aber sie versuchte, sie wegzudrängen. Sie hob die Pistole und zielte auf Vicky, dann auf jeden einzelnen ihrer Begleiter. Und wieder zwischen die schmalen Augenbrauen der Sängerin.

»Ich müsste euch alle abknallen. Ihr habt mich gesehen. Ihr wisst viel zu viel.«

Sie musste abdrücken. Sofort. Ohne zu überlegen.

Ihr Zeigefinger lag auf dem Abzug.

Vicky blickte sie an. Sie hatte aufgehört zu weinen. Aber die Tränen in Caras Augen waren noch da. Die beiden Frauen sahen sich für einen Moment schweigend an.

»*Merde*!« Ein zweites Mal.

Und dann nahm Cara den Finger vom Abzug.

»Ihr bewegt euch nicht!«, befahl sie und lief zum Tresor.

Sie angelte mit dem intakten Arm Geldbündel aus dem Inneren. Der andere Arm schmerzte stechend, war allerdings noch brauchbar. Insgesamt fand sie zwar nicht die Summe, die sie sich von Frankenhausers Auftrag erhofft hatte. Aber zusammen mit dem, was sie angespart hatte, musste es einfach reichen für die Insel. Sie stopfte sich das Geld in den Anzug und richtete die Pistole erneut auf die vier Freunde. Die hatten sich in den paar Sekunden, die der Griff in den Tresor gedauert hatte, keinen Zentimeter gerührt. Sie standen abwartend da. Keine Spur von Angriff oder Flucht.

Cara behielt sie im Auge, während sie zum Fenster ging. Das führte zur Feuerleiter, die sie hochgestiegen war, um in Frankenhausers Refugium zu gelangen.

»Ich sage nicht: *Au revoir! Non*. Ich habe bestimmt nicht vor, euch wiederzusehen.«

Sie sah zu Vicky, die sie neugierig musterte.

»*Adieu*«, sagte Cara. »Lebt wohl.«

Dann verschwand sie aus dem Fenster in die Dunkelheit.

Teil IV

1

Sie waren immer noch da. Dabei hatten sich die Medien bereits seit einer Woche täglich mit knalligen Schlagzeilen überboten wie: ›*Fast-Food-König hetzt Killer auf Schlagerstar*‹.

Aber den Boulevard-Reportern reichte das offenbar nicht, denn sie lagen immer noch vor Vickys Wohnung auf der Lauer. Das war nicht gerade das, was Vicky jetzt brauchte. Sie wollte allein sein, nachdenken, nachspüren. Das funktionierte bislang gut, weil sie jede Anfrage nach einem Interview abschmetterte, das Handy ausgeschaltet ließ, keine Nachrichten sah und nicht rausging. Stattdessen mistete sie aus: weg mit allen Kostümen, Glitzerkleidern, dem gesamten Outfit für die Schlagerauftritte. Sie wollte den Ballast loswerden, auf dem groß und breit stand: Inga Sommer. Dazu gehörte allerdings auch ein Gespräch mit Cary an diesem Vormittag. Vicky konnte sich gut vorstellen, dass er wütend war. Erst sein Rauswurf vor dem Casting und dann Inga Sommers Selbstmord als Schlagerstar – den er aufgebaut, für den er Lieder geschrieben und produziert hatte. Das würde kein angenehmes Gespräch werden.

Aber Vicky konnte sich nicht davor drücken. Denn als sie das Handy zwischendurch doch ab und zu eingeschaltet hatte, sah sie, dass ein Dutzend der über hundert neuen Nachrichten allein von Cary stammte. Vicky schloss die Deckel eines Kartons mit den aussortierten Kleidungsstücken. Das lenkte sie wenigstens ein bisschen von dem anstehenden Gespräch mit Cary ab.

Der stand eine Stunde später in einem schneeweißen Anzug in der Tür. Sie umarmten sich und setzten sich in die Küche.

»Cary, es tut mir so wahnsinnig leid. Du bist bestimmt stinksauer auf mich. Das kann ich echt gut verstehen. Du hast dich ja darauf verlassen, dass ich ...«

»*Wow! Stop it! Please, stop it!*«

Er lachte. Vicky war verwirrt.

»*Slow down*, Vicky. Ja, richtig. *That was not funny*. Nach der vielen, vielen Arbeit alles einfach weg. Ich dachte erst: ›*What the fuck*! Was macht sie?‹ Aber dann habe ich es kapiert: Du willst deine eigene Musik machen. Schlager ist nichts für dich. *Alright. I got it. It's okay.*« Er schwieg einen Moment und grinste. »Aber, Vicky, wir könnten weitermachen, weil ...«

Er machte eine Kunstpause.

»... weil du in den Charts bist!«

»Was?«

»*Yes*! ›*Kein Stopp für die Liebe*‹ ist auf Platz neun!« Cary strahlte mit seinem Anzug um die Wette. Seine Augen leuchteten. »Die Downloads nach deiner Performance beim Contest sind explodiert. *Vicky, that's really great. And you know*: Das gibt Geld. Und wenn du jetzt doch wieder einsteigen möchtest ...«

Vicky überlegte. Das Geld konnte sie gut gebrauchen, weil die Einnahmen für die Schlager-Auftritte wegfielen. Sie lebte vom Ersparten, was nicht mehr lange reichen würde. Natürlich konnte sie mit Promotion und Auftritten als Inga Sommer die Verkäufe der Single anschieben. Doch beim Gedanken daran konnte sie ein Aufstöhnen nur mühsam unterdrücken.

»Sorry, aber es geht nicht. Es ist wirklich vorbei für mich. Du kennst sicher noch andere tolle Sängerinnen, die an meiner Stelle singen könnten.«

»Es ist keine wie du.«

»Ach, Cary, danke. Aber das glaube ich nicht. Du wirst bestimmt jemanden finden.«

»Vielleicht. Aber überleg mal: Platz neun. Du könntest die *Number One* werden!«

Vicky schüttelte nur den Kopf.

»*Alright*. Keine Chance für mich. Ich verstehe.« Er stand auf und ging zur Tür. »Dann muss ich mich beeilen, eine andere Sängerin zu finden. Das wird nicht leicht.« Er seufzte. »Und was willst du jetzt machen, Darling?«

»Dich erst mal hier heil rausbringen, damit die Meute da draußen sich nicht auf dich stürzt.«

Sie führte Cary durch den Keller zum Hinterhof des Hauses. Von dort konnte er zur Parallelstraße schleichen, ohne dass ihn ein Reporter bemerkte. Sie verabschiedeten sich und versprachen einander, in Kontakt zu bleiben.

Zurück in ihrer Wohnung öffnete Vicky fröhlich pfeifend den Kleiderschrank, um weiter auszusortieren. So gut das Treffen mit Cary auch verlaufen war, jetzt freute sie sich darüber, wieder ihre Ruhe zu haben.

Aber der Tag war noch nicht vorbei.

2

Mittags rief Vickys Adoptivmutter Juliane an.

»Kann ich vorbeikommen? Ich muss dir etwas Wichtiges sagen.«

Da war sie an diesem Tag nicht die Einzige. Vicky stimmte zu, widerwillig, weil sie diese Begegnung noch weiter von sich wegschieben wollte als das Treffen mit Cary. Sie hatte das Haus in der Ilsenburger Straße seit Jahren nicht mehr betreten. Und sie hatte nicht vor, das jemals wieder zu tun. Zu Benno hatte sie keinen Kontakt mehr. Nur mit Juliane hatte sie sich ein paar Mal getroffen und telefoniert.

Was war jetzt so wichtig?

Zwei Stunden später öffnete Vicky ihrer Adoptivmutter die Tür. Juliane war chic in ein elegantes geblümtes Kleid und Pumps gekleidet. Offenbar war ihr der Anlass des Besuches sehr wichtig, weil sie sonst unscheinbare Jeans und Strickjacken bevorzugte. Juliane umarmte Vicky herzlich und kam, als sie sich in die Küche setzten, gleich zur Sache.

»Ich möchte dir etwas geben. Ich hätte das schon damals machen sollen, als du erfahren hattest, dass wir nur deine Adoptiveltern sind.« Sie holte einen braunen Umschlag aus der

Handtasche und überreichte ihn Vicky. »In dem Korb, in dem du vor dem Kinderheim ausgesetzt wurdest, lag dieses eine Blatt mit der verwaschenen Handschrift. Das haben wir dir erzählt.«

Juliane zog das Blatt, das Vicky mit zwölf zum ersten Mal und bis zu diesem Moment nie wieder gesehen hatte, aus dem Umschlag.

»Aber das ist nicht alles.«

Sie holte ein weiteres Blatt aus dem Umschlag hervor.

Vicky entfaltete es und las: ›*Das ist Victoria.*‹

Die drei Wörter waren ein wenig verwaschen, aber gut lesbar, geschrieben in der runden Handschrift einer Frau – Vickys Mutter. Drei-, viermal las Vicky den Satz, der ihr ihren Namen gegeben hatte. Schatten drängten sich in ihr Blickfeld. Sie sah Sterne aufblitzen, Waben schoben sich vor ihre Augen.

»Vicky? Ist alles in Ordnung? Geht es dir gut? Hier, trink einen Schluck.« Juliane reichte ihr ein Glas Wasser. Sie deutete auf die Blätter. »Wir wissen nicht, wer das geschrieben hat. Mehr gibt es nicht. Und das hier ist ja eigentlich gar nichts. Benno wollte das wegwerfen, aber ich habe es aufgehoben.«

»Puuuh. Jetzt geht es wieder.« Vicky atmete durch. »Juliane, danke – und das ist nicht ›nichts‹. Das ist ... das ist ...«

Vicky betrachtete das Blatt, dann faltete sie es zusammen und legte es behutsam zurück in den Umschlag. Sie beendete ihren Satz nicht. Sie umarmte Juliane und weinte dabei. Dann fing sie sich wieder. Die beiden unterhielten sich eine Weile und sortierten dabei gemeinsam die restliche Kleidung aus, bis Juliane am frühen Abend ging. Vicky legte den braunen Umschlag in eine kleine bunte Piratenkiste, in der sie Kompositionen und Textnotizen für Lieder aufbewahrte. Dann ließ sie sich erschöpft auf ihr Sofa fallen. Was für ein Tag. Jetzt abschalten, ausruhen, nicht darüber nachdenken, wie es weitergehen könnte. Morgen war dafür auch noch Zeit.

Vickys Handy klingelte. Sie stöhnte auf.

Dr. Robert.

»Hallo, Dr. Robert, wollen Sie sich auch mit mir treffen?«

»Guten Abend, Frau Schneider. Wie kommen Sie darauf? Es geht in der Tat um ein Treffen, aber nicht mit mir. Ich habe Ihnen doch davon berichtet, dass wir die echte Erbin gefunden haben. Ihr Name ist Paula Fiedler. Sie ist neunundzwanzig Jahre alt und lebt in Goslar. Frau Fiedler möchte Sie unbedingt kennen lernen. Sind Sie damit einverstanden, dass ich ihr Ihre Telefonnummer gebe?«

3

Zwei Tage später traf sich Vicky mit Paula Fiedler mittags in Bad Harzburg. Sie musterten sich gegenseitig neugierig und achteten auf Gemeinsamkeiten, als würden sie eine jahrelang verschollene Schwester wiedersehen. Wie das Mädchen auf dem Kinderfoto hatten sie beide blaue Augen und blonde Haare. Doch mehr Ähnlichkeiten gab es nicht, denn Paula war einen Kopf kleiner, schmaler und zierlicher als Vicky.

Sie schlenderten die Fußgängerzone entlang und setzten sich in ein wegen der Sommerhitze gut besuchtes Eiscafé.

»Mein Anwalt hat so ein paar Sachen erzählt, dass das Ganze für dich total gefährlich war«, begann Paula. »Und in den Medien kam ja auch, dass dich mein Onkel töten wollte. Stimmt das?«

Vicky erzählte, wie Frankenhauser an die Erbschaft kommen wollte. Sie berichtete vom Casting, dem Contest, den Angriffen der Killer, bis zum Tod Frankenhausers.

»Eins verstehe ich nicht«, meinte Paula. »Warum dachtet ihr alle, dass du die Tochter meines Vaters bist, also dass du ich bist?«

»Max und Leo vermuteten das erst nur. Sie wollten das mit mir abklären. Aber ich wimmelte sie ab, weil ich sie für nervige Stalker hielt. Trotzdem blieben sie an mir dran und wollten mich sogar beschützen. Das merkten die Gangster, die Max und

Leo observierten, um über sie an die Erbin ranzukommen. Also dachten die, ich muss die Richtige sein. Umgekehrt glaubten Max und Leo: Wenn die Killer mich töten wollen, dann muss ich wohl die Erbin sein. Nach dir haben sie danach gar nicht mehr gesucht.«

Paula überlegte einen Moment und sagte dann leise: »Eigentlich warst du wirklich ich, als das alles passiert ist.«

Dann wollte sie wissen, warum Vicky Schlagersängerin geworden war. Bereitwillig erzählte Vicky über ihre Liebe zur Musik seit der Kindheit und endete damit, dass sie aus dem Leben mit Juliane und Benno in die Schlagerszene geflohen war.

»Das kenne ich.« Paula nickte. »Meine Adoptiveltern sind sehr, sehr lieb. Aber es fühlte sich nie hundertprozentig richtig an, bei ihnen zu sein. Als wäre ich nur zu Besuch oder auf der Durchreise.« Sie schlürfte an ihrem Eiskaffee. »Sie haben eine Bäckerei. Ich bin da auch eingestiegen. Aber das ist nichts für mich. Ich will lieber was mit Schauspielerei machen, am Theater oder beim Film. Auf jeden Fall schmeiße ich als Erstes wegen der Erbschaft meinen Job in der Bäckerei, das kannst du echt glauben.«

Sie lachte.

Vicky musterte sie verwundert. Sie hatte das merkwürdige Gefühl, als würde sie Paula schon Jahre kennen.

»Was willst du jetzt machen, wenn du keine Schlager mehr singst?«

»Meine eigene Musik. Und ich überlege, ob ich mir in Hannover einen Job suche und wieder Musik studiere.«

Die beiden unterhielten sich bis in den frühen Abend. Dann sah Paula auf die Uhr.

»Oje, so spät. Ich muss los, nach Hannover, noch heute Abend. Da kommt wegen der Erbschaft 'ne Menge Arbeit auf mich zu. Vicky, dass du das alles mitmachen musstest, das tut mir echt so leid. Wenn ich mir das vorstelle ...« Paula schüttelte den Kopf. »Das war wirklich lebensgefährlich. Und du hast das alles an meiner Stelle durchgemacht. Für mich. Die hätten ja auch mich zuerst finden können. Aber das hätte ich bestimmt nicht überlebt. Du hast mir das Leben gerettet, Vicky. Ich möchte mich so sehr dafür bedanken.«

»Gern geschehen. Ich meine, ich wusste ja nicht ...«

»Trotzdem. Du hast mir das Leben gerettet. Und ich möchte dir nicht einfach nur ›danke‹ sagen.«

Sie blickte Vicky nachdenklich an. Dann rief sie eine Bedienung, um zu zahlen.

4

»Hey, Leute! Abendessen! Die Pizzas sind da.«

Leo setzte mit einem breiten Lächeln seinen Papier-Hut ab, den er sich für die Malerarbeiten zurechtgefaltet hatte. Sam verdrehte die Augen. Er legte die Farbrolle aus der Hand.

»Leo, Mann. Sag bloß, du hast schon wieder bestellt.«

»Warum nicht? Fünf Stunden. Das ist ein ganz normaler Abstand zwischen den Mahlzeiten.«

»Normal wäre, nicht morgens, mittags und abends Pizza zu essen.«

»Ach, komm schon, das geht doch am schnellsten. Wir wollen ja auch mal fertig werden. Außerdem sind das alles Veggie-Pizzen.«

Vicky, die den Rahmen der Eingangstür strich, stimmte Leo in Gedanken zu. Sie wollte ebenfalls so schnell wie möglich mit der Renovierung fertig werden, damit sie endlich mit ihren Songs weitermachen konnte. Um sich einen Überblick zu verschaffen, wie weit sie schon waren, legte Vicky den Pinsel beiseite und sah sich die frisch gestrichenen Räume an.

Wieder hatte sie das Gefühl, im Kino einen Film anzusehen, in dem sie selbst die Hauptrolle spielte. In der ersten Szene saß sie am Computer, rief E-Mails ab, die sich aufgestaut hatten, und wollte ihren Kontostand überprüfen. Bevor sie nervös all ihre Buchungen durchsah, nahm sie zur Beruhigung einen

Schluck Kaffee – den sie, als die ersten Zahlen las, fast auf den Monitor geprustet hätte. Sie las noch einmal, schüttelte den Kopf und tätschelte sich die Wange, um sich zu vergewissern, dass sie wach war. Endlich begriff sie, was da stand: Paula schenkte ihr als Dank eine Million Euro.

Doch das war kein Film. Das war genau so passiert, ein paar Tage nach dem Gespräch mit Paula. Vicky rief sie sofort an und wollte sich mit ihr treffen, aber Paula war unterwegs in der Schweiz.

»Vielen Dank«, sagte Vicky. »Aber ich kann das nicht annehmen. Paula, das ist so viel Geld.«

»Doch, kannst du. Du hast mir das Leben gerettet. Das Geld ist auch schon angewiesen. Dr. Robert hat mir deine Kontonummer gegeben.«

»Aber das geht nicht. Ich kann doch nicht …«

»Hallo? Vicky? Die Verbindung ist gerade ganz schlecht.« Paula lachte. »Wirklich total schlecht. Bis bald. Alles Gute.«

Paula hatte in der Überweisung als Betreff nur »Danke« geschrieben – und im Feld für die Adressatin: ›Vicky Schneider, Musikerin‹. Wie recht sie hatte. Vicky verstand, dass Paula ihr dadurch eine Tür weit öffnete.

Sie akzeptierte das Geschenk. Und hatte sofort eine Idee, was sie mit dem Geld anfangen würde. Sie suchte und fand in Hannover ein abgelegenes Haus am Rande eines Industriegebietes. Ein weißer, rechteckiger Klotz, zweigeschossig, alles andere als schön anzusehen. Aber in der oberen Etage war ein komplettes professionelles und reichlich teures Musikstudio eingerichtet, denn das Haus hatte der erfolgreichen, aufgelösten Heavy-Metal-Band ›*Worldeagle*‹ gehört. Das Studio war völlig intakt, das Equipment einigermaßen modern.

Vicky kaufte das Gebäude, dazu eine neue Einrichtung und zog so schnell wie möglich ein, obwohl alles renovierungsbedürftig war. Sie fragte Max und Leo, ob sie ihr helfen würden. Sie machten sofort mit. Genau wie Sam, der sich entschlossen hatte, von Berlin nach Hannover zu ziehen. Sein Vermieter hatte ihn wegen eines beträchtlichen Mietrückstandes aus der Wohnung in Berlin geworfen.

Aber nicht nur das. Sam hatte handfeste Gründe.

»Ja, ich weiß. Berlin finden alle total dufte. Aber für mich läuft in Hannover alles entspannter. Hier wartet nicht an jeder Ecke einer, der mich zusammenschlagen oder in der Spree ertränken will, weil ich ihm Geld schulde.«

Er hatte sich mit Dr. Roberts Hilfe eine kleine Wohnung gesucht und einen Job im Jazz-Club Hannover als Mann für alles bekommen. Für ihn war das: »Ein Traum! Jedes Jazz-Konzert umsonst!« Und Dr. Robert hatte ihm in Aussicht gestellt, mit Max und Leo neue Aufträge zu übernehmen. Denn nach dem Erfolg im Frankenhauser-Fall kamen haufenweise Anfragen aus ganz Deutschland herein.

Vicky ging zurück zu den Malermeistern in ihren weißbefleckten Blaumännern. Ihr Blick fiel auf Max, der gerade seine Pizza-Packung aufklappte. Vicky war schon lange klar, dass er ihr Grund dafür war, in Hannover und nicht in Berlin oder Hamburg ein Haus zu kaufen und das Musikstudium wieder aufzunehmen.

Sie hatte ihn sofort nach dem Hauskauf angerufen, damit sie gemeinsam das Studio wieder zum Leben erweckten, um an neuen Songs zu arbeiten – und um ihm nahe zu sein. Die Arbeit am Haus und im Studio ließen zwar wenig Zeit dafür, um das, was sie in der Lounge-Bar im KING RESORT MALLORCA begonnen hatten, fortführen zu können.

Doch Max' Blicke und seine zärtlichen Umarmungen zur Begrüßung zeigten Vicky, dass er das genauso gern ändern würde wie sie. Er zog sie an, besonders, wenn er am Klavier saß, spielte, sie dabei ohne seine sonstige Zurückhaltung anstrahlte und ihre Blicke sich nicht voneinander lösen konnten.

»Hier, die ist für dich.«

Leo nickte zu einer Pizzapackung hinüber. Vicky nahm sich ein paar Bissen. Dann sah sie wieder zu Max und legte den Rest zurück.

»Jungs, kann ich euch Max mal entführen? Wir müssen noch an ein paar Songs arbeiten.«

»Kein Problem«, antwortete Sam. »Wir sollten sowieso für heute Schluss machen und aufräumen.« Er wandte sich an Leo: »Hast du Zeit? Ich habe gehört, in Hannover gibt es eine Spielbank.«

»Stimmt nicht. Nein.« Leo schüttelte den Kopf.

Sam lachte. »Ja, ist schon klar. Aber lass uns mal losziehen. Ich will dir meine Bude zeigen und die neuen Platten vom Flohmarkt.«

»Wieder dieses Swing-Zeugs?«

»Komm schon, das wird dir gefallen.«

»Ich weiß nicht«, murmelte Leo unlustig.

»Ein paar alte Rock-Sachen sind auch dabei. Von Queen eine Best-Of zum Beispiel. Doch, das wird dir gefallen.«

Sam nickte unauffällig zu Vicky und Max hinüber.

»Versprochen.«

Die beiden machten sich an die Aufräumarbeiten, während Vicky und Max eine Treppe hinaufgingen, die zum Studio führte. Auf dem Weg wunderte sich Max.

»Was müssen wir denn noch bearbeiten? ›*My Songs*‹ ist fertig und ›*Killerlady*‹ auch. Wir können das gern noch mal durchgehen. Aber dann ist Zeit für was Neues.«

Vicky öffnete die Tür und ging hinein. Im Aufnahmestudio erwarteten sie ein Klavier, Gitarren, ein Drum-Set und ein Haufen anderer Instrumente. Daneben stand ein Sofa, auf dem Noten verstreut waren. Und dahinter lag hinter einer Glasscheibe der Regieraum. Vicky räumte die Noten beiseite.

»Okay, was Neues also. Woran denkst du?«

»Ein paar Ideen habe ich schon.«

»Ich auch.« Sie ging auf ihn zu und legte ihre Arme um ihn. Seine Hände umschlossen ihre Hüften.

»Wie wäre es mit einem Liebeslied?«, flüsterte sie.

Ihre Lippen fanden einander. Vicky stieß mit dem Fuß die geöffnete Tür hinter ihnen ins Schloss.

5

Ein paar Tage später saß Vicky allein vor dem Haus in der Sonne und dachte über den Text von ›*Killerlady*‹ nach, dem ersten Song, den sie zusammen mit Max geschrieben hatte.

Ihr Handy klingelte. Eine Nummer aus den USA.

»Inga Sommer? Ich meine: Vicky Schneider? Mein Name ist Henry Davidson, ich rufe aus New York City an. Verzeihen Sie, wenn mein Deutsch ein bisschen – wie sagt man? – stolpert.«

»Was kann ich für Sie tun?«

»Vicky – ich darf Sie doch Vicky nennen? – ich bin der CEO von PRECIOUS MUSIC. Ich habe Ihre Performances auf Mallorca gesehen. Ich war inkognito dort.«

Vicky stieß die Luft aus. Der Chef des zweitgrößten Plattenlabels der Welt rief sie gerade an. Er musste der mysteriöse Gast gewesen sein, von dem Hermann Rolfs zu Beginn des Contests gesprochen hatte.

»Also Vicky – ich darf Sie doch so nennen? – also, ich muss sagen: Sie singen groß – ar – tig. Sie haben eine Stimme ... Und deshalb rufe ich an. Ich möchte Ihnen einen Vorschlag machen: Wir nehmen Sie unter Vertrag und machen aus Ihnen eine neue Rihanna, mit angesagtem R&B und Dance-Music, so in Richtung Ariana Grande und Dua Lipa. Das passt genau zu Ihnen. Ich kann Ihnen versichern: Wir haben die besten Songwriter, die besten Produzenten. Die schreiben Ihnen Hits, eine Menge Hits.« Er holte hastig Luft und sprudelte weiter. »Wir haben in den letzten Wochen einen super PR-Plan aufgestellt. Das wird großartig, weil Sie, liebe Vicky – ich darf Sie doch Vicky nennen? –, weil Sie das alles großartig performen werden – als die neue Rihanna. Und als Namen haben wir uns Jody Summer überlegt. Summer – wegen Ihres Künstlernamens Inga Sommer. Daran können Sie sich leichter gewöhnen.«

»Nein!«

Ihre Stimme zerschnitt seine Begeisterung.

»Was: nein?«

Dann schwieg Henry Davidson erstaunt. Elektronisches Rauschen umfloss eine sekundenlange Stille.

»Nein: Sie dürfen mich nicht Vicky nennen. Nein: Ich werde nicht die neue Rihanna. Und nein: Ich werde mich auch nicht Jody Summer nennen. Mein Name ist Victoria.«

Danksagung

Herzlichen Dank an alle, die mich beim Schreiben dieser Geschichte unterstützt haben: An Ulrike für das scharfe Auge, das sie auf den Text geworfen hat, an Burkhard, meinen kritischen, zugewandten Probeleser.

Mein besonderer Dank gilt meinem Verleger und Lektor Andreas Brandtner, der durch seine Kompetenz und seinen Enthusiasmus dieses Projekt erst möglich gemacht hat.
Danke!

Thorsten Schatz im Juni 2024

Über den Autor

Thorsten Schatz wurde 1968 in Bad Harzburg geboren. Er arbeitet seit mehr als zwanzig Jahren als Autor und Journalist, schrieb Sachbücher für Kinder und Jugendliche (z. B. ›*Kauf mir ein Krokodil*‹), Filmbücher (z.B. ›*Star Wars in 60 Minuten*‹) und sechzehn Pop-Biographien (u. a. ›*Shakira*‹, ›*Lady Gaga*‹ und ›*Jan Delay*‹). Immer schon wollte Thorsten Schatz Geschichten erzählen. So entstanden bisher das Theaterstück ›*Was braucht das Volk die Bildung*‹, das Kinderbuch ›*Pirato-Papagei*‹ und der Thriller ›*Torlando*‹.

Die Songs auf den Seiten 193 und 202 stammen vom Autor. Click: *https://wort-schatz.net/musik/* oder scan:

SCAN ME